U0484070

无尽之夏

蔡骏 著

江苏凤凰文艺出版社
JIANGSU PHOENIX LITERATURE AND ART PUBLISHING

图书在版编目（CIP）数据
无尽之夏 / 蔡骏著. -- 南京 : 江苏凤凰文艺出版社, 2025. 5. -- ISBN 978-7-5594-9442-9
Ⅰ. I247.5
中国国家版本馆CIP数据核字第2025SL7403号

无尽之夏

蔡骏　著

出 版 人　张在健
策　　划　孙　茜
统　　筹　唐　婧
责任编辑　万馥蕾
装帧设计　王柿原
责任印制　杨　丹
出版发行　江苏凤凰文艺出版社
　　　　　南京市中央路165号，邮编：210009
网　　址　http://www.jswenyi.com
印　　刷　苏州市越洋印刷有限公司
开　　本　880毫米×1230毫米　1/32
印　　张　8.5
字　　数　170千字
版　　次　2025年5月第1版
印　　次　2025年5月第1次印刷
书　　号　ISBN 978-7-5594-9442-9
定　　价　58.00元

目录

一

世界上有没有永恒的夏天？

我的小学与中学死党俞超说答案是 YES。俞超的爸爸是一艘万吨远洋货轮的大副，造访过摩肩接踵拥挤不堪的爪哇岛，黑暗奴隶之乡的东非海岸桑给巴尔，高更自我放逐的伊甸园塔希提岛，辽阔湿热的亚马孙河，直达南美内陆马瑙斯港的莽莽雨林……赤道贯穿的国度，除了夏天，没有四季。乌木般黝黑的少女袒胸露乳，浓烈的肉桂香味环绕整座大岛，红树林沼泽中的白骨忽隐忽现，汗味、尸臭与果香混合的气味让鼻腔高潮。真正的无尽之夏。

那一年，我十六岁，在北纬三十一度的中国上海，距离赤道还有 3440 公里。

黎明之前。卫星照片下的长江三角洲最东端，突出成三角锥形，刺向黑色混沌的大海。灯光闪烁成巨大的环。黑丝带如长蛇蜿蜒而过。一边密集喧嚣，一边空旷寂寥。唯独长蛇中间的转折部，生长几栋彻夜不眠的摩天建筑。对面栖息着十九世纪以来诸多帝国的遗产。星星点点的光，犹如八爪鱼的触角，粗糙而凌乱，旺盛而蓬勃，像淤泥里长出的赤道雨林，即将盘根错节，枝繁叶茂，光芒万丈。

我看见，你像X光射线，像航空炸弹，砸碎飘着煤屑的星空云层，穿破苏州河畔火柴盒楼房。六楼正在梦见狮子。五楼挑灯夜战，九筒与一索齐飞，红中共白板一色。四楼的老妇人午夜梦回，犹在痴痴地等那出征的归人。三楼天花板下，是我家。天蒙蒙亮。我从棕绷大床上爬起，挤爆一颗新鲜的青春痘，浓烈浆汁喷射到镜子上。床头有尊石膏像注视我。挂历上的6月26日、27日、28日被红笔画了圈，写着“语文、数学、外语、物理、化学、政治”。残酷的中考刚结束，把我折磨得死去活来。打开收音机，中央人民广播电台早新闻：“1997年6月30日，北京时间早晨六时整，香港回归倒计时最后一天。”

妈妈给我做了早饭，煎蛋、泡饭还有腐乳。她将一支竹笛交给我，中间拆开，分成两截，用布袋子包好放入书包，今天要上台表演。妈妈让我放轻松，勿紧张。她还说，最近晚上不安全，务必早点回家。

我坐了三站公交车。我们学校后面是苏州河，对面是上钢八厂与国棉六厂。穿过“普天同庆，喜迎七一”的横幅，全校师生集合，响彻嘹亮的《运动员进行曲》，仿佛做第六套广播体操，让我直起鸡皮疙瘩。升国旗，奏国歌。校长上台讲话，历数鸦片战争以来的百年屈辱，而今一朝雪耻。校长声情并茂地回顾学校五十年的光荣历史，却没有展望未来。过完这个暑假，我们学校会被拆除，夷为平地，全体师生转移到另一所中学，开始寄人篱下的生涯。幸好那时我已毕业。末代校长想借庆祝香港回归来一次绝唱，尽管谁也无法阻止推土机。

下午，文艺会演开始。预备班和初一表演《我们是共产主义接班人》《歌唱祖国》《男儿当自强》《勇敢的中国人》。初二有四个女生，拎着两把小提琴、一把中提琴、一把大提琴，弦乐四重奏《梦驼铃》。我凝视着台上拉大提琴的美丽少女，手心里紧攥笛子，心想自己就要出大洋相了。

聂倩带我去候场。她是我的班主任兼语文老师，二十五岁，亮晶晶的嘴唇，刷长了睫毛，发型像那年流行的王菲。她穿着红色连衣裙，胸前佩着香港回归的徽章，齐膝裙摆下洁白纤细的小腿，中跟凉鞋暴露踝关节与脚趾，涂着鲜红的指甲油。以后的二十年，她这番打扮与妆容，在我心中犹如三维投影存盘拷贝，历久弥新。

大喇叭响彻我的名字，表演曲目《东方之珠》，没有比这更应景了。我像个木头人上台，下午四点的太阳晒在脸上，我却迟迟没有吹响。操场上几百号人喷出噪声，像两千万只蚊子嗡嗡飞舞。聂老师弯腰上台，问我还在想中考吗？是，我几乎考砸了，分数未知，前途未卜。聂倩抢过麦克风清唱：“小河弯弯向南流，流到香江去看一看。东方之珠，我的爱人，你的风采是否浪漫依然……”我的嘴巴与手指像巴甫洛夫的狗胃分泌出旋律。老师站在我背后，像演唱会的和声。最后一个音，我吹破了。聂倩为我鼓掌，露出白白的牙齿。文艺会演完毕，全体解散。1997 年的暑假开始了。

操场重新变得空旷。我看到了俞超，他晃着圆珠笔，横在嘴唇上做吹笛状，此时无声胜有声；白雪托着下巴做花痴状，她发育得过分成熟，胸是胸，屁股是屁股，宛如十八九岁的大姑娘；小犹太恰好相反，几乎还没发育，戴着硕大的眼镜片，镜架链子挂在脖颈上，我们从不叫他真名，只叫他“小犹太”；阿健姗姗来迟，叼着火柴棍，衬衫上有几道破口，牛仔裤的洞却是自己剪的，他说路上碰到三个仇家，在国棉六厂门口干了一架。

以上，都是我最好的同学。我们五个人总是一起行动。聂老师也留下了，她说要请我们去南京路吃美式牛排。没人会拒绝老师的好意，更没人会拒绝牛排。聂倩给我和小犹太家里打电话，免得家长担心。至于俞超、白雪和阿健，要找到他们三个的家长可不容易。

我们坐公交车再换地铁。那年只有一条地铁线。我们抢到座位给老师。到了人民广场，太阳仍未落山。博物馆已建成。大剧院还没造好。人民大道洒满夕阳。颗粒极粗的大屏幕直播香港的画面。

南京路中百一店隔壁的美式牛排，聂倩预订了二楼靠窗位子，可见华灯初上的风景，步行街竖直的霓虹招牌，恍如身在香港。我只能看懂菜单标价。俞超不慌不忙，点了前菜和蘑菇汤，还有菲力牛排。其他人由老师帮忙点了，她清楚每个人的口味，七分熟还是五分熟。她给自己点了一份烤银鳕鱼。白雪要了一大瓶可口可乐，幸好这是美式牛排，不是对面的法式西餐厅。阿健和小犹太还不会用刀叉，聂倩手把手教会了他们。聂老师举起杯子，说天下没有不散的筵席，我们即将初中毕业，各奔东西，但她会继续喜欢我们五个人。

俞超代表我们五个人说，我们会永远喜欢聂老师的！他又说，早上他跟妈妈通过电话。今天香港下了一整天暴雨，但妈妈还是会去维多利亚港看烟花。三年前，俞超的妈妈搬去了香港。据说今年烟花特别多。

“国家领导人都到香港了吧？”小犹太托了托眼镜架，“听说英国王储也来了。”

白雪插了一句：“王储都来了啊，戴安娜王妃来了吗？”

“戴安娜跟王储离婚了！”我关心国家大事，所有早报、晚报都不放过，“她现在有个埃及男朋友。”

“英国王妃怎么会有埃及男朋友？不过看面相，人中太短，命不会好。”白雪最爱给人算命。小犹太向她翻了翻白眼。

“别吵了，今天大家都在说那桩大案子。”俞超舔了舔嘴唇上的黑胡椒，嗓音像滋滋作响的牛排炭火，“有谁还知道更多？”

1997年，上海发生过两桩系列杀人案件。第一桩发生在春天，五角场、江湾等地，多名深夜独行的女子遇袭。满城风雨，众说纷纭——凶手有一把大榔头，专砸女人的后脑勺。另有一说，凶手骑着摩托车，如同恶灵骑士飞驰在黑夜，目标是一百个长发披肩的妙龄少女。案子迅速侦破，远没有传说那么神乎其神，只是一个外来人员的系列抢劫杀人案，民间俗称"敲头案"。

第二桩发生在夏天。6月中考前夕，我妈禁止我看电视新闻，吩咐邮局暂停订阅报纸。我每天在街边报栏橱窗前站十分钟，细细看完当日国内外新闻，亦不放过每个版的蝇头小字。社会新闻有一小块豆腐干文章，报道了一桩系列杀人案——崇明岛海岸线，接连发现三名被害人尸体。细节语焉不详，寥寥数语，云里雾里。大半篇幅呼吁市民不要轻信谣言，公安机关已成立专案组，正在加紧破案。

小犹太细嚼慢咽着七分熟的牛肉说："告诉你们啊，我小舅舅隔壁邻居单位的女同事，就是被害人之一呢。"

阿健"切"了一声，我还是公安局长小舅子的小学同学的毛脚女婿的麻将搭子呢。这还是真的，不是他吹牛。俞超说根据六度空间理论，通过六个人以上的联系，你可能会认识这个星球上任何一个人。

"听我说……"小犹太把目光放低，厚厚的镜片上闪过两团寒光。他的小舅舅家住老洋房，隔壁邻居有一大片朝南露台，经常召集狐朋狗友聚会。春节前，他在小舅舅家门口看到过那个女的，顶多二十岁，颇有姿色，扎着长马尾。小犹太跟她搭讪，得知她在苏州河边的灯泡厂上班。两天前，中考刚完，小犹太又去小舅舅家玩，看到隔壁露台上烟雾腾腾。邻居是个大龄青年，也在灯泡厂上班，刚从追悼会上回家，抹着眼泪把CD混在锡箔纸里烧成灰烬。CD烧化后有股恶臭的金属味，整栋楼的居民都把头伸出来骂娘了。听说女同事喜欢王菲，他买了正版CD准备做生日礼物。女孩生日前一晚，下夜班回家路上消失了。半个月后，她出现在崇明岛南岸大堤外的滩涂上。他陪同家属去公安局认尸，女孩赤身裸体，却无任何腐烂迹象，只在江水和泥沙中泡得发肿。法医说死亡不超过24小时。

“吓死我了！”白雪仿佛自己被剥光衣服，陈尸在长江口的泥沙间，无数男女老幼挤在大堤上围观，热烈讨论她发育得过分良好的身材。

“陈小鸣同学！”聂老师喊出小犹太的名字，“不要胡说八道！”

“老师，被害女孩上班的灯泡厂，离我们学校只有两站路，厂门口卖羊肉串的都知道了这件事。”小犹太信誓旦旦，重复了好几遍，有如一只田鸡。

“灯泡厂的厂长，是我妈大学自学考的同学，这件事是真的。”我证实小犹太没说谎。聂老师也不响了。因为我从不瞎说八道。我妈单位发了红头文件，盖着党委和工会的图章，最近女职工不准加夜班，如果不可避免，必须男职工陪同下班回家。

阿健的饱嗝打破沉默，喷出一团胃酸气。他问服务生要了根牙签，挑出牙缝里的牛肉残渣。他说，他家楼上住着联防队员，最近好几个通宵，联防队跟着警察巡逻，看到可疑的男人和汽车就拦下来检查。街道办和居委会也出动了，要让凶残的犯罪分子陷入人民战争的汪洋大海。阿健给联防队员塞了一包烟，听说最近两个月，先后有三个女孩失踪。她们都家住苏州河附近，或在苏州河沿线单位上班。两周后，她们才被杀害，躺在崇明岛的滩涂上。

我相信阿健说的是真的。谣言比这离谱多了。今天在学校大操场，大家没心思看文艺表演，都在众口纷纭议论这件事。有同学家里是街道办的，说遇害女孩们被大卸八块，分别藏在上海的八个郊区县，出现在崇明岛的只是人头；有同学家里是卫生局的，说凶手是外科医生，擅用手术刀肢解人体，摘取妙龄少女的器官，送给某位贵妇人延年益寿；有同学家里是电视台的，说凶手选择在香港回归前后作案，实为一名年过七旬的老者，当年国民党留下的潜伏特务。

“你不是最爱看推理小说吗？帮我们分析分析吧。”俞超对我瞪大双眼，很多人说，他的眼睛和气质很像李奥纳多·迪卡普里奥。

但我不善于跟人直视双眼。我转头看隔壁桌拿着刀叉切碎牛肉的食客们，窗外璀璨的南京路上流连忘返的女人们。好像有一头牛藏在我的胃里，一双铜铃般的牛眼，泪眼蒙眬地盯着我。我红着脸摇头："对不起，如果连我这个中学生都能想到，刚破过'敲头案'的刑警能想不到吗？"

小犹太和阿健分外失望，白雪送给我一个白眼。聂老师去买单，消费六百七十块，人均超过一百。我提议大家都出点钱，但彼此摸摸口袋，加在一起只够吃前菜。聂老师早已备好现金，一夜之间，大半个月的工资被我们吃了。

回到人流汹涌的南京路，聂倩像姐姐带着五个弟弟妹妹。老师催促我们快回家看电视直播。我问老师你回家吗？聂倩不是本地人，她住在教育局的宿舍，老家在三千里外。

"我想一个人逛街。"她看到远处闪着华联商厦的招牌，"也许一路荡到外滩……"

"我们陪你啊。"白雪最讨厌回家了，宁愿长夜孟浪街头。

"回家！"聂老师捏了捏白雪的马尾，"1997 年的今晚，在你们的一辈子里，再也碰不到了。"

阿健谁的命令都不听，但对聂老师唯命是从。他拽着白雪的胳膊说走吧。我们在南京路上分道扬镳。五个学生去坐地铁，聂倩站在熙熙攘攘的步行街上，红色裙裾在风中微摆，霓虹中像团微弱的火。

刚走到人民广场，我喊肚子疼，大概不适应牛排，要去隔壁商场上洗手间。俞超说要等我一起走。我装作不好意思地摇头，说你们先去坐地铁吧，别错过最后一班，我自己坐公交车回家。小犹太急着要看电视直播，拉着俞超和阿健跟我告别。白雪说要留下来。我板着面孔让她回去。

打发了他们四个人，我转身向南京路飞奔。我看到了聂倩的红裙子，刚走上南京路与西藏路的环形天桥。她站在桥上看风景，我站在桥下看她。环形天桥四角连接四栋不同的古老商场，我总觉得通向四个不同时空。我从桥下跨过护栏，就到了南京西路。

聂倩下了天桥，经过国际饭店，来到大光明电影院。聂倩在影院门口等人，眺望对面的人民公园。她还没发现我。一个男人出现在她跟前。他的卖相不错，三十岁左右，戴着斯斯文文的眼镜，穿衬衫，打领带，像个小白领或公务员。我第一次见到这个人。他亲了亲聂倩的脸颊。她本能地躲了一下。他的左手搭着老师的后腰，手指触摸她的屁股。我的心里凉透了。不消说，他是聂倩的男朋友。

我跟着他们走进电影院，迎面一张大海报，画着个霸王恐龙，底下英文 *The Lost World: Jurassic Park*——史蒂文·斯皮尔伯格导演的《侏罗纪公园 2：失落的世界》。聂倩和男朋友买了两张电影票。我等到他们进了放映厅，才到售票窗口买了张票，用掉身上最后十块钱。

影院像陵墓地宫，观众如盗墓贼，银幕似撬开的棺椁，闪烁另一个世界的悲欢离合。当年远东最大的电影厅，我坐在最后一排，放映机射出的那束光，穿越头顶，幽暗中变幻辗转，无数光子夹着尘埃跳舞，又像织毛衣缭乱的两根针头，浮出记忆里我见到她的第一眼。1995 年初秋，她穿着三件套，梳着《东京爱情故事》赤名莉香的齐肩发型，踩着高跟鞋，踢踢踏踏走到讲台前。我有种错觉，老师在看着我，送给我一个人的微笑。她拿起粉笔，无名指与小指微微翘起，在黑板上写下“聂倩”。她刚从师大毕业，第一次做班主任。她给所有人安排任务：每天写日记，无论一页纸还是一句话。最后坚持下来的只有五个人——我、俞超、小犹太、阿健和白雪。我和俞超写日记不难，但像阿健和白雪这种读书像吃屎的差生绝对是个奇迹。我从流水账的记叙文到经邦济世的议论文再到半虚构故事，改写过《聊斋志异》、金庸、古龙以及西村寿行、大薮春彦的色情暴力故事。我把日记呈献给聂老师，她说日记是每个人的秘密，没必要给老师看。但我的日记本几乎每一页都能看到她的圈圈点点。我有一篇模仿《老人与海》，被她批注：“模仿痕迹太重！”因为日记，聂倩喜欢我们五个人，但也仅限于我们五个人。她对人有些冷，不是那种人见人爱，像个热水袋谁都可以焐一焐的那种人。她很少发怒，即便班级出了大事。有个男生被隔壁班女生投诉闯了女厕所。人家班主任威胁要报警，聂倩却说通知家长就够了，竟把这事压了下去。相比性情中的“冷”，她的穿衣更让人冷。寒冬时节，她穿着玻璃丝袜和短裙，露着雪白大腿，当着无数男生的面奔过大操场，闯入学校图书馆。那天我刚借了套《福尔摩斯探案集》，屏着呼吸，相隔书架，偷看她的腿。严格来说，是裹着大腿的玻璃丝袜。她从书架取下两本书，把我抓个正着。我结结巴巴地说在找一本书，她便帮我一起找。那天的初中图书馆，就像香港回归之夜的大光明电影院。

十点半，《侏罗纪公园2》散场，没有第一部《侏罗纪公园》好看。亮起灯光，我远远看到聂老师的红裙子。我无声地跟在背后，从散场通道走出电影院。聂倩有些疲惫，男朋友倒是精神了。他抓着聂倩的手，走进隔壁的国际饭店。这栋1934年造起的大饭店，曾是亚洲最高建筑。我在楼下仰望，总共二十四层，其中必有某个窗户是他俩的销魂窟。

穿过旋转门，来到饭店大堂，我躲在屏风背后。聂老师和男朋友走到前台。她低着头，不想被人看到自己的脸。男朋友付了押金，拿到钥匙，抓着她的胳膊，急不可耐地按下电梯。楼层指示灯不断往下跳。电梯门打开，聂倩却后退一步，甩开男朋友的手。她的动作颇为激烈，惊到了电梯里出来的两个老外。男朋友叫她“倩倩”，而她转身要走，两人在国际饭店的大堂纠缠起来。

这时意外发生了，男朋友打了她一个耳光。

我第一次看到聂老师眼里的泪花。我没忍住。我从屏风后冲出来，抓住她的胳膊，冰凉但柔软。聂倩讶异地喊出我的名字。大堂里的老外和服务生都向我侧目而来。我拽着她冲出国际饭店的旋转门。南京路的星空也在旋转。旋转门像人的命运，总在原地循环往复。每次穿过这道门的人都不同。唯独不变的是旋转门自己。

聂倩的男朋友也冲出旋转门，气势汹汹地来找我算账。聂倩贴着我的耳边说：“快走啊！你打不过他的！”

1997年，我十六岁，尚是体重九十来斤，四肢纤细的瘦弱少年。这回是聂倩拽着我，一路狂奔到南京路对面。她的红裙子，我的灰裤子，像非洲原野的黑夜被偷猎者追逐的两只小野兽。

一辆出租车在我面前停下。急刹车，我听见轮胎与地面摩擦的刺耳声。这个点已没有公交车，南京路上有许多出租车，几乎都是桑塔纳普通型，简称“普桑”，有黑色的，蓝色的，白色的。只有这辆车是红色的。聂倩拉开出租车后门坐进去。我却手足无措。男朋友已穿过马路。老师将我硬生生拉进后座，她还蛮有手劲的。

司机挂上挡，抬离合，踩油门，颤抖着蹿上马路。手排挡的震动让我前仰后合。聂倩的男朋友只摸到出租车的后屁股，跟着吃了一鼻子尾气。他在南京路上破口大骂。我扒着后车窗，默默对他伸出中指。

“师傅，请带我们去……”聂倩报出我家地址，离她的宿舍很近，算是顺路。出租车司机“嗯”了一声，车子转弯离开南京路。计价器开始打表。对面亮起一盏路灯。刺眼的光穿过车窗，照出一张苍白而年轻的侧脸。通过中央后视镜，我看清了司机的正脸。他跟聂倩差不多年纪，五官端正而且干净。

这张脸让我感到恶心。

很多人都以为我天生胆儿肥。其实恰好相反。我从不敢承认，我怕黑，我怕老鼠，我还怕鬼，我怕奇奇怪怪的人，我怕一切难以解释的画面和声音。但我最怕的是深夜出租车司机。我本能地察觉到某种危险，从视网膜扩散到大脑皮层，再到毛细血管。我的胃里难受，不可名状的恶心，仿佛要把美式牛排呕吐在车上。

我问老师，南京路上那么多出租车，为什么要选择这辆车？她说自己穿一身红色，只有这辆车是红色的，大概是一种缘分，就像我突然出现在她面前，在我最不该出现的时间和地点。后半句话让我无话可说，她已对我网开一面。

“你们在国际饭店喝咖啡吗？”

车里响起一个声音。电台里正在播报国际新闻，但不会提到国际饭店和咖啡。我看了看聂倩，聂倩又看了看前面，原来是出租车司机在说话。他的普通话不太标准，但声音很脆，像半夜饿了吃苏打饼干的感觉。

聂倩干咳一声：“哦，是啊，喝咖啡。”

年轻的司机问：“好喝吗？”

“很不错。”聂倩极不自然地笑，“美式咖啡。”

“带着弟弟出来喝咖啡啊。”出租车司机没完没了，我想拿把皮搋子塞住他的嘴。

“我是他姐姐，刚过暑假，我带他到南京路玩玩。”聂倩只能顺着他的话来撒谎。如果如实回答，怕会引起某种邪恶的误解。我很想戳穿这个谎言，但我忍住了。

“你的普通话很标准啊，不是本地人吧。”

“我老家离这里很远呢。”聂倩把头靠着窗玻璃，装作很累的样子。

司机从后视镜里看到了，便也不再多嘴。他调响电台音量，依然是香港回归的新闻，全世界都在等待今晚。出租车突然加速，后坐力将我推到座椅上。离开南京路，上海的街头空旷暗淡，寂寥落寞，像个被冷落的怨妇。唯有红色普桑，一骑绝尘。电台插播气象预报，香港今晚暴雨，却不能阻挡市民们庆祝回归的热情。我幻想出一个豪雨倾缸、灯火灿烂的世界，米字旗与港英旗尚未降落，五星红旗与紫荆花旗已经插上。数百万人涌上街头，观赏维多利亚港的烟花，其中一个是我最好朋友的妈妈。电台气象预报插播——今年第四号热带风暴“白鲸”正在菲律宾以东洋面生成，中央气象台预计“白鲸”将升格为台风，影响我国东部地区。

“我七岁时，碰到超强台风在崇明岛上登陆。”司机突然说话，他把电台音量调小了。

“你是崇明岛人？”我忍不住问他，联想到三小时前在美式牛排店里的谈话。

“嗯，岛上农村很穷，好多人跟我一样到上海来开出租车。”年轻的司机并不避讳，他的口音是崇明话，“那是 1977 年的夏天，崇明岛东海岸围垦大战，我跟我妈去了几天。我妈给工地上的知青和民工做饭，我天天到滩涂上捉螃蟹捡贝壳。有天清早，海滩上多了一头大白鲸。”

“鲸鱼？”

“嗯！全身雪白，好几栋房子加起来都没它大呢。成千上万人到海边看热闹。”出租车司机掌着方向盘说，“知青们都管它叫大白鲸。它还剩最后一口气，许多海鸟飞来准备吃它的肉。谁都不知道，那么大的动物，怎么会突然搁浅快死了呢？我听说鲸鱼也会有自杀的。有人说要把它送回大海。但这不可能，它是趁着长江口最大一次涨潮，搁浅在滩涂上的。知青们正在围垦填海，要把大海推到几公里外。全体知青开了个会，决定赶在大白鲸死以前，赶快杀了它吃肉。”

聂倩说太残酷了吧。司机说没办法，岛上日子太苦了，大家都想改善伙食呢。二十年前，鲸鱼也不算保护动物。十几个身强体壮的知青小伙子，用木棍绑上刀片做成长矛。大白鲸成了大刺猬，鲸鱼脑袋、眼睛、嘴巴、背脊、心脏、肚皮、尾巴甚至卵蛋上，全都插满长矛……他的叙述相当冷静，却让人身临其境。十八九岁的少男少女们，浑身鲜血淋淋，犹如刚从娘胎里爬出来。为了跟海鸟争夺新鲜的鲸鱼肉，知青们分成好几个小组，有的负责切割鲸鱼肉，有的负责锯断鲸鱼骨头，特别要切下鲸鱼脑子，因为鲸脑油很珍贵。他们在鲸脑上挖洞，派个最勇敢的钻进去，将鲸脑油整个取出来。第二天，整片滩涂臭气熏天，血水非但没有流尽，还有更多海鸟来啄食腐肉。农场组建青年突击队，就地支起几口大铁锅，将切成块的鲸肉脂肪熬成油。星星之火，可以燎原，这种油价值很高，只要几滴就能长期燃烧。我想起司马迁《史记》里说秦始皇陵地宫的鲛人鱼膏，燃烧千年而不衰。知青们将数百公斤重的鲸油贡献给国家建设。连续三天，崇明岛东海岸浓烟滚滚。东海上吹来大风，令人作呕的腥臭味从东到西席卷全岛，还影响到宝山和浦东甚至外滩。最后，大白鲸只剩下个骨架。几天后登陆的超强台风，便将它的遗迹清扫得一干二净……

聂倩对于这个故事颇为怀疑。小时候，我爱看赵忠祥解说的《动物世界》。最大的鲸鱼是蓝鲸。真正的白鲸生活在北极，没有他说的那么大。但我仍然觉得这个故事是真的。因为我闻到车厢里飘着一股气味，若有若无，但不臭，就像腐烂的栀子花。出租车在刚造好的南北高架下碰到红灯。司机关掉电台，塞了一张磁带，响起粤语歌声——

> 人生路，美梦似路长。路里风霜，风霜扑面干。红尘里，美梦有几多方向。找痴痴梦幻中心爱，路随人茫茫……

张国荣的《倩女幽魂》。聂倩的眼神微微一跳。“聂倩”跟“聂小倩”一字之差。她刚做班主任时，我们暗地里叫她“聂小倩”。她的姿色，自然不能与王祖贤相提并论，但某些时候某种角度竟也神似，比如现在。车载音响出乎意料的好，某种立体声环绕效果。也许我的耳朵出了幻觉。红灯转为绿灯，出租车载着宁采臣与聂小倩，向着兰若寺飞驰……

驶入苏州河边最荒凉的一段。河岸弯弯曲曲，司机不断换挡减速扭方向盘。距离我家不远了。我摇下车窗，吹着微凉的风。拜两岸的工业文明所赐，河水散发着重金属臭味。对面是某家医院的围墙，竖着碎玻璃与铁丝网。沿河是个废弃的码头，长满荒芜野草，还有个石头棋盘。我感觉司机在后视镜里瞥我，目光像把小刀。

突然，车头发出噪音。仿佛藏了几十只老母鸡，集体下蛋鼓噪。出租车靠边熄火。司机转了转车钥匙，再也无法点火。他打开车内灯说："我下去看看，请在车上等我。不会让你们多花钱的。"

他跳下车，翻开引擎盖，抓着铁钳和抹布，闷头捣鼓发动机。车窗被他摇上了。风声隔绝，万籁俱寂。挡风玻璃外，引擎盖高高掀起，遮挡我的视线，看不到司机的脸。固然满大街都是桑塔纳，我也不认为出租车司机能修复发动机——除非根本没坏。

香港回归只剩一个小时，荒无人烟的苏州河边，我和聂老师被关在车里，像被送上油锅的大排档宵夜，就差旋转点火开关。我的大脑被无数伟大的侦探们占领——福尔摩斯与波罗在苏州河边喷着烟斗，金田一耕助与明智小五郎驾着小舟环游崇明岛，狄仁杰与包拯穿着公安制服与法医大褂从冰柜里拉出被害人遗体。最近两个月，先后有三名女孩在苏州河边失踪，两周后被杀害抛尸于崇明岛。若要绑架一个大活人，神不知鬼不觉地送上岛，必须有一辆车。什么车不引人注意？自然是出租车，深夜搭载单身女性乘客，使用暴力或迷药让她昏迷，捆入后备厢，穿过黑夜的上海，坐两个钟头的滚装船，渡过寥廓的长江口，登上那座大岛……

凶手就站在我的面前。

车里闷热得像个蒸笼，像煤气即将爆炸。我听到自己的心跳声，像接连不断坠落的椰子。聂倩还在等待司机把发动机搞定。她的腕表过了23点。我用力拉右后车门，但被锁住了。我大胆地压在她身上，伸手去拉左后车门。聂老师厉声问我干吗？但我还是打不开。所有车门都上了锁。我向她发誓，我不是故意的，我只想保护她逃出这辆车。

“你是不是生病了？”聂倩伸手摸我的额头，“还在想着中考分数？”

我无话可说。聂倩摇下车窗，正要对司机说话。我看到车窗下沿的黑色小开关，细细的圆柱形，我试着拔起它。车门打开了。聂倩拒绝下车。我快哭出来了，哀求她跟我下车。她跟着我下来了，就像逃出一座监狱，回到苏州河的星空下。我在心中记下了出租车牌号。

司机合上引擎盖说：“车修好了，继续上路吧。”

聂倩想要上车，却被我抓住胳膊。我的肾上腺素疯狂分泌，力道比平常大了几倍，强行拖着她穿过狭窄的马路，冲向对面黑暗的小巷子。

“放开她！”司机迎面拦住去路。他提着修车的铁钳，足够把我们的后脑勺敲个洞。

我很恐惧。但我将聂老师拦在身后。我和凶手在对峙。唯一逃向小巷的路被堵住了。如果我逃上马路，他会开车追上来。我们无处可逃。

他问我："为什么要走？"

"为什么？"聂倩也在问我。仿佛两个成年人在挽救一个失足少年。

我在发抖，无法回答。耶稣基督弥勒佛祖大慈大悲的观世音菩萨湿婆大神，还有圣斗士星矢擎天柱忍者神龟迪迦奥特曼，也许最管用的是机器猫，谁来救救我啊？

倏忽间，两道远光灯刺入瞳孔。苏州河边驶来一辆面包车。我冲到马路中心，疯狂地拦下这辆车。面包车驾驶员下了车，是个身材魁梧的中年男人。我抓着他的手，说碰到抢劫犯。驾驶员的手很大很热布满老茧。他是我的救星。我想。

年轻的司机被逼退两步。他盯着聂倩摇头，回到出租车，重新点火发动。他摇下车窗，狠狠瞪了我一眼。

我护送聂倩逃离苏州河边，穿过一条幽暗小巷。聂老师不知该用怎样的言辞批评我，她让我自己回家。我说要把老师送到宿舍才放心。我不是没去过，但这个点，有些尴尬。

江宁路上，宿舍到了。教育局的筒子楼，青年教师的单身宿舍。刚放暑假，老师们都回家去了，整栋楼寂寂无声。二楼，聂倩掏出钥匙开门。十几个平米的单人宿舍，大衣柜、电视机、VCD，堆满图书和杂志的书架。她有洁癖，收拾得井井有条，几乎不落灰尘。

聂倩打开电风扇，给我倒了杯可乐。她打了我家电话。两小时前，我妈就急了，打电话到俞超和小犹太家里，发现他俩已经到家。我爸骑自行车到人民广场找我，徒劳无功地折返，跟我妈吵了一架。聂倩把电话交给我，我不敢接。她告诉我，我爸现在来接我回家。

“我原谅你了。以后我也没机会做你的老师了。”她走到电视机跟前，“你要看香港回归的直播吗？”

我摇头。现在是 23 点 25 分，我爸骑自行车来接我的话——剩下不到十分钟，说长不长，说短不短。我还能说些什么？我结巴了，颠三倒四地唠叨了五分钟，用了各种修辞与叙事技巧，才解释清楚今晚的出租车司机与凶手的逻辑关系。

聂倩笑了，笑得那样放肆，笑得前仰后合，几乎露出裙子领口的深沟。我觉得自己遭受了羞辱。她还把我当作个小屁孩，而不是少年，更不是男人。她摸了摸我的下巴，手指尖依然冰凉，指甲有一点点锋利。浓烈的气息从她的鼻孔冲出，像泰森的铁拳击打我嘴上的绒毛。

然后，她说：“再见。”

我很遗憾，但也不意外。电风扇一直在对我摇头。风吹动聂倩鲜红的裙裾，露出十片涂得鲜红的脚指甲，就像洒了十滴血。

“对不起。”我走出她的房间，“晚安。”

我的鼻子酸了。我想我救了她，但她不这么认为。我走到宿舍楼下。正好我爸骑着 28 寸“老坦克”自行车来了。我做好挨揍的准备。但他没动手，他把我的书包放在车篮筐里，让我坐上后边的书包架。我回头看向二楼，聂倩在窗边看我。她向我挥手，模糊的剪影。我低下头。我又不是女孩子，还坐在爸爸的自行车后面。好没面子。

路灯光影被自行车轮不断切碎。链条转动声很响，我想该加机油了。我从背后搂着爸爸的腰，脸颊贴着他后背，闻到浓烈的烟草味。那时他的身材很好，脊椎很硬，毫无赘肉。他问为什么不抓住钢架子？我说因为很久没搂过你了。因为这句话，他才没揍我。

回到家，妈妈劈头盖脸骂我一顿，仿佛要我交代受贿大洋几何？发生过不正当男女关系几何？我妈是一家大型国企的纪委书记，官拜正处级，就差要宣布执行党的纪律，对我开除党籍移交司法机关。我说在大光明看了场电影，我太喜欢《侏罗纪公园》了。

我瞄了一眼电视机，中央电视台正在直播：中英双方国家领导人已经就座。爸爸拽着我坐上沙发，恰好奏响大不列颠及北爱尔兰联合王国《天佑女王》国歌，米字旗徐徐降落。镜头对准一脸苦相的威尔士亲王查尔斯王子。

零点到了，1997 年 7 月 1 日。《义勇军进行曲》奏响，五星红旗与紫荆花旗冉冉升起。

“根据中英关于香港问题的联合声明，两国政府如期举行了香港交接仪式，宣告中国对香港恢复行使主权。中华人民共和国香港特别行政区正式成立。这是中华民族的盛事，也是世界和平与正义事业的胜利。”

电视直播的中英交接仪式后，还有香港特别行政区的成立仪式。妈妈关了电视机。我敞开四肢，仰天躺在凉席上。我咧开嘴笑了。笑得那么猖狂，笑出了声。

我翻身爬起，从抽屉里找出日记本。宝蓝色的丝绸封面，内页雪白干净而柔软，仿佛躺在床上的小姑娘。我掏出钢笔，写下今日的一切，足足三页纸，最后一行——

我救了她。我很高兴。明天见。

二

但我错了，我没有跟聂倩再见，永远都没有。

我梦到了那头二十年前的大白鲸，变成一堆雪白峥嵘的骨头，完整排列在沙滩上，像博物馆里的史前恐龙化石。十九世纪的欧洲贵妇们，用鲸鱼骨做成束腰和裙撑，路易十五的情妇蓬巴杜夫人发明的。张爱玲在《连环套》里说："西洋女人的腰是用钢条跟鲸鱼骨硬束出来的。细虽细，像铁打的一般。"我接着梦到超强台风，巨灵神般的大白鲸，顷刻灰飞烟灭，只剩在滩涂上压出的一道硕大的轮廓。

1997 年 7 月 1 日，上午八点，我醒了，脑袋很疼。石膏像在对我嘲笑。妈妈急着出门，让我记得吃早饭。爸爸光着膀子到阳台抽了一支烟。我抓起电话，拨通聂倩宿舍的号码。铃声响了许久，我的手在发抖，我只听见嘟嘟声。我没来得及吃早饭，穿上回力鞋，背着书包，摔门而出。

我狂奔在阳光下，如同一头年轻的牲口。到了教师宿舍，我冲上二楼，聂倩的房门虚掩，留出一道细细的缝。风从门缝里往外钻。我打了个冷噤，叫了两声聂老师，无人回应。推开门，我踩到什么东西，狼狈地摔了一跤。我的脖子还能转，看到满目狼藉的地板，堆满书和杂志。一本未授权的《百年孤独》托住我的后脑勺，避免我摔成脑震荡，感谢加西亚·马尔克斯及时相助。电话机落在墙角。热水瓶打碎了，到处湿漉漉的。凉席一半搭在床上，一半拖在地上。只有电风扇还在摇头。昨晚可不是这副光景。

聂倩不见了。

床上没有她的体温。窗户敞开，正对一家工厂外墙。窗玻璃碎了，墙角全是玻璃碴，有两片沾着血迹。昨晚离开时，聂倩关紧了窗户。这是二楼，没装防盗栏，窗台上有个插销。除非打碎玻璃，否则拔不出来。我咬破自己的嘴唇，鲜血顺着嘴角滑落。

这是一起绑架案。两周后，会变成一起谋杀案。我记得凶手的脸，还记得他的出租车牌号码。我以为已经救了她。但我忽略了一件事——罪犯可能早就盯上了聂倩，知道她住在哪儿，即便我在苏州河边保护她逃下出租车。7 月 1 日凌晨，才是适合动手的好时机，漫长的暑假刚开始，而她将独自度过长夜。

我输给了凶手的执着，他不放弃想要捕获的猎物。很抱歉，我没能拯救聂倩。命运像一道 X 射线，无论用什么东西遮挡，都不会改变轨迹，也无法逃脱它对你的穿透。我流出两团泪水，几乎滚烫地烧红皮肤。十六岁，我经常一个人偷偷哭，但从不在别人面前。不好意思，这是我的秘密。我捡起电话，想打 110 报警，发现电话线断了。我透不过气。虽然窗户敞开，电风扇还在摇头。好像那个人就在这里，无孔不入的空气中。

我决定去派出所报案。我饿着肚子，坐了两站公交车。那时亚新生活广场刚开业，燎原电影院还没拆。我穿过闹哄哄的小菜场，污水与鲜血横流，空气中飘满动物尸体的气味。派出所是一栋不起眼的房子，门口停着几辆警车和摩托。

我撞上个年轻女警，红着脸向她求助，叫了一声小姐姐。她带我来到办公室，找到一个正在看报纸的男人："老田，你接待一下。"

这人跟我爸差不多年纪，脸颊两边冒着胡楂，头发乱蓬蓬，短袖警服像一团咸菜。他放下《参考消息》，头版头条还是香港回归。他掐灭手上的烟，啜了一口滚烫的绿茶，嘴唇上沾了几片茶叶，问我报什么案。

"失踪……不……是绑架。"

"谁被绑架了？"他漫不经心地问。但我感觉他的眼神，跟这里所有人都不同。

"我的班主任老师，她叫聂倩。"我报出了学校的名字。

民警放下茶杯："真巧嘛，我女儿也在你们学校，过完暑期就升初三了，你呢？"

这并不稀奇，附近几条街上的孩子，全在我们学校读书。我很多同学的家长都是国棉六厂、上钢八厂、面粉厂还有灯泡厂的职工，其中一半已经下岗。

“快毕业了。”我不想跟他闲扯，“昨晚，我去过聂老师的宿舍。今天早上，我再去找她，老师不见了。窗玻璃被打碎了，屋里乱得一塌糊涂。”

“昨晚不都在看电视直播吗？”他用眼角余光瞄我，“你几点钟还在老师宿舍？”

我必须如实回答，这将决定警方判断罪犯潜入的时间：“十一点半。”

“那么晚？是女老师吧？”民警的声音变得低沉，我的耳根子红透了。

“嗯，我送老师回宿舍的，只待了几分钟。”

“小朋友，你等等。”民警给我们学校打了个电话。刚放暑假，自然没人接。我最讨厌别人叫我“小朋友”。但如果是聂老师的男朋友来报案，说不定警察就会当真。

“不能立案吗？我报的不是失踪案，也不是绑架案，而是谋杀案！”

我的音量失控了，特别是“谋杀”两个字。派出所好些人回头看我。发现是个中学生，大家虚惊一场，该干吗干吗去了。民警冷冷地端详我的面孔。他眼角全是皱纹，但年轻时应该卖相不错，鼻梁山根挺高的，像罗马尼亚电影里的多诺万警长。

“你这个小孩有点意思。”他掏出一张报警案件登记表。我道了声谢，接过表格和笔，填写自己的姓名、学校与地址。我写了今天早上，我在聂倩宿舍看到的种种细节，仿佛犯罪小说的第一章，先从杀人现场写起，渲染气氛，烘托环境一番。

“你的作文不错嘛。比我女儿写得好多了。”民警双手交叉站在我背后，观察我写的每一句，“别忘了填写家长的姓名和单位。”

当我写完最后一行，他用手指关节敲了敲表格，一下子喊出我的小名。

我愣了：“你认识我？”

“我叫田跃进，你爸没提起过吗？”

“没有。”我不记得我爸有过公安局的朋友。

“我还抱过你呢！那时你穿着开裆裤。”田跃进揉了揉我的头发，好像摸一团仙人掌，“饿了吗，跟我一起吃食堂吧。”

他抓住我的胳膊，像逮捕一个小偷。我无力抗拒，何况早饭还没吃呢。我拿走了他桌上的卡片，印着他的电话和 CALL 机号码。

派出所的食堂很小，田跃进扔出几张饭菜票，为我点了两个鸡腿，加上一大碗蛋花汤。

食堂阿姨问：“老田，带儿子来吃饭了？”他摇头说是侄子。

“小伙子，你正在长身体，要多吃点！”他给我添了许多饭。我早已饥肠辘辘，扒着饭盒狼吞虎咽。

田跃进没吃多少，笑眯眯地看着我：“我家女儿小麦啊，说什么要减肥，成天不吃东西，要是像你这样就好了。”

我都不好意思吃了。田跃进又问：“你爸还好吗？还在开卡车吗？”我想了想，反问他：“你们是怎么认识的？”

“一起扛过枪。”

没错，我爸年轻时当过兵，但他很少提及。田跃进饭后一支烟，吐出浓浓的烟雾，拍着大腿站起来：“带我去你说的案发现场！”

他脱下警服，换成便装，推出一辆老掉牙的自行车，让我坐到书包架上。老爷车浑身叮当响，田跃进却把车轮踩得飞快。我坐在后面心慌说慢点啊。田跃进不搭理我，嘴里叼着烟，穿行在午后的马路，直到教育局宿舍楼下。

田跃进绕着整栋楼转了一圈，双眼如同机关枪扫射。我问他：“只有你一个人吗？没有技术侦查的警察？收集指纹、毛发、脚印……”

“电影看多了吧？”田跃进笑起来，“第一，我让你填了表格，但不等于已经立案。第二，我只是派出所的民警，不是刑侦支队的刑警。我只是利用午休时间，陪你来现场看看而已，不要想太多。”

我感觉自己被耍了：“那你来干吗？”

“我在刑侦支队干过二十年，今年才来派出所。”田跃进走上楼梯，“哪个房间？”

“刑警？”我有些小激动，“你破过杀人案吗？”

田跃进回答：“不算多。我亲手抓过十九个。”

我不觉得自己是夏洛克·福尔摩斯或赫尔克里·波罗，我更喜欢达希尔·哈米特或雷蒙德·钱德勒笔下的侦探们。眼前这个沧桑的男人，当我看到他的第一感觉，更符合我的期待——他就是能帮到我的人。

来到聂倩宿舍门口，田跃进轻轻推门进去，走路几乎没声音，没碰到屋里物件，像在勘察杀人现场。不用拍照片，也不用笔记本，他全靠眼睛记录细节。他注意到碎玻璃碴上的血迹，戴上手套，掏出小镊子，放入一个牛皮纸信封。

“喂，别告诉任何人我来过这里。我只是个派出所民警，这不是我该做的事。”田跃进把头探出窗外，“玻璃是从外边被打碎的。”

二楼外墙有根落水管，爬上来并不难。田跃进打开衣橱，聂老师的衣服几乎都在。还有日常洗漱用品，两包卫生巾。抽屉没上锁，没有现金，也没有银行存折。聂倩的钱包和身份证不见了，但留下了教师证、借书卡与公交车月票。

田跃进回到底楼，站在聂倩的窗下观察，自言自语：“她是怎么被带走的呢？”

“凶手有车啊。”我一路紧跟在他屁股后头，“一辆红色的桑塔纳普通型出租车，聂老师被关在后备厢里开走了。”

田跃进盯着我：“你说罪犯是出租车司机？”

“二十七岁，崇明岛人，我记住了他的脸。”

“你看到了罪犯？”

“是！”那张面孔似乎跳到眼前，我的胃里又感到恶心了。

“什么时候？”

“昨晚十一点。”

田跃进回到宿舍二楼：“在这里？”

“不，在国际饭店门口。我和聂老师一起坐出租车。”我眯起双眼，房间仿佛变暗几分，“他就是罪犯。”

“告诉我理由？”田跃进在楼道里点起一支烟。

“感觉……”我的身体僵直，舌头也要僵直了，“还……还有……上个月，崇明岛海岸上发现三个女孩的尸体。”

“不用你提醒，最近每天晚上，我们派出所民警都在苏州河边巡逻。”田跃进猛吸一口烟，火星烧得飞快，“说下去，昨晚十一点，红色出租车。”

我言简意赅地说出了在苏州河边，最荒凉的那一段，我带着聂倩虎口脱险的经历。

“我知道那地方，离这里很近。出租车司机对你们动手了吗？或说了什么威胁性的话？”

“没有。”

前刑警摇头：“那你还是没法证明他是罪犯，抢劫都算不上。”

“我听说，三个被害的女孩，都是在那附近失踪的。我家就住在苏州河边，人人都知道这件事，这可不是谣言吧？”

“嗯。”他掸了掸烟灰，皱起眉头，“这些天，我也不让女儿出门。”

我抓狂地来回走着，今天凌晨三点或四点，天黑得如同锅底。我爬上教师宿舍二楼，用某种工具打碎窗玻璃。我的手指修长而有力，拔出窗台插销，翻身跳入室内。聂倩惊醒，一番短暂挣扎过后，她受伤昏迷了。房间因此混乱，书架倒了，热水瓶爆裂，无人听见。我带走失去反抗能力的聂倩。路边停着一辆红色桑塔纳出租车。彼时满城寂静，人们刚看完香港回归的直播而入眠。聂倩被塞进后备厢。我坐进充满栀子花腐烂味的驾驶座。我或许点了一支烟，慢慢烧到过滤嘴，点火，换挡，离合，油门，向某座大岛飞奔而去。我是出租车司机，我是凶手，我住在一座大岛上，我杀害了三个年轻女孩，聂倩将是第四个。

以上，我在田跃进面前活生生表演了一遍，仿佛一幕哑剧。

“你不是个老刑警吗？你抓过那么多杀人犯，你的眼睛就像X光那么厉害，只要盯着他的眼睛，稍微问他两句，肯定会露出马脚。”

田跃进吐出一口烟：“对不起，我没你说得那么厉害。”

“就算我是错的！就算那个司机是无辜的，他也不会少块肉，大不了再找别人好了。”

他沉默几秒，一把掐灭烟头：“你记住车牌号了吗？”

“我记住了！”我报出那串号码。

田跃进揉了揉我的头发说：“这桩大案子，现在是市公安局刑侦总队专案组负责。我会把这些情报转达给专案组的。但我只是一个派出所民警，所以别抱太大希望。”

“如果你没能逮住那个人，今年夏天，就会有更多的女孩失踪和死亡。”

“我明白。”他的声音变得低沉，“我想逮住他。”

我捂着自己的胃说：“要当心啊，这个人极度危险。”

“不用为我瞎操心。”田跃进板下面孔，“还有个问题，你说昨晚十一点钟，你和老师从国际饭店出来，为什么？”

“老师请我们吃晚饭，在南京路中百一店隔壁的美式牛排。总共五个同学。你要是不相信，可以去问他们。吃完饭，她和男朋友去了大光明电影院，我也进去看了场电影。”

“哪个电影？”他在试探我。

“《侏罗纪公园 2》。看完电影，聂老师被男朋友拖去了国际饭店。他们吵架了，她不愿意跟那个男的上楼。我带着老师逃到南京路，上了那辆红色出租车。”

田跃进闷哼一声：“看不出，你小小年纪，胆子倒还挺大的。”

“昨晚，我陪聂老师回到这里，她打电话让我爸来把我接回家了。”

“你的老师做得很好。”田跃进的手指头戳了戳我的心口，“但你这里可不像十六岁！告诉我，聂老师男朋友的名字？”

“不知道，昨晚第一次见到。”

“我会打听到的。”他的目光在我的脸上打转，“你能不能告诉我，你的嘴唇皮是怎么回事？”

“嗯？”我找到聂老师宿舍里的一面小镜子，发现有一道淡淡的结痂，暗戳戳地隐藏在嘴唇褶皱里，“今天早上，我不小心自己咬破的。”

田跃进凑近我的嘴唇，双眼冷酷地说：“1988 年，我破过一桩强奸杀人案，在嫌疑犯的嘴唇上发现过类似伤痕。他一开始也说是自己咬的，但那种形状和角度的伤痕绝不可能。我们对比了被害人尸体上的牙齿，确认就是在强奸反抗过程中咬破的。一个半月后，这个强奸杀人犯被执行死刑。”

我的嘴唇皮在发抖，这双老刑警的眼珠子绝对有透视功能。最坏的可能性，就是出了冤假错案，我被当作罪犯一枪毙了。

“别再让人来了。”田跃进搂着我的肩膀，将我带出宿舍，关紧房门。

“这就完了？”我跟着他走下楼梯，追在屁股后面问。

田跃进拉平我的 T 恤下摆：“我不会告诉你爸的，我为你保密。”

我道了声谢。他还要送我回家。我本想拒绝，但他的大手搭着我的肩膀，立马让我屈服。我坐上自行车书包架。这回他骑得优哉游哉，像荡马路看风景。

到了我家楼下，田跃进急着返回派出所：“今天午休得太久，有人要说闲话了。不要再回老师的宿舍去，那地方可能有危险。还有啊，这些天别乱跑，尤其晚上。”

我问他：“你怕凶手来找我麻烦？”

“应该不会吧，但还是小心点好。”

我攥着田跃进的卡片说："如果我打你电话，你会告诉我调查结果吗？"

"当然。"

"谢谢你，但我不会代你向我爸问好的，因为我不会说我见过你。"

"随你。"田跃进骑上自行车走了，穿着便装的背影，就像个中午回家吃饭的工人。

自从接触过凶手，我像被传染上了瘟疫。浑身骨头酸痛，尤其胃里翻腾恶心，就是看到红色出租车司机的第一眼感觉。我昏睡到晚上，打开电视，新闻联播加长了，全是香港回归。我爸不知何时回了家，他说我妈在开会，让我们先吃饭。他从微波炉里拿出剩菜，煮了两碗康师傅方便面。他问我上午去哪儿了，我说找同学们玩去了。我爸点上一支烟，漫长地发呆，烧出长长的烟灰，若非我提醒就烧到手指了。

我爸是个职业司机。他开的是一辆硕大无朋的集装箱卡车——红色喷漆车头酷似汽车人首领擎天柱，这也是我喜欢变形金刚的原因。车架子可载40尺高柜，配货毛重22吨。它是汽车界的巨无霸，陆地巡游的航空母舰。每次点火都会发出震耳欲聋的轰鸣，令人联想到斯大林格勒或库尔斯克的装甲大战。

这年春天，我爸开车撞死了一个人。出事时落着淅淅沥沥的小雨，他拉着一个集装箱去南京。集卡开到长江边的一条小路，小树林窜出一个人影。虽然踩了刹车，但下雨天路滑，车轮来不及制动便吞没了那个人。路面一片鲜红，向着长江蔓延……我爸承认，他连续驾驶十几个钟头，事发时几乎打了瞌睡。但交警没有判定他的责任，因为死者乱穿马路负全责。无人知道死者是谁。就是个无名无姓的流浪汉，身上没有任何能证明身份之物，更没有家属来认领尸体，只能烧成灰撒了。我爸一分钱都没赔出去，驾照也没被吊销。

五斗橱的玻璃台板下，压着一张爸爸年轻时的照片——他大概二十岁，穿着绿军装，在冰天雪地吹着笛子。这是一张合影，我爸身边还有个士兵，扛着56式自动步枪。我认出了这张面孔，明知故问："他是谁？"

"他叫田跃进。"我爸又点了一支烟，用烟灰缸盖住这张照片，"我们一起在黑龙江当兵。沈阳军区，第62高炮师。"

"你们关系好吗？"我的胃里很难受，正在流鼻涕。

"复员后，他分配到公安局，我当了卡车司机。你一岁多的时候，我带你去过他家一次。那时候，他的女儿刚出生。然后，我和他就没怎么再联系过了。我只听说，田跃进是个很厉害的刑警，破过好多杀人案。"

突然，我打了个猛烈的喷嚏，胃里的康师傅方便面，全被我呕吐在地板上。

7月1日晚上，我爸陪我去了街道医院。体温三十九度。医生说我是急性肠胃炎。打了针，吃了药。高烧让我的脑子变成幻灯片，不断抽进抽出聂倩的脸，偶尔也有凶手的脸。

三

聂老师失踪后，我大病一场，日夜颠倒，不知有汉，无论魏晋。但我坚持写日记，每日寥寥数语，记录体温和吃药，更像病历卡。我爸从菜场买了只童子鸡，在阳台上活杀给我补身体。小公鸡被抹脖子凄厉尖叫时，我听到晚间新闻：泰国宣布放弃固定汇率制，改为浮动汇率制，泰铢兑换美元暴跌17%。我家书橱摆满了小人书、历史书、科普书、地图册，还有不少老古董般的书，从《钢铁是怎样炼成的》到《安娜・卡列尼娜》，其中一半是我妈的。病后三天，我读完了张爱玲的《金锁记》，她的文字有股病恹恹的中药味，让我的体温下降到三十七度。

盘踞在我床头的石膏像，长发飞舞，须髯遒劲，原版是巴黎凯旋门上的浮雕。半年前，我爸花了两百块，把它从美术用品商店背回家。当时，我异想天开要考美术专科学校，刘海粟创办的中国最早画人体模特的地方——某种程度也是向往这个。聂倩并不赞成我去艺考，她觉得我应该读中文系或历史系。但她说，如果因为老师反对而放弃，你会恨我一辈子的。我自己买了教科书和素描铅笔，每天画一幅石膏像，将这法国老头画得惟妙惟肖，竟有黑白照片的真实感。专业考试那天，我却不敢出门。我害怕失败，我只是个三脚猫，我害怕一切与人面对面的竞争，害怕在别人面前丢脸。第二天，晚自习教室，聂倩让我给她画一幅肖像。我的发挥失常，没能抓到她的精华，反而放大了某些缺点。我气得哭出来，就差把画像撕了。她阻止了我。聂倩说，她的妈妈是小学音乐老师。她从小跟妈妈学钢琴，十二岁时，妈妈死于乳腺癌，她再没碰过钢琴。她爸新娶了老婆，生了个弟弟。初中时，她离家出走过。高中在省城的寄宿学校，大学考到上海。每年寒假和暑假，她都没回过老家，也几乎不给家里打电话。她推开窗户，指着旋转的星空说——那就是你的画，那就是你的小说。

忽然，老师的脸在我脑中碎裂，仿佛剥落的面具，重新排列组合成另一张脸——凶手的脸，红色桑塔纳出租车司机。我铺开铅画纸，抄起 2H 铅笔，勾出这张脸的轮廓。凶手的面孔，仿佛有道光，从腐烂的栀子花里射出，自下而上贯穿。他的每根毛孔都油光闪亮，胶片般的质感。打形后用明暗描绘，尤其眼角与鼻子下的阴影，慢慢打磨出立体感。我画了整整半天，完全依靠三天前的记忆。凶手的脸，强行定格，跃然纸上，被我放在床头柜，遮住石膏像，将要伴我入眠。

晚上，爸爸看到这幅素描画像，默默点上一支烟："这张脸好像一个人。"

"谁啊？"我的心头一阵狂跳，通常惊悚电影里才会出现这样的情节。

"被我撞死的那个人。"

"流浪汉？爸，他真的死了吗？"事实上，那个无名氏被几十吨重的集卡压成两半。我爸亲眼目送他进入了火化炉。

我爸问我："你是在哪里看到这张脸的？"

"梦里。"我不敢说实话，我怕他也会去找凶手问个究竟。我爸说这张脸让他感到不舒服，劝我趁早收起来。我想问题不在这张脸，而是我们父子共同遗传了某种敏感的基因。

我不该对爸爸说谎。当晚，画像里的那张脸，真的闯入我的梦里——凶手开着出租车来到我家楼下，悄无声息地潜入房间，凝视床头柜上他的画像。他爬上我的床，掀开毛毯躺下，从背后抱着我，抚摸我的肩膀和后背，用那双杀人的手。

黎明前，我惊醒了，内裤竟然脏了。这天是7月4日，美国独立日。气温上升到三十七度。我在午后出门，圆领T恤胸前印着古巴国旗与切·格瓦拉，那时我还不认识他，我妈从华亭路淘来的。

我忘了田跃进的警告，又去了聂倩的宿舍。上次离开时锁了门，我决定从窗户爬进去，像凶手做过的那样。刚生过一场病，力气还不够，我抓住铁皮落水管，脚底发虚地踩上一楼窗台。我的膝盖蹭到水泥外墙，鲜血滴滴答答。窗玻璃早就碎了，我不可避免地破坏了案发现场。屋子通风了三天，处处积满灰尘，倒是没什么异味。没人进来过，铺满地板的书也是原样，比如《红楼梦》盖在《简·爱》上。我相信警察不会再来了，除非他们发现聂倩的尸体。

我打开摇头风扇，坐在聂倩的床上，拂去凉席上的灰尘。风一阵阵扫来，从我的脚指头摸到脖子。膝盖结痂了。我第一次躺在她的床上。她还活着吗？还是按照凶手的作案规律，要等到绑架半个月后：7 月 14 日或 15 日。昨晚没睡好，刚吃过午饭，正是最困的时候。去年，下午第一节语文课，莫泊桑的《项链》，我趴在课桌上睡着了。换作其他老师，早把我拎起来羞辱一顿。但聂倩一边念着课文，一边走到我身边，若无其事地放大声量，让我惶恐地惊醒。下课后，我向老师道歉，说我早就读过《项链》了。她说她在我的日记里看到过。

门外响起脚步声。我从聂倩床上爬下来，无声息地走到门背后。我慢慢趴下，侧脸贴着地板，透过门下空隙，看到一双红色女鞋。我的心脏像在油锅上扑扑地煎着。门外那双女鞋，原本鞋跟对着我，转身用鞋尖冲我。有人敲门，响起一个女声："聂老师？你回来了？"

白雪的声音。我泄气地开门。白雪几乎摔进门里，她盯着我的脸："怎么是你？"

"我正好路过，就来看看聂老师是不是回来了。"我不敢说是从窗户爬进来的。

“这房间怎么变成这样了？”白雪捡起地上的书和杂志，“好像小偷进来过欸？”

我顺着说下去：“你看啊，窗玻璃都打碎了，小偷肯定是从这里爬进来的。”

“聂老师失踪三天了。”白雪摸了摸写字台上的灰，往我脸上吹了吹，“中考前，每个礼拜天，我都会来这里补课，老师没收过一分钱。”

我捏住鼻子扇了扇灰，抓着她说：“我们走吧。”

“等一等。”她甩开我的手，走到床边，摸到凉席表面的温度，“你在这里睡午觉？”

“嗯，我困了。”

“你是不是喜欢聂老师啊？”白雪的功课一塌糊涂，对于男女关系却早熟得很。

我红着脸摇头：“别瞎说。”

“我也喜欢聂老师啊，还有俞超、阿健、小犹太，我们五个人都喜欢聂老师。”白雪也躺在聂倩的床上，“有一回，我看到老师心情不好，就买了几罐啤酒和许多小零食来陪她。聂老师喝了几杯，还流了眼泪。我问她为什么，但她不说。”

白雪在床上打了个滚，爬起来打开电视机，还有 VCD 影碟机。我找出遥控器，按下 OPEN 键，里面居然有张碟片，圆形表面印着电影海报，一张白种女人的面孔，眼珠子似是红色，嘴巴被一只张开翅膀的飞蛾掩盖——蛾子有一张骷髅的面孔。这海报眼熟啊，就在我嘴边打转却说不出。我把碟片塞回 VCD 机箱。白雪按下播放键："反正闲着没事儿，我们看碟片吧！"

电视机变成蓝屏，跳出一长串版权保护的英文，所有盗版碟上都有同样的警告。片头是一只狮子的怒吼，米高梅电影公司。画面展开，浓雾弥漫的森林，字幕跳出片名——

The Silence of the Lambs

朱迪·福斯特抓着绳索爬上来了，实习期的菜鸟探员，她叫史达琳。

接着亮起中文字幕：《沉默的羔羊》。白雪拉起窗帘，仿佛漆黑的电影院，跟我一起盘腿坐在聂倩的床上。我像柳下惠似的正襟危坐。当吃人博士汉尼拔出场，白雪说那个人笑起来很恶心。她以为片名叫《沉默的羔羊》，肯定会看到那只羊，谁知解剖台上的受害者、变态杀手"水牛比尔"，还有吃人博士的晚餐都粉墨登场，那只羊却遥遥无期。她问我为什么？我告诉她，羔羊就是所谓"杀坯"，鸡啊鸭啊牛啊羊啊……不是在婴儿期被杀了剥皮，就是在青春期被杀了剥皮，或者在无数次被剪羊毛直到年老色衰以后被杀了剥皮……

我却仿佛看到 7 月 1 日凌晨，当我离开这间宿舍，也许聂倩睡不着了，她取出这张碟片塞入 VCD，直到凌晨三四点。她忘了把碟片从 VCD 中取出来。然后，凶手来了。他也许在楼下或门外等待良久，等待汉尼拔博士远遁，宿舍恢复寂静，女主人刚刚入梦。

我从聂倩的床上跳起来，冲出宿舍。白雪追在后面问："片子还没完呢？你要去哪儿？"

"对我来说已经结束了！"我跑下楼梯，将白雪和史达琳探员一起扔在犯罪现场。

我依靠两条腿，奔过三个路口，穿过拥挤喧闹的小菜场，闻着杀鱼和杀鸡的血腥味，一路冲到派出所。不时响起中年妇女的吵架声，宛如一口热气滚滚的蒸笼。吊扇有气无力，一阵阵风扇在脸上像温热的耳光。田跃进从一大堆户籍档案中抬起头，看到浑身汗臭上气不接下气的我。

过去三天，我大半在病中，却给田跃进打过十遍电话，但从没打通过。我 CALL 他的寻呼机，也没回电。我又打他家里电话，有个女生接听了。她的声音好听极了，让人如沐春风。她问我是谁，我报出了自己的名字。我说我是你爸战友的儿子。她说你好，我叫田小麦。田野的田，小麦的小，小麦的麦。她说她爸不在家。她问我是哪个学校的？我说我们是同一所学校的。她很高兴，便跟我在电话里多说了几句。她说爸爸不准她出门，暑假闷在家里很无聊。她答应我，会逼着她爸给我打电话的。

"小麦跟我说了。"田跃进给我倒了一杯水。我问他为什么不回电话。田跃进说最近很多人来办户口，都是外地回来的知青。

有的不符合政策，跑来跟民警吵架。有人闹得兄弟姊妹反目成仇，大打出手进了派出所，田跃进忙得晕头转向。他点起一支烟，脸上皮肤有些松弛，疲惫不堪，“我联系上聂老师的父母了。今年暑假，她原本就没计划回老家。我想，你的聂老师确实失踪了。”

“聂老师说过，她不喜欢回老家，过年都不想回去，也省了春运挤火车遭罪。她宁愿一个人守在宿舍里过除夕。”我想到了另一个人，“找到她的男朋友了吗？”

“我找到了。”田跃进喝了一口浓茶，“那一晚，他跟聂倩在大光明电影院看了《侏罗纪公园 2》，然后去隔壁的国际饭店。有个中学生冲出来，拽走了他的女朋友，跳上一辆出租车走了。他想把那小子抓住揍一顿。你放心吧，我没把你的名字说出去。”

我霍的一下站起来：“他有一个地方隐瞒了，聂老师不想跟他上楼去。他打了聂老师一个耳光。我是保护老师逃出了国际饭店。”

“坐下。”田跃进将我按在座位上，动作幅度很小，但力道极大，让人无法抵抗，“我去了趟国际饭店，向那天值班的人员打听。你没说谎，不止一个人看到了。”

“你觉得聂老师的男朋友是罪犯吗？”我大胆地提出了这种可能性。

“不。”田跃进盯着我的眼睛，像走在屋顶上的老猫，“我做了二十年刑警，我能看穿许多人的双眼。”

“那你相信我了吗？”我的手指头有些发抖，“可以立案侦查吗？那个出租车司机。”

“我们已经立案了。”

“绑架案？”

“失踪案。”田跃进将厚厚一沓户籍资料送还到档案室，擦了一把头上的汗。办公室里的人变少了，他掐灭烟头说，“根据车牌号码，我找到你说的出租车司机了。”

“他没逃跑？”

“嗯，他说还记得你，香港回归的那一夜，在苏州河边带着个女的跑了。他以为你们俩是情侣，虽然你看起来小了一点。你们是他当晚拉的最后一单生意，然后就回车队了。”

“你一定看得出他的眼睛在撒谎！”

“不，他没说谎。”田跃进倒是盯着我的眼睛，“听我说，你的判断没有道理。就凭在聂老师失踪当晚，他开出租车拉过你们？就凭他是崇明岛人？但把人带下车的是你，最后一次接触她的也是你。如果必须要抓个人来审问，那就是你。”

这番话在逻辑上无懈可击。我就是嫌疑最大的那个人。我想我再也不会回到这里了。我转身冲出派出所。

天黑了。但我不想回家。我摸了摸口袋里的硬币，用路边的公用电话打回家。我妈在等我回家吃饭，我说刚在外面吃过，晚上去同学家玩。我留在电话亭，又拨了114，查询一家出租车公司的号码。我拨出第三个电话，打到出租车公司的服务热线。我说白天坐出租车，有个小包落在车上，我没拿发票，但还记得车牌号码。半分钟后，我知道了司机所在的车队地址。我问现在可以去吗？回答是 24 小时都有人值班。

我买了几个油墩子充饥。坐上一辆公交车，刚过晚高峰，我还抢到一个座位。黑夜里闪烁各色灯光，阴影如棋盘格子烙在我脸上。六站路后，我来到出租车公司车队门口。

值班室的调度员查了小本子说："驾驶员叫夏海，他还在外面开车，半夜才能回来。"

我把头伸进窗口，瞄到小本子上的名字——夏天的夏，大海的海。

"阿姨，小包里有一张准考证，今晚我必须要拿到，不然没法参加明早的英语考试。"我因为撒谎而脸红，幸好天黑人家看不清。

调度员是个中年妇女："可我快下班了啊。这样吧，你在夏海的宿舍门口等他吧。我用对讲机通知他，让他快点回到车队。"

"他就住在这里？"

"嗯，我们车队的驾驶员一半都是崇明来的。"

调度员领着我到一栋小楼前。她让我等在三楼宿舍门口，便下班走人了。我在三楼转了一圈，有扇窗户没关牢。我爬进宿舍。我不敢开灯，依靠窗外的光，看到四张单人床。到处晾着男人的内裤和毛巾，房间四角堆满了杂物。

出租车连环杀手——夏海，你睡在哪张床上呢？我的心脏狂跳。一张床上堆着许多杂志。我从桌上捡了个打火机，用火苗照明一看，封面上全是光屁股女人，陪伴孤独的男人度过长夜。第二张床，臭得像牲口棚，我有个简单推理——变态杀手都有一定程度的洁癖，不可能睡在这么龌龊的地方。第三张床，整理得相对干净，床头柜上摆着几个相框，全是一家三口的合影。照片里的男人四十多岁，显然不是年轻的夏海。

最后一张床，我闻到某种植物腐烂的气味……

味道并不难闻。我用打火机照着床头，看到许多磁带，都是张国荣的专辑，从《风继续吹》《爱慕》到《宠爱》《红》，还有《夜半歌声》电影原声专辑。这是凶手的床，我听过他在出租车上放张国荣的《倩女幽魂》。我不知道该怎么办？无论是死是活，他不可能把聂倩藏在这里。我很后悔。我以为找到了一个好警察，可以解救聂倩。可惜所托非人，田跃进什么都没能办到。刚发现她失踪的第一天，我就能用这种方法找过来。但我没有。因为我害怕再见到这张脸。想一想都会胆寒。

大病初愈，我的身体还很虚弱。今天走了那么多路，爬过两层楼，小腿肚子发酸，无力地坐在床上。凉席下竟是席梦思，坐下去很舒服，仿佛陷入流沙。我用力吸着床上的腐烂味——栀子花，出租车里充满同样气味。我可以闭上眼睛，却无法闭上鼻子。气味越加浓烈，像打碎的温度计，水银泻地，无孔不入。

我竟然睡着了。也许太累了，也许因为栀子花的腐烂味。我躺在凶手的床上，做了一个短暂的梦，自然是梦见了聂倩。天上升起烟花，绽开的刹那，照亮了她眼角的细纹，略微松弛的脖子，斑纹点点的脸颊。这是二十年后的聂倩，我第一次如此清晰地看见她。待到烟花落尽，她的皮肤碎裂成无数红色小字，又像蝴蝶翅膀纷纷飘落。一片蔓延的大海，潮水汹涌退却，露出黑色滩涂，银色月光刺入淤泥，掘出白骨一堆。

我惊醒了。一阵腹痛，仿佛小刀切开肚皮。我在凉席上翻滚两圈，不知为何，我的 T 恤已被翻到胸口。白天，我躺在聂倩宿舍的床上。今晚，我却在抓走聂倩的凶手的床上睡着了。仿佛与他同眠。幸好他没回来。但好运气不会再来第二次。我从窗户跳出去。

月亮高高挂着。楼道走来一个人影。我想要逃，却被对方抓住。我在反抗。但他的手很大，掌纹粗糙，布满老茧，像只铁钳，让我动弹不得。他的呼吸声很重，还有浓烈的烟草味。凶手没有他这么强壮。他叫出我的名字。他是田跃进。

墙上有盏昏黄的灯，他穿着白衬衫，面孔棱角分明，鹰隼般的目光。田跃进拉着我下楼，冲出大门。他打开自行车锁，让我坐在书包架上。昏睡了一觉，我依然虚弱，头靠着他的后背。他的脊背很硬但很热。我问几点了，他说深夜十点。我问他怎么会来这里。

田跃进蹬着自行车说：“你从派出所走后，我总觉得你会做点什么。等我回到家，给女儿做好晚饭，抽了一支烟，就给你家打了电话。你妈接了电话。我没说我是谁，只问你回家了没有。你没回家，我就猜到你来找凶手了。出租车牌号是你告诉我的。我能找到，你也能找到。小朋友，你一点都不笨，胆量也挺大的。”

“不要叫我小朋友，我不知道我笨不笨，但我的胆量嘛，非但不大，反而很小。”

“今晚有何发现？”

“嗯……凶手是个张国荣歌迷，他身上有股腐烂的栀子花气味。”

田跃进的声音就像直接穿透了我的脑壳：“答应我，不要再去找他，不要再去闯祸。不管能不能找到聂老师，这件事对你来说，已经结束了！”

半小时后，田跃进带着我回到家门口。我回到家，十点半了。掐指一算，我在凶手的床上小憩了一个钟头。我妈质问我去了哪里，我说在俞超家里玩电脑游戏。妈妈说今晚有个电话找我，听声音是中年人。我说也许是骚扰电话。我妈闻到我一身臭汗，还有烟草味，问我是不是抽烟了？我说没有。我从不抽烟，这个好习惯保持至今。

妈妈帮我打开热水器。我走进卫生间，脱了切·格瓦拉头像的T恤衫，看见镜子上有行红色的字。不是镜子，而是我十六岁的肚子，平坦苍白的皮肤上，红色记号笔的三个字——

你是谁？

看着朦胧的镜面，我捂住嘴巴，几乎摔倒在地砖上。我的胃里开始恶心，抱着马桶呕吐。我擦拭镜面上的水汽。能在我身上写下这行字的人，必是凶手——出租车司机夏海，他接到对讲机通知回到宿舍。他看到了我，陌生的少年，竟在凶手的床上酣睡。他床上那股味道，不仅是腐烂的栀子花，还有某种迷药成分，让人短时间失去知觉——我猜凶手就是用这种手段，让聂倩失去了反抗能力。趁着我毫无防备，夏海完全能将我绑起来，关入出租车的后备厢。但他跟我开了个玩笑，掀起我的衣服下摆，在我的肚皮上写："你是谁？"

"你是谁？"

怪不得，我是被腹痛惊醒的，仿佛冰凉的小刀在割我的肚子。夏海在我肚皮上写完这三个字，便隐藏在床边的黑暗角落。而我木知木觉地醒来，既没看见肚子上的字，也没发现他就在旁边，跌跌撞撞地逃出去了。而田跃进及时赶到救了我的命。

我不想让我妈看到这些字。我抓着莲蓬头，用烟雾腾腾的热水冲洗肚子。洗了快一小时，才冲掉那不可名状的气味。凶手的气味。等到肚子不留一丝痕迹，我才穿好衣服出来。妈妈发现我脸色很不好。我说今天玩得累了。其实我妈也很累，今天从早到晚审查受贿案，明早还要坐火车去北京开会。我妈给我重铺了凉席，抱怨世风日下。

我看着床头的凶手画像，仿佛还躺在他的床上，鼻息里全是栀子花腐烂的气味……

四

我失眠了，辗转反侧，直到天明。

1997 年 7 月 5 日，不到六点，我早早起床。妈妈问我怎么不睡懒觉，我不吭声，迅速刷牙洗脸吃早饭，飞也似的冲出家门。

我去找凶手。既然他问我，“你是谁？”，我也要问他相同的问题。

闻着助动车的汽油味，卖蛋饼的地沟油味，早班女工的花露水味，早高峰的公交车挤得我七荤八素。我来到出租车公司大门口，只见一辆辆出租车开出来。我找到调度员，胖胖的中年妇女。她阴着脸说：“小朋友，你找夏海吧？他回崇明老家去了。”

“什么时候？”我还是装作很着急的样子，“今天我就要考试了。”

“跟你前后脚，五分钟前。”

“他的车呢？”我看着停车场里的十几辆出租车，想要找到那辆红色普桑。

“一起开走了。”

“能用对讲机叫他回来吗？”

女调度员一脸严肃：“夏海检查过车了，没找到你说的小包。你说是什么时候丢的？从哪里上车？从哪里下车？”

“昨天……”

“他昨天只做过一单生意，公司派的，从机场接客人去苏州。我这里有记录，中午从车队出发，一点钟到机场，两点接到客人，五点到苏州工业园区。”她认真地念着小本子，“回来碰到堵车，晚上九点才到车队。昨天，夏海不可能拉过你。小朋友，你为什么说谎？”

我的心头狂跳，眼前发黑，这个女调度员比杀人凶手更可怕：“其实……”

胖胖的女调度员冷笑一声：“夏海说，昨晚他回到宿舍，发现你躺在他的床上。他看你睡得很熟，不好意思叫醒你，就出去吃饭了。等他再回来，你已经不见了。”

我不敢看她的眼睛。我真后悔，昨晚洗了一把澡。否则我就撩起衣服，让她看看凶手在我肚子上写的三个红字！

“对不起！我说谎了，我只是想找到夏海。”

这个女人把我臭骂了一顿，从五讲四美诚实守信七不规范说起，上升到报假案的刑事犯罪，若非她将心比心宅心仁厚，我必将堕落成失足青年，白茅岭农场就是我的未来。而她成了我的救命恩人，堪比大慈大悲的观世音菩萨。

灰溜溜离开前，我固执地回头："夏海什么时候回来？"

她没好气地回答："他打包了行李，在外面借了房子。今年夏天，他不再回宿舍住了。"

不能让他畏罪潜逃了！我问调度员："他是崇明人吧？能把他家地址告诉我吗？"

"小朋友，你跟他到底什么关系？"

扪心自问，没有答案。但我必须编一个理由，否则无法跨过这道门槛。我想起挂在我床头的那幅素描画像，想起他潜入我家的噩梦。

"我喜欢夏海！"

不晓得为什么，我不经过大脑思考，说出了这个愚蠢的理由。

四十多岁的女调度员低头思量，脑回路转了几圈，突然瞪大眼睛："小赤佬……太恶心了……怪不得……你还睡在他的床上……哎哟妈呀……现在的小孩啊……吓煞忒人……"

她的面孔煞白，打开外面的水龙头，拿起肥皂洗手洗脸，仿佛跟我说话就会传染上什么不治之症。

当我红着脸后退，女调度员翻开另一个小本本，吼了一嗓子："崇明七姑娘村，别让我再看到你了！"

我没有道谢，连滚带爬地逃出去。我在烈日下奔跑，心底重复“崇明七姑娘村”。或许，凶手正开着红色的普桑出租车，向着崇明岛，向着七姑娘村疾驰而去。我不晓得那是岛上何处，是否靠近抛尸的海岸？

清晨七点。气象预报37摄氏度，连风都带着赤道的灼热。这个夏天，我决心登上崇明岛，去七姑娘村，去救我的老师。警察不相信我。就算田跃进相信，但一个派出所民警又能做什么？崇明岛那时是上海最贫困、落后与闭塞的角落，它是上海的西伯利亚，是长三角的天涯海角。我能一个人到达这座陌生的大岛，穿过酷热的农村田野，抓到残忍的凶手吗？太阳下，我看着自己细细的胳膊。那个人，至少杀了三个女孩，他不怕再多背一条男孩的性命。

我一个人无法完成这项任务。

但我不是一个人。我们是五个人——我、俞超、白雪、阿健、小犹太……老天做证，一个都不能少。我们都是聂老师最喜欢的学生，我们每天坚持写日记。聂倩失踪那一晚，她还请我们吃过美式牛排。我们不仅欠她一顿牛排。我们将一起出发，渡过寥廓的长江口，登上长条形的绿色岛屿，前往大海与滩涂下的白骨墓地。

第一个是白雪。

从出租车公司出来，我便给她打了电话。白雪不像我，她不担心中考的分数，知道自己考得稀烂，除了语文，估计门门红灯。数学在她眼里就是天书，答题卡全是猜的。她也没指望读高中，能进个商业职校，将来在百货公司站柜台就不错了。

酷暑的午后，聒噪的蝉鸣像钢锯来回撕扯耳朵。我站在西宫门口，捧着两包薯条配番茄酱。在28寸自行车、铝皮饭盒、游戏机房的时代，上海有沪东与沪西两座工人文化宫。东宫在大杨浦工业区，西宫在苏州河工业区。这是我们的“东宫·西宫”。

白雪迟到了十分钟。她穿着白T恤和牛仔裤，一米七的个头全在两条长腿上。她的皮肤像她的名字，近乎透明，可见青色的皮下血管，我担心她会像雪人似的在烈日下融化。绕过上海工人三次武装起义的雕像，来到西宫主楼。底楼是舞厅，楼上有人才市场，下岗工人再就业的所在，后面还有邮币卡市场与花鸟市场。她问我是要去主楼背后的游戏机房，还是二楼的台球房，我说去人工湖上划船吧。

“划船？”白雪挺起早早发育的胸脯，“你以为我们还是小朋友吗？”

“嗯，我们就是小朋友。”

她嘻嘻一笑，牵着我的手，上了一艘铁皮小船。我和她面对面，各持一支船桨，划破水面。我经常独自来到西宫，到这片水边发呆半日，哀怨自怜地看着倒影。太阳躲到云中，水面变成浓稠的深绿色，漂着厚厚的浮萍。我把两支船桨握在手心，穿过桥洞，白雪放肆地平躺下来。我眺望湖岸上的亭台楼阁，再看对面的她，好像一场漫长的梦。

“你说世界上有没有永远没有尽头的夏天呢？”白雪自问自

答，“如果有的话，那会不会有永远没有尽头的暑假呢？”

每年暑假，白雪都要回东北。每次回家，她都老高兴了，坐三天三夜的绿皮火车到哈尔滨，再换乘一整天的长途汽车，来到黑龙江边的农场，跟爸爸妈妈一起度过凉爽之夏。但今年她回不去了。她爸打来电话，说农场效益不好，大半年发不出工资，他和妈妈去了俄罗斯，倒卖羽绒服。一开始只在远东地区，后来沿着西伯利亚大铁路越走越深，越过伊尔库茨克与贝加尔湖，到了新西伯利亚与鄂木斯克。他们计划在秋天前，到达叶卡捷琳堡与喀山，在冬天前到莫斯科的中国市场赚票大的再回家。

“留在上海过暑假不好吗？”小船儿停在桥洞下，我也双手抱着后脑勺躺下了。

“我讨厌上海。”白雪往绿色的湖水吐了口唾沫。她爸是上海知青，她妈是东北人。她出生在黑龙江生产建设兵团。对岸是老苏联，江东六十四屯。初一那年，她才从黑龙江转学到上海，寄居在姑姑家的三层阁楼。在阴雨绵绵的上海话世界里，她的东北话像晴朗的太阳。姑姑听说她暑假要留在上海，脸色越发难看，总觉得白雪是来抢一个户口名额，将来拆迁多分一笔钱。为此兄弟姐妹吵过好几回。相比上海的酷暑，白雪更不能忍的是上海的寒冬。她在黑龙江出生，零下几十度，仍然天气干爽，晚上可以缩在温暖的火炕上。而上海的冬天每个毛孔都冰冷阴湿，像剪刀慢慢将你绞碎。她跟表弟住在阁楼顶上，只有屋顶天窗为伴。自己搭出来的小木床，都不够她伸直双腿的。她总是半夜冻醒，满脸鼻涕与眼泪。

白雪没好气地抱怨："从前我当表弟是小孩，经常抱着他睡。最近他发育了，经常搞得床上脏兮兮的。"

我想她表弟每晚睡在表姐身边，面对发育过分良好的雪白身体，怕是被姐姐催得早熟的。但我一本正经地建议她跟表弟分开睡吧，白雪瞥着我，眼白侧漏："分开睡？睡到哪里去？总共屁股大点的地方，难道要我睡到姑父的床上去？那家伙才是不怀好意呢！怪不得姑姑不给我好脸色。她要是再埋汰我啊，我就动真格的，把她家里的两个男人都给撩持勾引了。"

"求你了！不要这么龌龊！"我从小船上弹起来。

"你管得着吗？"她从我手里抢过船桨，划出桥洞下的阴影，回到灼热的阳光下。深绿色的浮萍退散，水面反射犹如《星球大战》的光剑，让我睁不开眼。

"喂，你收到夏令营的通知了吗？"白雪又问我。每年暑期，学校都会组织夏令营，就是去周边城市旅游。

"嗯，前天收到的，今年是太湖。"西宫的人工湖上，我摇着船桨前进，就像吴越春秋的范蠡，一叶扁舟载着西施，穿过东西洞庭山之间的水道。

"通知上说自愿报名，每个人收交通费、食宿费 180 元。7 月 10 日到 12 日，三天两夜。"白雪凑近我，"你要去吗？"

我反问："你去吗？"

"想去啊。今年夏天，我回不了东北，太没劲了，正想怎么从姑妈家里逃出来呢。我刚好来完‘大姨妈’，轻轻松松，没影响！”

这话说得我分外脸红，但对白雪来说，讨论生理期就像讨论嗑瓜子一样稀松平常。

“我不想去太湖。”

“你想整个暑假都关在家里？”白雪对我伸出了小拇指。

我眯起眼睛，眺望西宫树冠后的天际线：“我想去崇明岛。”

“崇明岛？”

“嗯，白雪，你见过大海吗？”

“见过啊，我最爱看美国电视剧《海滩护卫队》了。”她把手伸到一池碧水中，仿佛身处于夏威夷海滩，“那些救生员的身材太棒了，看得我流了好几回鼻血。你们男生肯定也爱看啊，里面的美女都穿比基尼，那个胸和屁股啊……”

我无法想象白雪绘声绘色的描述：“我问你亲眼见过大海吗？摸过大海吗？”

“哦……没有！”白雪摇头，她的一口东北话像锅炖肉砸到我脸上，“刚来上海的时候，我以为能亲眼见到大海了，却只能看到苏州河与黄浦江。”

“嗯，在上海，要看到大海，必须走很远很远的路，比如去崇明岛。”

“要比太湖还远吗？”除了黑龙江的两岸，白雪对于地理完全没概念。

我用手指比画一下："去太湖可以坐火车与汽车，但去崇明岛必须坐船。白雪，你来选吧，太湖与崇明岛，都是去看水，一个是内陆淡水湖，一个是长江口与东海，你到底选择哪一个？"

白雪不假思索地回答："我要更大的那个。"

"更大？"

她将双手张开挺着胸脯说："就像男人喜欢女人更大的胸，我当然选大海啊。"

"那你选崇明岛？"

"错了，我选你！"白雪将手指着我的鼻子，"如果你去太湖，我就去太湖；如果你去崇明岛，我就去崇明岛。"

我脸红着说："好，就我们两个吗？"

白雪瞪着我的眼睛，手指头在小船边的水面上画着 8 字，突然将水滴弹到我的脸上，笑盈盈地问："俞超能去吗？"

"当然。"我才不会吃醋呢。如果俞超问她同样的问题，也会得到同样的回答。

她指了指头顶的艳阳天："我想晚上跟你们一起看星星，俞超会说出银河系里的每颗星星，会给我们找出北斗七星、猎户座和仙女座。"

"还有谁？"

"阿健啊，有了他一块儿去崇明岛，就不用担心碰到坏人了，他不是最会打架吗？"

"小犹太呢？"

“嗯，虽然他没什么用，但我们可以欺负他啊！一路上就会很有意思。”白雪大笑起来，几乎把小船折腾翻了，“你、我、俞超、阿健、小犹太……我们一起去崇明岛！”

“好，五个人，去看海。”

小船再次穿过桥洞，黑影覆盖了我和白雪的双眼。穿出桥洞，一条鲜红的鲤鱼从船桨边溜过，鱼眼从水下瞥着我，嘴巴咕嘟咕嘟。晴空打了个霹雳，乌云遮盖太阳，转眼落下瓢泼大雨。我仓皇地脱下上衣，盖住白雪头顶，两个人挤在一块儿。巴掌大的西宫人工湖面，开满炮仗落地般的水花，一如狂风暴雨中的大海……

五

第二个是阿健。

除了吃喝嫖赌打架斗殴，阿健毕生有两个爱好，一是斗蟋蟀，二是踢足球——都跟赌博有关。每年暑假将尽，他总是深夜叼着手电筒去抓蟋蟀。那时的上海郊区，不过是彭浦新村以北，三分之一工厂、三分之一田野、三分之一建筑工地。我原本对蟋蟀毫无兴趣，但看了《聊斋志异》有一篇《促织》，便迷上了蒲松龄笔下那只小孩灵魂所化的小蟋蟀，“形若土狗，梅花翅，方首，长胫……”。我跟着阿健抓过一次蟋蟀，每人带着竹筒，一夜间可捉到数十只，可堪一战的只有寥寥两三个。秋天是斗蟋蟀的好时节，一众青皮后生乃至中年人头碰头脚挤脚，将两只蟋蟀装在陶罐中，蟋蟀草如斗牛士的红斗篷，让秋虫开牙厮杀一番。亦有人坐庄开盘，玩家少数日进斗金，多数倾家荡产。

而我迷恋上足球，大概也是受到阿健的影响，不自量力地跟着他踢野球。我们这支乌合之众的球队，有个惊世骇俗的名字——“大自鸣钟索多玛 120 天队”，自然拜我所取，前者是我们经常出没的地名，后者是帕索里尼的杰作。当时我并未看过这部电影，只是听说过，当即惊艳不已，有某种不怒自威的神圣气质。凡有人问起这名字来历，我一律回答：意大利社会主义革命主旋律科教片。

7 月 6 日，我给阿健打了电话。我翻出一套球衣，阿根廷的蓝白间条衫，抱着一只瘪了气的足球，穿着盗版 NIKE 球鞋出门。我、阿健、俞超、小犹太和白雪，顶着烈日，分别乘坐公交车、自行车、助动车以及步行，抵达光新路体育场。

身高一米八的阿健踢中锋，俞超控制中场，我打边后卫。剩余都是阿健的跟班小弟。小犹太的身板太弱没法踢球，他和白雪做了后援团，背了一铅桶的盐汽水到场边，以免我们在四十度高温下中暑。

这些日子，午后都会风云突变下场大雨。从烈日到暴雨，犹如从便秘到拉稀。我们被大雨逼得狼狈逃窜。看台下，五个人坐成一排喝盐汽水，雨幕像一堵透明的墙，球场变成肮脏的大海。

“你们想去看海吗？”

白雪的头发滴着水，解开领口的小扣子，胸罩带子在衣服下忽隐忽现。

“上海没有海。”俞超淡淡地回答，“我爸是个海员，他说每次远洋轮船开出黄浦江，要从长江口走很远，才能进入真正的大海。”

“听说在崇明岛可以看到海。”白雪轻轻伸出胳膊，勾着俞超的肩膀。我和她商量好了，由她提出去崇明岛。白雪稍微风骚那么一点点，就能把他们的魂都勾没了。

“崇明岛？”俞超打了个喷嚏，他借了条毛巾，搭在光溜溜的肩上，“我还从没去过呢。”

“我想去！”我举手，赤着半身，暴露旺盛的腋毛，望着球场上空灰茫茫的天空，“我想去看海。”

“不行，我爸不会同意的。”小犹太抓起T恤，擦拭镜片上的雨水，“我听说啊，去崇明又远又麻烦，又不是什么旅游景点。”

“我爸也不会同意的。”我装作灵机一动，“你们收到夏令营的通知了吗？不是要去太湖三天吗？我们就说去夏令营，学校老师带队，家长肯定同意的。”

“还能问家长骗到180块交通费和食宿费……”小犹太美滋滋地算计，又打了个冷噤，“不行！不行！要是被我爸发现啊，他会打断我的腿！”

“我想去崇明岛！”阿健的手指关节敲了敲小犹太的脑门，“我就生在那座岛上。”

这倒是第一次听说，白雪勾着阿健粗壮的胳膊问：“岛上好玩吗？看得到大海吗？”

“不知道。老早啊，我爸妈都是知青，在崇明岛的农场插队落户。我刚生出来没几天，我妈就拿到了回城名额，我爸很快也回来了。我再没有去过崇明岛。读小学的时候，我问过我妈，为什么不带我回到出生的地方看看？我妈抽了我一个耳光，她说她永远不要再回到那个岛上。”阿健从裤子口袋掏出一包牡丹烟，可惜被雨淋湿了。他把香烟一根根剥开，脚下堆满金黄色烟叶，“现在我懂了，就像我爸在白茅岭，等到他从山上下来，最好一辈子都不要听到白茅岭三个字。”

白茅岭就是劳改农场，上海人都知道，远在两百公里外，江苏、浙江、安徽三省交界之处，曾有狼群出没的荒凉山区。严打那几年，阿健和小犹太的爸爸都在上钢八厂上班。阿健的爸爸路过单位澡堂，有个女工正在洗澡，不知有意无意，他闯了进去。那个女工年轻漂亮，正在跟厂长的儿子谈恋爱，人家说他不但要流氓，还意图强奸。他被法院判了强奸未遂，发配到白茅岭，吃了七年牢饭。

在那之前，阿健家太太平平。他还当过二道杠的中队长。爸爸吃了官司，上了山，往后的路就不同了。把他养大的是外公外婆，但也只是“养大”而已，就像养一只鸡，一只猫，一头牛。阿健像野牛一样长大，每次有人管他叫强奸犯的儿子，他都会冲上去拼命，哪怕对方人多势众，打得他浑身乌青，他也会抓住其中一个痛击，直到人家闻风丧胆。小学五年级，他终于留了一级。我们都是十六岁，唯独阿健十七岁了，看着就像社会青年。

“阿健要去崇明岛。”白雪盯着俞超，“你呢？”

“你们去吧，我不去。”他的嗓子有点哑了，像一团被大雨浇灭的炭火。

“那你要去太湖的夏令营？”

“我也不去。”俞超走出体育场，“我在托福补习班上课，准备年底的考试。从周一到周六，每天六小时英语课。要不是今天老师生病，我肯定跑不出来的。”

“俞超，你真的要去美国？”白雪追在他后面问。

“嗯，我叔叔在美国，已经帮我找好了高中。”俞超走到体育场背后，大雨在地面绽开水花。

光新路体育场隔壁是铁路线，高墙外长满鲜艳有毒的夹竹桃。一列火车呜咽而来，铁轨与机车的轰鸣声中，我打了个荡气回肠的喷嚏。昨天刚淋过雨，我可不想再病一场。我问体育场的看门老头借了条毛巾，擦干净头发和全身，买了把破阳伞撑回家。

当我回到自家楼下，有个男人拦住了我。他撑一把硕大的黑伞。无论是人还是伞，都比我大出了不少。他很高，笔挺的衬衫配着领带。我认出了这张脸。他是聂倩的男朋友。

“聂倩在哪里？”他也认出了我。

“我……我不知道。”我撑着伞，在大雨中后退，好像我不是在自己家门口。那天带着聂倩逃跑的勇气，如今烟消云散。

他恶狠狠地看我，但没有动手的意思。他是通过我们学校老师找过来的。7 月 1 日，他就发觉聂倩失踪了。他去过宿舍找她，但是房门紧锁。三天前，有个姓田的警察找到他，问了许多关于聂倩的事。

“我是个体面人，不会做不体面的事。”他拉了拉我的球衣下摆，“请告诉我，你跟聂倩什么关系？”

我努力不让自己结巴：“我是她的学生，她是我的老师。我的作文写得不错，聂老师经常拿我的作文在课堂上念。”

“那天晚上，你为什么会在国际饭店？”

“聂老师请我们五个同学吃美式牛排。”接着我必须撒个小谎，“然后，大家都回家了，我一个人去大光明电影院看电影《侏罗纪公园 2》。看完电影出来，正好碰到你和聂老师，我很好奇，跟进了国际饭店。我看到你打了她，以为老师遇到坏人了，就把她拉了出来。”

他轻轻地哼了一声：“我不相信。”

“我知道你在想什么！”我已用尽全身的勇气，“但最重要的是，我们要把聂老师找回来。她现在非常危险。你能帮忙一起找吗？”

“我找遍了聂倩能去的地方，还去过她老家，找到她爸爸家里。”他告诉我，他在银行做经理。他跟聂倩谈了两年恋爱，我们学校的政治老师做的介绍人。他们准备今年夏天领结婚证。新房子在静安区正在装修。酒席都预订好了，选在国庆节，在国际饭店订了三十六桌。

他在炫耀，在我这个穿着阿根廷球衣的瘦弱少年面前。上海人用“有立升”来形容一个人的实力，因为电冰箱立升越高越好。男人就像一台电冰箱，可以储存很多食物，还能让女人保鲜，尽管总有变质的一天。

“今天，我刚把酒席退了。如果你还能碰到聂倩，请代我转告一声，我不想跟她结婚了，我也想明白了……哈哈哈，我脑子被枪打过了吗？干吗跟你说这些？”他盯着我，羞辱我，碾压我，他居然笑了，“我来找你，只想看看，你到底是什么样的人？好吧，我相信你了。你还是个毛头孩子，聂倩怎么可能跟你鬼混在一起？她又不是发情的母狗。”

“你再说一遍？”其实，他怎么侮辱我，我都可以忍耐，但我不能忍受他侮辱聂倩。

“哪能？”他推了我一把。我的伞落到水塘里。我的双眼和鼻子都在抽搐，我很想揍他。但我刚踢过半场足球，在大雨中走了很远回家，根本没力气打架。

这时候，我爸骑着自行车回家了。他脱下雨披，冷冷地看着对方。聂倩的男朋友一声不吭地离开，撑着大大的黑伞，嘴里竟还哼着歌。

我爸问我，他是谁？

我说不认识，大概是个精神病。

回到家，我打开阳台的铝合金窗，满脑子都是聂倩男朋友的脸。某个角度看他挺帅的。如果没有被我发现的那些秘密，没有他最后说的那几句话。凡是精神正常的人都会觉得，聂倩应该嫁给他啊。我家对面那栋楼，就像我家这栋楼的镜子。每一层每一个窗户每一个封闭的阳台，仿佛遗传了同卵双胞胎的DNA。对面三楼阳台有个少女在弹琵琶《十面埋伏》，但我们互不相识，连萍水相逢都不是。可在那些完全相同的阳台和窗户里，又会藏着哪些各不相同的秘密呢？就像《安娜·卡列尼娜》开篇的那句话。

这天晚上，我妈问我，要不要去太湖的夏令营？她常去那边的疗养院，一度用来双规腐败分子。她劝我跟着老师和同学出去散散心，不要闷在家里发神经。她怀疑我前几天生病，是因为等待中考分数的压力。这也没错，整个暑假，我不断在脑海中重做一遍考卷。妈妈塞给我180元，让我去缴费报名。而我心里盘算着怎么分配在去崇明岛的路上。

虽然，我已说动了白雪和阿健，但只有三个人远远不够。我必须等待小犹太和俞超，只有五个人凑齐了，才能一起出发去崇明岛。就像圣斗士星矢、紫龙、一辉都凑齐了，怎能漏了阿瞬和冰河呢？

第三个是小犹太。

为什么叫他小犹太？以至于二十年后，我几乎忘了他的真名。我归纳出三点：一是他长得实在瘦小，发育比所有人都晚，明明已经十六岁，看上去还像小学预备班，都说他像只兔子或仓鼠，也就是“杀坯”；二是TVB剧《大时代》，人人都爱周慧敏的“小犹太”。其实粤语版里她叫“悭妹”，所谓“小犹太”是说她勤俭节约斤斤计较，反而是贤妻良母的同义词。我的同学小犹太，便是出了名的吝啬鬼，从没见他请过一次客，大家都说他一分钱夹在屁眼里可在人民广场转三圈，正巧与周慧敏的“小犹太”撞上了；三是小犹太自己说的——他的外婆是犹太人，生在维也纳，二战期间躲避纳粹大屠杀，从欧洲逃难到上海。他的妈妈是二分之一犹太人，他自己则是四分之一犹太人。这说法让人存疑，他除了有双大眼睛，精打细算，一毛不拔的铁公鸡，看不出哪点像犹太人。他又说中国人的显性基因太强大，把他的犹太基因掩盖住了。

光新路体育场踢球的次日，7月7日，星期一，小暑。卢沟桥事变六十周年，恰好整整一个甲子。我给小犹太打了电话，想去他小舅舅家里玩，了解更多灯泡厂女工被杀的事。小犹太在电话里尖叫，问我要知道这些干吗，我说我可能碰到过凶手。半小时后，小犹太给我回电，他说小舅舅热情邀请我们去他家玩，恰好灯泡厂上班的隔壁邻居新近下岗在家呢。

小舅舅家的老房子高大堂皇，仿佛欧洲贵族山庄，曾是某位大名鼎鼎的国民党特务头子宅邸，后来被七十二家房客的劳动人民瓜分了。小犹太的小舅舅戴眼镜梳大背头，三十好几还没结婚，在文艺出版社上班。他听说我有写文章的才能，鼓励我将来给出版社投稿。小舅舅有个硕大的书架，摆满一整套三联版“飞雪连天射白鹿，笑书神侠倚碧鸳”，梁羽生的《白发魔女》《七剑下天山》《萍踪侠影录》；古龙的陆小凤、楚留香、小李飞刀、七种武器系列；温瑞安的《四大名捕》《白衣方振眉》系列……金、古、梁、温四大名家聚齐，还有一套还珠楼主的《蜀山剑侠传》。另一排书架，则有全套福尔摩斯、阿加莎·克里斯蒂、埃勒里·奎因兄弟，又有横沟正史、江户川乱步、森村诚一、松本清张、夏树静子，最后是荷兰汉学家高罗佩的《狄公案全集》。最高一层书架上，我还发现了《金瓶梅》《肉蒲团》《灯草和尚》《曼娜回忆录》《查莱泰夫人的情人》《秘戏图考》……小舅舅尴尬地笑笑说，这是他多年来的学术收藏，仅供专业人士考证研究。

我们敲开隔壁邻居房门，大家都叫他阿毛，年纪与小舅舅相仿，也是个邋遢的单身汉，面容憔悴，满脸须髯。小犹太叫他阿毛叔叔，看来并不陌生。阿毛叔叔从冰箱里拿了三根雪糕给我们吃。小舅舅带给他一套卫斯理的书，新近从文庙淘来的，关照下个月必须还书，不能转借给别人。我心想这位小舅舅可以去学校对面开租书店了。我们有一搭没一搭地聊天，阿毛叔叔正在看阿诺·施瓦辛格的《终结者 2》，碟片质量一般，一片片的马赛克。小舅舅很会说话，滔滔不绝地聊着天下大事，从香港回归到亚洲金融危机再到波黑内战，小犹太的话痨有家学渊源。阿毛叔叔心情不佳，他说自己走了霉运，先是心仪的女生被杀了，再是被单位通知下岗，炒了几年的股票还被套牢，不知前途几何。再不济，趁着年轻力壮，穿上保安制服当“黑猫”赚赚铜钿也可以。

恰好《终结者 2》的碟片卡住放不动了，阿毛叔叔到露台上抽了一支万宝路。大露台上种满花花草草，可以眺望整排里弄的屋顶。阿毛叔叔说他见到婉仪第一天就喜欢她了。我问婉仪是谁，他说就是被害的灯泡厂女工。这名字让我想起末代皇后，或者清朝格格。他打开皮夹子，婉仪的照片就在自己身份证后面。照片里的婉仪穿着红裙子梳着长头发。她的穿着打扮还有发型、气质甚至面架子，都跟聂倩有几分相似。小犹太倒吸一口凉气，狐疑地盯着我。婉仪是去年秋天分配到厂里的。阿毛把许多新同事请到家里来玩，却是项庄舞剑，意在沛公。这个露台可以晒太阳、烧烤、唱卡拉OK。婉仪年纪虽小，却不傻，一眼看穿了阿毛的心思。她是浦东本地人，独养女儿，家里有楼上楼下大房子，等着张江高科征地拆迁分一大笔钱。阿毛跟她相差十来岁，婉仪点到为止。灯泡厂在苏州河边，人烟稀少而荒凉，老职工没人肯加夜班，只能派新进厂的年轻人。但婉仪家太远了，坐公交车要两个钟头。阿毛经常骑自行车等她下班，将她送到人民广场的夜班车终点站，眼见她上车才告别。

我插了一嘴："阿毛叔叔，如果没人送婉仪，那她怎么回家？"

"出租车或者黑车。"他一眨眼抽了五根烟，仿佛一根行走的烟囱，两只眼眶都发红了，"先到人民广场，再坐夜班公交车。她家里做房东收租金，每月能收万把块钱。她爸给了她好多零花钱，想让她辞职回家，早点结婚生孩子。但她不乐意，她要先上几年班，成人高考拿到大专学历，再去外企上班自食其力。"

"哎呀，婉仪真有上进心呢。现在许多女孩子总想着不劳而获，要求房子票子，物质得唻……"小犹太的小舅舅至今单身未婚，显然囿于"物质"二字。

"婉仪失踪那天穿着红裙子，就是我皮夹子里那张照片。她上夜班，我说好要去送她。但我的自行车轮胎爆了，等我补好轮胎赶到厂门口，婉仪已经不见了。我想她是坐出租车回家了。其实，她爸妈在家等了她一夜。天亮后，恰好是她的生日，到处都找不到婉仪，想起苏州河沿岸流传的杀人案，厂里去公安局报案了。我找了她半个月，在苏州河边贴寻人启事，直到她躺在崇明岛长江大堤上……”阿毛叔叔已经哭得稀里哗啦。

小舅舅大胆地问：“阿毛，你上次说，你们去公安局认尸，婉仪身上没穿衣服？”

“嗯，只盖了条白被单。但你别想歪了，法医说了，她没被人侵犯。”阿毛叔叔的语气不佳，仿佛死去的美人遭到了语言上的侮辱。

“对不起，可能我看多了……”小舅舅抽了自己一耳光，我猜他想要说香港三级片。

“后来，我还被公安局关了24小时，同事们都怀疑我在跟婉仪谈恋爱，自然我成了嫌疑犯。还好许多人证明我没有作案时间，那天我从厂里回家，跟几个邻居通宵在露台上打大怪路子。”

阿毛叔叔还在抹眼泪，而我看着婉仪的照片，貌似聂倩的容颜，失踪时穿的红裙子，苏州河边的小道，半夜出没的出租车，想必也是红色的……

小舅舅请我们和阿毛叔叔一起在楼下的王家沙里吃了小馄饨和锅贴。小犹太拉着我告辞了。他察觉到了什么。走到苏州河边，荒凉废弃的码头旁，像许多动画片里演过的那样，小犹太的镜片上闪过一道寒光，冷笑道：“你拖着我来打听灯泡厂女工的死，因为你觉得聂老师也被同一个凶手绑架了？所以你才要去崇明岛？

因为她们的尸体都是在岛上发现的？”

我愣了。但我无法否认。

“你绝对疯了！”小犹太摇着头后退，仿佛面对凶手本身，“我哪里都不去，我就待在家里，我不会跟你去崇明岛的。”

小犹太转身沿着苏州河跑了。但我不死心，我跟在他身后。他的背影像只小兔子。他去小巷里买漫画书，又去灯泡厂对面买冷饮。他爬到桥上看苏州河的风景，一个人，劈情操，直到被河里的臭味熏得受不了。经过江宁路桥的造币厂门口，小犹太拐到桥洞底下。

三个社会青年跳出桥洞，迎面拦住小犹太。我认得他们，也是我们学校出来的，分别叫长脚、大胖、甲鱼——三人体貌特征如名。他们经常守在学校门口，欺负低年级学生。有一回，小犹太被这些家伙搜光了身上的钱，剥掉了手腕上的香港电子表。第二天，小犹太号啕大哭。聂老师带上阿健和小犹太，召唤了校篮球队的先发五虎。六条大个子，将长脚、大胖、甲鱼堵在小弄堂，撩起袖子准备大干一场。聂倩搂着小犹太面对三个流氓，逼迫他们道歉，发誓再也不欺负小犹太。离开前，她轻描淡写地说：“我大学室友的爸爸是公安局的处长，负责劳动教养行政处罚。”于是乎，长脚、大胖、甲鱼每次见到小犹太，都像见到瘟神似的逃窜了。

今日情况不同，三个家伙如胡汉三卷土重来。小犹太没敢反抗，乖乖掏出几十块钱。长脚还不满足，抽了小犹太两个耳光。

大胖将他推倒在地，甲鱼踩着他的胸口，嘻嘻笑着："杀坯！你叫啊？把你的老师叫来啊？听说她失踪了耶！她把你扔下自己逃跑了吧？"

"聂老师没有逃跑！"我从桥洞后面钻出来，大吼一声，"放开他！"

我为自己的冒失而后悔。阿健、俞超和白雪都不在，小犹太跟兔子、仓鼠没啥两样。而我一个人要对付他们三个，每个都比我身高体壮。我的后背心沁出冷汗，被长脚和大胖逼到桥洞角落，像被鬣狗逼到悬崖边的小羚羊。我从地上抓起一根两尺多长的钢筋，划过水门汀的地面，竟打出几点火星，如同史泰龙的《第一滴血》。

长脚知道我在虚张声势，绘声绘色地说："学校外边都传遍了，你们四男一女，成天跟聂老师一起玩耍。她被你们搞大了肚子，不晓得哪一个埋下的种？只能偷偷跑去外地打胎了。"

"去死吧。"我怒了，热血冲上脑门，把钢筋当作沙子龙的断魂枪，从长脚的脖子边擦过。他没想到我会动真格的，吓得面如灰土，逃之夭夭。大胖和甲鱼也屁滚尿流地逃命了。

我的双手发抖，钢筋掉下砸出清脆声响。我坐倒在地喘气，这才感到后怕。小犹太躺在地上不起来，太阳穴红红的一片。刚才他被长脚打倒时，眼镜片在地上磕碎了，玻璃片划破眼角。摘下啤酒瓶底般的眼镜，小犹太仿佛换了一张面孔。我要送他去医院，但他说要回家。小犹太走不动路了。他从小晕血。我只能把他背在肩上，幸好他分量轻。他只剩下一张嘴巴了，一路上嘀嘀咕咕，咒骂长脚、大胖与甲鱼不得好死，从出门被车撞死到得麻风病再到被 731 部队人体试验，他又不敢大声说出来，生怕被人偷听到。

我背着小犹太走到一排老式洋房，解放前是日本纱厂宿舍，爬上摇摇欲坠的楼梯敲门。他的血滴滴答答落到我的白衬衫上，像绽开的山茶花。我以为他快死了。门开了。一个穿着睡裙的女人，面孔很白，比普通人的轮廓立体。

我不是第一次见到小犹太的妈妈。她是街道医院的护士。读中学以来，我几乎每次感冒发烧，都是她给我打的针。我遇到过很粗暴的护士，板着后娘面孔，让你把裤子脱下来，如果脱得太多，又骂你不要脸。但小犹太的妈妈不一样。打针本身并不疼，但看着护士将药剂注入针筒的过程，却让人不寒而栗。她总是对我笑盈盈地完成注射准备工作。刚发育的我，看到同学的妈妈，脸红得不敢脱裤子。她便帮我拉下裤子，趁我分心的刹那，将针头扎入屁股。我像被蚊子叮了一口，几秒钟酸麻过后，便触到她的手指和酒精棉花。我低头道谢，提起裤子，捂着屁股，一瘸一拐出去。她还关照我记得吃药喝水早睡别再打游戏了……

半年前，我发现街道医院注射室的护士换了人。原来虹桥新开了一家日资医院，收费贵得要命，都是日本人去看病。小犹太的妈妈扔掉铁饭碗，跳槽到日资医院去打针。小犹太在班里吹嘘过，日本人的医院多么高级，就像有部日剧《回首又见他》里演的那样。他妈的工资每月四千块，比在上钢八厂做科长的他爸多了三倍。小犹太学会了几句日语，啊里嘎多、斯古伊、钢巴逮，幸好没学会雅蠛蝶。没过几天，人人都说小犹太的妈妈被日本医生看中，白天穿上护士服打针，晚上脱下护士服陪睡。

小犹太的妈妈看儿子脸上的伤，耷拉下来的睡裙领口，几乎让我偷看到没穿内衣的胸部。我红着脸躲到一边。屋里还有人，两个头上插着卷发棒的女人，还有个皮肤白白的年轻男人。桌上摊着麻将牌。边上有一本日语初级教材。女主人赶走了麻将搭子。我和她一起把小犹太抬到床上。她用酒精给儿子伤口消毒，用小镊子拔出碎玻璃。幸好伤口不深，无须缝针。小犹太被裹了一圈白绷带，像电视里英勇负伤的战士。

小犹太家虽小，却搭了个养仓鼠的透明房子——两只仓鼠，公的叫努尔哈赤，母的叫叶赫那拉。小犹太并非一无是处，他那双手巧得很，凭空用塑料玻璃板、硬板纸、钢丝还有可乐罐头做出了一个庞大的仓鼠房子，以《成长的烦恼》西佛一家的美国洋房为蓝本，楼上楼下客厅厨房卧室卫生间一应俱全。小犹太是数学课代表，光画图纸就用了三天三夜，每个厘米每个仰角俯角算得清清楚楚。我们每次到他家下四国大战，与其说是观赏仓鼠，不如说是观赏仓鼠在这鬼斧神工的三层楼玻璃房子里的生活。

我看着两只仓鼠在楼上楼下乱窜以及交配而发呆，小犹太妈妈拽着我的手，从抽屉里取出一盒巧克力，外包装上全是平假名和片假名。她将这盒日本原装巧克力送给我："谢谢你，保护了我儿子。”后来很多年里，我一直记得她的声音，有一点点像林志玲，酥酥的，糯糯的，不是台湾口音，而是苏州口音，带一点昆山腔。仿佛一粒巧克力塞在嘴里，让我的心脏跳得厉害，也腻得可怕。

为报答这盒日本巧克力，我说出了长脚、大胖、甲鱼。躺在床上的小犹太突然说，是他自己不小心摔倒磕伤的，不关那三个人的事。我说他们明明拦住你敲诈勒索。小犹太说是他主动把钱掏出来，委托那三个人去买游戏卡。要不是他妈在旁边，我真想抽小犹太耳光。为了他，我差点用钢筋戳死长脚，还跟那伙流氓结下了梁子。

“你要保护好自己！”小犹太的妈妈皱皱眉头，转身对我说，“你也是。”

“嗯。”我不敢看她的眼睛，仿佛看一眼魂灵头就没了，“再见。”

小犹太从床上爬起来说：“妈妈，我还能去太湖夏令营吗？”

他妈同意了。她说明天就能拆绷带，过几天就没事了。小犹太问他妈要了180块，说明天去学校缴费。他又说：“妈妈，我能跟我的好朋友说句话吗？”

“别太久，让他好好休息。”小犹太妈妈按了按我的肩膀，我的屁股却生出刺痛感。

我走到床边，耳朵凑到小犹太嘴边，听到他遗言般的气声：“我答应你，去崇明岛。但我只去看海。”

这一夜，婉仪给我托了梦。她从阿毛叔叔的皮夹子里走出来，保持照片的二维形态。明月高悬，夜半乌啼，婉仪薄如一张纸片，走在三维的苏州河边，跟聂倩一样红裙加身，衣袂飘飘。她坐进一辆红色出租车，像块硬板纸广告牌，整个平放在后备厢里。红色出租车沿着苏州河疾驰，穿过外白渡桥，穿过虹口、杨浦与江湾五角场，在吴淞口坐上一艘滚装船，横渡苍凉辽阔的长江口，直抵巨大的长条形岛屿。十几天后，她被抛入长江与东海汇合之处，仍然是二维形态，只是不见了红裙子，赤条条得像《花花公子》杂志女郎，漂浮在潮汐与浊浪之中……

七

第四个是俞超。

我们五个人之间，他和我曾经好得如胶似漆形影不离。我俩从小学三年级就认识了，都是闷闷的那种怪咖，喜欢泡在学校图书馆。我抓起凡尔纳的《海底两万里》，他捧出阿西莫夫的《基地》——长大后我才明白他是装逼。俞超喜欢玩兵人，硬塑料材质的那种小兵模型。他经常口袋里揣了一把兵人带到学校，在操场上煞有介事地摆开阵势，一边德军，一边苏军。他在地上画个X形，说一条是伏尔加河，另一条是顿河，斯大林格勒在中间。俞超常跟手里的小兵人说话，自称有特异功能。我对此将信将疑。有一度流行各种大师与异能人士，每次有大师们的“带功讲座”，大礼堂或体育馆总是人山人海。五年级，我和俞超偷偷挤进去。

那位大师声称协助美国打赢海湾战争，运筹帷幄，决胜千里，一口真气让萨达姆百万雄兵灰飞烟灭。大师明码标价，每人十块钱让他摸顶，包治从前列腺炎到乳腺小叶增生直到阿尔茨海默病等各种顽疾。摸到俞超的头顶，他指着大师的皮带说：你的拉链开了。大师提起拉链，称赞这小子眼睛有神，要收俞超为徒，向他传授宇宙真气。霎时间，多少人哭声一片，就等着拜师学艺治病救人，竟让一个小毛孩占了先机。俞超幽幽地说，戈尔巴乔夫同志托我带个话，请卡扎菲上校别瞎七搭八了。大师魂飞魄散，转身逃往后台。全场几千号人一片大乱，我和俞超躲在大人们的腰部以下，脚底抹油溜了。事后俞超说他是故意吓唬那个骗子的。

多年以后，戈尔巴乔夫同志尚健在，卡扎菲上校却在故乡被俘身死。我特别想念俞超，想念他在十二岁那年的预言。那位被俞超吓跑的大师，一度蛰伏，后又粉墨登场，表演变蛇戏法，跟女明星合影而身价百倍，两年前落得千金散尽，凄凉病死的结局。

俞超到底有没有特异功能？或者说，他小时候有没有特异功能？我不知道。

7 月 8 日，我给俞超打电话，问他："有空吗？我想到你家来玩。"俞超说只能晚上了，白天要去上托福补习班。这天是周二，两天后就是太湖夏令营，聂老师还剩下七天生命，我必须攻克最后一道难关。我叫上了白雪、阿健和小犹太去俞超家玩。小犹太刚拆了绷带，太阳穴上涂着红药水，像只被打上标记的活体实验品。

俞超住在一栋小洋楼里，隐藏在黑魆魆的梧桐树影间。他家曾经是大资本家，在法租界放租几十栋石库门，如今只剩这一栋老楼，住着俞超和爷爷两个人。三年前，俞超的妈妈跟聚少离多的海员丈夫离婚。俞超的外公在香港很多年，五十年代公私合营搬过去的。他妈符合单程证的条件，嫁给一个香港外科医生，做了一对小姐妹的继母。

两年前，白雪第一次来这里玩，便对这楼上楼下艳羡不已，拽着俞超的胳膊说，过几年我就嫁给你吧？俞超说那是不可能的，我迟早要去美国，要么嫁给我爷爷吧？白雪说，那你奶奶呢？俞超说，1966 年上吊自杀了，就在你的头顶。他指着一根弯曲的房梁，仿佛奶奶依然含冤悬挂在半空，绷直的脚尖晃悠摩擦白雪的脸颊，吓得她连做三天噩梦。

客厅有个废弃的壁炉。灯光昏暗，木头家具的霉烂味，地板嘎吱作响。一只大老鼠哧溜蹿过，差点被白雪踩到尾巴，幸好她住的阁楼也常有这种小动物光临。俞超家里有许多稀奇古怪的好东西，黑非洲丰乳肥臀的木雕，抹香鲸的巨大牙齿，各种手工的船舶模型，半新的东芝彩电、松下录像机、日立洗衣机、西门子冰箱……俞超爸爸是万吨远洋轮船的大副，走遍了地球上每一片海洋，从北冰洋到婆罗洲，从波斯湾到百慕大。除了能看到外面的花花世界，他还能带回来不少好东西。许多中国船员都干过这事儿，并不丢脸，毕竟是捡不是偷。外国人不擅于修理电器，或者说很懒，往往出了小毛病就把旧的一扔了之。俞超说，发达国家清理垃圾要花钱雇人，有人为省钱，偷偷摸摸把旧电视机、电冰箱扔到街边。海员能够堂而皇之地把这些东西搬到船上，不用付一分钱关税带回家。日本的电压是 110 伏，俞超家里装满了各种变压器。问题是功率越来越大，夏天经常跳闸。

俞超有一台 IBM 电脑，卧式主机横躺在桌上，显示器压在主机上。1997 年，全进口的 IBM 原装机，超过许多中国人一年的工资。小犹太战战兢兢地摸着电脑："这也是从美国的港口捡来的吧？"

"我叔叔在美国买给我的生日礼物。他是软件工程师，在微软公司上班，你们知道微软总部在哪儿吗？"

小犹太摇头："我只知道微软公司的老板比尔·盖茨是全世界最有钱的人。"

"华盛顿州，雷德蒙德，西雅图附近。"俞超按下 Power 键，电脑轰鸣着启动，屏幕上先跳出 IBM，然后是黑屏上一堆字母与数字光标，再是 Windows 95，蓝天上的四格窗户，最后是深蓝色桌面，"这台 IBM 电脑用了英特尔 486 处理器，16 兆内存，1.2G 硬盘。还有调制解调器，就是 Modem，你们要上网吗？"

那时需要 Modem 拨号上网，嘟嘟嘟响很久才连接上。每一分钟都在计算电话费，上网必须看着时间。千万别一觉睡醒还连在线上，电话费账单就要人命了。俞超用鼠标打开 Outlook97 邮箱，收到一封英文邮件。

"写什么啊？"阿健对于英文一窍不通，他只认得 26 个字母。

“一个德国网友。”俞超阅读邮件正文，碰到不认识的单词，还要查字典，“德国人的英语比我好太多了。为了年底的托福考试，我正好可以练习英语读写。”

“男的女的？”这是白雪关心的重点。

“她叫艾娃，是个女生，已经读高中了。今年暑假，她要去西班牙的大加那利岛度假。”

小犹太望洋兴叹：“哇，西班牙！外国人的日子真好，我这辈子都没机会去欧洲了！”

白雪朝他白了白眼：“我爸妈倒是去了欧洲，在俄罗斯倒卖服装。”

“那个不能算欧洲！”俞超纠正了她。

他打开一个英文网页，原来是 YAHOO。今晚网速不佳，门户网站的主页有许多图片，打开速度极慢。为了节约电话费，俞超果断退出。他又急着投胎似的打开 ICQ，弹出小窗口跟人用英文聊天。俞超的昵称是 Clark Kent，这是超人的名字。对方昵称是 Eva，我明白了：“她就是艾娃？你的德国网友？”

“嗯，我们就是在 ICQ 上认识的。”俞超在键盘上打出一行打招呼的英文。

“什么是 ICQ 啊？”小犹太问他。

“三个犹太人发明的，意思是 I SEEK YOU。”

“原来这就是上网啊？没意思！还要付那么多电话费？有毛病啊？”阿健不耐烦了，“俞超，你的电脑里有游戏吗？”

“网上冲浪对你来说是暴殄天物！”俞超对Eva打了一行Good night，便关掉ICQ，中断Modem拨号，“你们玩过沙丘吗？”

俞超将光盘塞入电脑，屏幕上出现四个大字：DUNE，背景是深蓝色宇宙与一颗土黄色星球……小犹太和阿健坐在电脑前，俞超手把手教会他们入门。白雪搬了把小板凳坐下看热闹。

“《沙丘》是美国科幻小说，共有六部，得过星云奖和雨果奖。”俞超退到房间另一头，阴森的壁炉边，他看着我说，“对了，我还在想聂老师的失踪，你说她到底去哪里了呢？”

“也许是崇明岛。”

“为什么？”俞超托着自己的下巴，灯光打在他的脸颊上，就像弹开的水滴。

“不知道……第六感？”我故作神秘，“说不定，我也有特异功能？”

“对不起，我没有特异功能——那是我小时候的胡说八道。”

“真的吗？”我走进俞超的卧室，就像自己家，“兵人在哪里？”

不待主人回答，我从床底下拖出个大皮箱子，扬起厚厚的灰尘。打开箱子，露出一堆金属兵人——十九世纪的灰色军装，美国乡村宽边帽，扛着带刺刀的滑膛枪。既有光着下巴的年轻人，也有满脸卷毛胡子的大汉。灰大衣的军官举着佩剑。还有士兵擎起大旗，红底破布上深色大叉，画着十三颗白星。这是南北战争兵人，十三颗星代表南部联盟十三个州。他们是罗伯特·李将军麾下的南军，战死于葛底斯堡战役。三十年前，红卫兵发现这一箱兵人，说是里通外国的证据，而且是串通美国奴隶主，残酷压迫黑人奴隶，有《汤姆叔叔的小屋》为证。皮箱子被扔进苏州河，这是反种族主义的伟大胜利。兵人消失了十多年，直到俞超出生那天，竟奇迹般地回到了这栋房子里。

1995年，我和俞超的最后一次儿童节。他邀请我到他家玩耍南北战争兵人，模拟葛底斯堡战役。他神秘兮兮地告诉我——唯有兵人，永不背叛。那一晚，俞超的爸爸在五千公里外的印度洋。他是万吨远洋货轮的大副，航行在赤道海域，永无止境的夏天。货轮满载着中国生产的自行车、服装、运动鞋，从上海起锚经过新加坡和科伦坡，前往蒙巴萨与达累斯萨拉姆交换剑麻、咖啡和非洲鸡翅木。后半夜，一场海啸毫无预兆地袭来。这艘中国货轮在印度洋面上消失了。一种说法是苏门答腊岛的海底地震引起的，另一种说法是原本要在孟加拉湾登陆的热带风暴，突然调转方向，擦着马尔代夫扫向索马里外海——那是个极度危险的国家，摩加迪沙"黑鹰坠落"之战后，美国人已吓得屁滚尿流地撤退了。一年后，沉船被打捞上来。船员的遗骨早已不见，通常的说法是粉身碎骨或葬身鱼腹。

"小时候，每次我爸出海，我都担心他。我爸说，他有特异功能，能预知所有危险，不管是台风、海啸、暗礁、大雾还是战争。不但爸爸有特异功能，爷爷也有，我家祖传的基因。所以，我也有特异功能。”俞超将兵人们收回皮箱子，“如果爸爸真有特异功能，怎么没能预感到海啸？为什么不提前躲到避风港？所以，我再也不相信了。我不能把这些兵人带去美国。你是我最好的朋友，如果你喜欢，我就送给你了。”

“你不是开玩笑吧？那么好的宝贝。”

“爷爷说他看到这些兵人，就会想起我爸，与其留着伤心，不如送给有缘分的人。”

我把兵人捧在怀里，仿佛捧着个炸药包，憋了一整晚的话必须要说了：“俞超，你跟我们去崇明岛吗？”

“哪一天？”

“7 月 10 日，后天，学校夏令营去太湖的日子。”我看着正在电脑前打游戏的阿健、小犹太和白雪，“他们三个都决定去崇明岛了。”

俞超摇头说：“那几天我都要上英语补习班。年底要考过托福，才能去美国读书。我叔叔给我安排好了西雅图的高中，在微软总部雷德蒙德附近。叔叔一辈子都不会结婚的，也不会有小孩，他会负责我在美国的一切。”

“只逃课三天不可以吗？”

“我从没逃过课。”俞超从小读书就好，参加过全国奥数比赛，老师们都说他聪明，继承了爸爸妈妈的优点。他爸死后，他发疯似的读书，跟我们一起玩的机会变少了。他只等跨越太平洋，告别拥挤窒息的第三世界。

“俞超，我们五个人必须一起行动，不能少了你！”我不知道怎样才能说服他，这种理由都不能说服我自己。我有些黔驴技穷了。

“超儿，你去吧。”不知哪来的声音，像盛满馊饭的铅桶发出的。

俞超打开台灯：“爷爷，你没睡着啊？”屋子太大了，我才发觉幽暗深处的躺椅，坐着个白发老头。我对俞超爷爷印象不深，估计有八十岁了。老爷子的存在感很弱，每次我们来玩，他总是坐在角落，时而看书，时而打瞌睡，让人觉得他刚在睡梦中老死。

俞超说，爷爷早年留洋归国，加入中共地下组织，成为潘汉年麾下得力干将，刺杀过 76 号的汉奸特务。解放后吃过不少苦头，被发配到柴达木盆地挖矿背尸体，八十年代恢复离休干部待遇。俞超的父母离婚，爸爸死在印度洋，叔叔远在西雅图，大屋里只剩爷孙俩相依为命。爷爷不想让俞超去美国，他会变成孤老头子，默默死去，无人问津，直到变成腐尸。

老爷爷向我招手，双手摆动的姿态，就像上海租界孤岛、跑马场或国际饭店的舞厅，伪装成资产阶级小开的地下工作者。我忐忑地走近躺椅，俞超爷爷伸出皮肤松弛的手，像根树皮交错的枯木，搭在我的手腕上，仿佛老中医搭脉。他的手冰凉，我好像被僵尸抓住，想要挣扎却怕一用力，那把老骨头就会当场散架。老爷爷盯着我的眼睛，他的双眼浑浊发黄，滚动厚厚的眼屎。我忙不迭地躲开他的目光。这双目睹过整个二十世纪的老眼球，一定看穿了我的秘密。当他那五根手指松开，我的皮肤产生了某种灼烧感。

俞超的爷爷又抓住孙子的手，操着宁波口音：“超儿，你的运气真好，有这样一个好同学。你不是喜欢看海吗？跟同学们一起去崇明岛吧。1933 年，我在吴淞中国公学读书，长江对岸就是崇明岛。那年暑假，我十六岁，跟着四个同学乘船到崇明岛上，步行到东海边，第一次看到日出。”

“爷爷……”俞超把头靠在爷爷的胸口，“我答应你，去崇明岛看海。”

老爷爷闭上眼睛，似乎又睡着了。人就是这样的，岁数越大越糊涂，少年时的记忆却格外清晰。

俞超推了推他：“爷爷，跟你一起去崇明岛的四个同学，后来怎么样了？”

“一个从军报国，1942 年战死于缅甸；一个在 1950 年死于镇压反革命；还有个去了台湾，做到台大校长，几年前死于癌症；最后一个，就是你的奶奶。”

老爷子说罢，闭上眼睛，发出淡淡的鼾声。

八

最后一个是我。

1997 年 7 月 9 日，星期三。昨晚从俞超家出来，我、小犹太和阿健一块儿把白雪护送回家。我特意睡了个懒觉，为明天去崇明岛远足而养精蓄锐。早上八点，我家的电话响了。

“谁啊？”我还没睡醒，声音沙哑。

“我是田小麦。”女孩子的声音，电话里很好听。

“田小麦？你是……民警田跃进的女儿？”我一骨碌从床上爬起，“你怎么知道我家电话的？”

“不是你留给我的吗？让我爸给你回电话。”

“哦。”前天夜里，我给田跃进打过电话。田小麦接的，她说爸爸不在家，正在派出所值班。我刚要挂电话，田小麦却抓着我聊天，煲起电话粥。她说一个人在家无聊。我问，你妈也在单位值班吗？她说，我妈早就死了，然后电话断了。

此刻，田小麦在电话里问："我们去环球乐园好吗？"

"什么意思？"我头晕了，"我们？你跟你爸要去环球乐园？"

"我爸？你开玩笑吗？"田小麦大笑起来，"我们，就是你和我啊。"

我明白了，但我心慌："你要我陪你去环球乐园玩？"

"是啊，我一个人在家闷死了！"

"为什么找我？你可以找你的同学啊？我们都没见过面好吗。"

"我们是一个学校的，肯定见过面。"田小麦嗔怪道，"不去就算了。"

"等一等……你是说真的吗？不是恶作剧？你要什么时候去？"

"现在！我已经穿好衣服鞋子，准备出门了，你呢？"

一个半小时后，我来到嘉定南翔，环球乐园门口。这家乐园去年刚开张，我跟俞超、阿健、小犹太和白雪来玩过。三年后，乐园因为门可罗雀而关门大吉。至今依然是片废墟。

我穿着蓝T恤，牛仔裤，白球鞋，在太阳下傻站着，直到有人拍我的后背。扎着马尾，头戴鸭舌帽，身穿白色网球裙的女生。她是田小麦，我们在电话里约定好了双方的穿着。她尚介于女孩与少女之间，几乎还是平胸，脸上有淡淡的粉刺。她也端详我的脸，忽然说："香港回归文艺会演，你在学校上台吹过笛子，《东方之珠》？”

我谦虚地说自己吹得很烂。田小麦笑着说：“你吹得蛮好！那天啊，我也上台表演了，你记得我吗？”

“你？”我定睛一看，脑中浮起四个抱着小提琴、中提琴和大提琴的小美女，“《梦驼铃》？”

“对啊，我就是那个拉大提琴的。”

“哇，你拉得真好听！”

我们各自买了门票，她没有要我请客。一进门是个辉煌的大门楼，好像柏林的勃兰登堡门，一比一的山寨。如同攻克柏林的红军，我们穿过勃兰登堡门，来到布达佩斯城堡，翻越阿尔卑斯山，在亚平宁半岛见到摇摇欲坠的比萨斜塔、永恒之城罗马的大斗兽场，最后抵达胡夫大金字塔与狮身人面像之下。

“金字塔真大啊！”田小麦仰着脖子赞叹。

我在旁边说：“这个是十比一微缩的，真正胡夫大金字塔比它大十倍。”

这座乐园山寨了全世界的名胜古迹，我们一起走过青铜时代与铁器时代，又从荷马史诗跨越到古希腊罗马，直到欧洲中世纪与大航海时代。我跟她保持距离，拉手这种事是绝对禁止的。一来刚见面岂可造次？二来她是警察的女儿。果然她说，上学期有个男生跑到她家楼下唱了首《你知道我在等你吗》，她爸爸下楼去跟他谈了谈心。田小麦不晓得他们谈了什么，但那个男生从此没敢跟她说过一句话。

她向我保证，我们一起来玩环球乐园这件事，绝对不会告诉她爸的。她又补充一句："否则的话，你会被揍的。"

我觉得这是一种威胁，我爬上古巴比伦的空中花园，对面矗立着一比五微缩的泰姬陵。十年后，我去印度旅行，看到了真正的泰姬陵，让人窒息的白色大理石的圆顶，那才是世界上最美的建筑，没有之一。

"我在想，既然是巴比伦大城，却少了一样东西。"我极目远望嘉定的田野，想象成美索不达米亚的沃野，"通天塔。"

田小麦在我身边坐下问："通天塔有多高？"

"跟天一样高。"我抬起右手，指着上海的晴空烈日，仿佛千万不同肤色的人，正在搭起一座永无止境的脚手架，直通苍穹之上，"后来那座塔倒塌了，因为造塔的人们听不懂彼此的语言。"

"你是说，我们要好好学英语吗？"田小麦推了我一把，将我从臆想中拯救出来，"我想起了《太空堡垒》，也像你说的通天塔一样，但人们说着不同的语言，对抗天顶星人入侵。"

"你也喜欢《太空堡垒》？"我盯着她的眼睛，85 版美国动画片《太空堡垒》，几乎是我的爱情故事启蒙。

"嗯，反复看过三遍，还会唱里面的歌呢。"

"原来我们的共同爱好还不少，"我的双手抱着后脑勺，几乎躺倒在空中花园的平台，"小麦，你爸有没有跟你说起过我？"

"我问过他，天天打电话要找你的坏小子是谁？"

"喂，我怎么是坏小子？"

“他是派出所民警，当然要跟坏小子打交道喽。”田小麦嘻嘻一笑，“我爸说，你是他战友的儿子。我出生刚满月，你们全家就来看我了。而你也来了，只比我大一岁，还穿着开裆裤，尿湿了我家的地板。”

“这个……”我的耳根子都红了，“我不记得了。”

“其实，我们早就认识了啊。你还说你不是坏小子？刚见面就对我要流氓。”田小麦大笑起来，须臾又转为严肃，“但我爸关照我——不要跟你聊天，更不要跟你见面。”

“你爸说得没错，你不应该跟我见面。”

“喂，你要找我爸，是不是为了聂老师的失踪啊？”

“你怎么知道？”我从地上弹起来，看着她乌黑的眸子。

“聂老师也给我们班上过语文课。她说你们班有五个学生，坚持写了两年日记，既有优等生也有差生。她提过你的名字，说你的作文非常好。她还夸你喜欢阅读，看过很多中国和西方的名著，要我们都向你学习呢。”

我装作谦虚道：“可我中考考砸了，你可别像我一样偏科。”

“聂老师失踪了，你是她最喜欢的学生。你爸跟我爸是出生入死的战友，而我爸曾经是破杀人案的刑警。我用小脚指头都能想出来了。难道不是失踪，而是谋杀？”

这个初二女生盯着我的眼睛，就跟她爸一样。而我像个被审讯的嫌疑人：“如果你真想帮我，就让你爸给我回电话！”

“他一直没有给你打过电话吗？”

“一个都没有！”

“我爸是故意的吧。”田小麦总比我了解田跃进。她把手背在屁股后面，网球裙下的一双雪白大腿，在我眼前晃来晃去，“也许我爸有了新发现，不想让你知道。这是警察的纪律。从前我爸办杀人案，在家熬夜看卷宗，等我早上一觉睡醒，他还在桌上红着眼圈，香烟屁股从烟缸里满出来了。我问他是怎么回事？他凶巴巴地把我赶走了……”

我想着她的话，遥望着泰姬陵完美的圆顶而发呆。田小麦在我身边坐下：“喂，明天，学校去太湖的夏令营，你去吗？”

“我不去太湖，我去崇明岛。”一秒钟后，我为我的脱口而出追悔莫及。我不是大意或粗心，而是天生不善于说谎，要么脸红心跳，要么干脆避而不谈。

“你去崇明岛干吗？”田小麦果然像嗅到血腥味的鲨鱼似的追过来了。

“我……我是去看海。”至少我这句也没说谎。

“我也想去看海。”

我真想抽自己耳光：“你不知道，去崇明岛很麻烦，坐渡船就要几个钟头，至少要在岛上住一两晚。你还是个小姑娘，太不方便了，不要胡思乱想。”

“切！我是小姑娘？那么你呢？你是大叔吗？”

她的咄咄逼人让我词穷墨尽。我看到太阳下自己十六岁的身影，悻悻然说：“你去太湖的夏令营吧，跟老师和同学们一起玩吧。”

“我爸不准我去。”田小麦的声音变得很低，仿佛沉没到空中花园地底，“几个月前，有人给我爸寄了匿名信，夹了许多照片，都是在我放学回家路上偷拍的。”

“你爸抓过很多罪犯，担心坏人威胁你？”

田小麦的眼眶有些发红：“今年暑假，他说有个坏蛋刑满释放了。他让我哪里也不要去，就待在家里看书写作业，也不要跟同学们来往。你知道吗？我爸脑子有病，他穿着警服找到我所有同学，警告他们不要带我出去玩。无论男生女生都被我爸吓到了。”

这让我很是同情：“你爸病得不轻！”

“是啊，我爸就是个暴君，希特勒，墨索里尼，还有金轮法王鸠摩智！”她最近肯定在看《神雕侠侣》。

我差点笑出来：“你们班主任老师不管吗？”

“我们班主任的老公要迁户口，我爸在派出所帮过忙。老师告诉同学们，说我的身体不好，除了上学，平常不适合出门。如果发现有谁带我出去玩，就要找家长告状。但这是胡说八道，我的身体可好呢。”田小麦在我面前蹦蹦跳跳，“他搞得我一个朋友都没有了！别人放暑假出去玩，而我像被关在劳改农场。我打电话给同学们，他们都像碰到瘟疫一样。今天早上，我实在憋不住，就找你来玩了。哎呀，我要回家了。要是他打电话回家，发现我偷偷跑出去，我就要倒霉了。”

一颗饱满的泪水，从她的眼角迸裂而出。十五岁女孩的皮肤很有张力，让这颗眼泪停留很久，在太阳下熠熠发光。我受不了小姑娘掉眼泪，第一次抓起她的手，走下巴比伦空中花园："喂，别哭了，让人看到可不好，人家会误会的。"

"误会个屁！就是你在欺负我。"她已哭得梨花带雨，让我一路低着头，像被警察押送的流氓犯。

离开环球乐园，我请她吃了南翔小笼包。我们一起坐公交车。到了我家小区门口，田小麦说她家就在前面那条路口。原来我们住得那么近，也许上学路上经常能见到。

炎热的午后，我闷在家，吹着空调，注视床头的画像——凶手的素描。我开始收拾旅行包，此行会遇到许多困难，务必小心谨慎未雨绸缪。人说细节决定成败，也许多一根心思，就能救下所有人的命。

晚上八点，我正要写日记，有人敲门。我打开门，看到田跃进的面孔，我想我完蛋了。

田跃进穿着老头衫，手提一袋西瓜，古怪地盯着我。我感到古人说的"股栗"。难道田小麦回家后，被老爸发现出去游玩的迹象？比如鞋底板的泥土。专破杀人案的刑警，最擅长发现这种秘密了。田跃进表面装作拜访老友，虚伪地带上西瓜。我正要说我是无辜的，田跃进说："你爸在家吗？"

今晚只有我和我爸在家。我妈还在北京。我爸愣住了，尴尬地向田跃进笑笑。他就是这样的性格，赤膊兄弟也不过如此。我爸让我泡两杯茶，关照多放点茶叶。他掏出一包中华烟。两个男人坐下抽烟，喝茶，寒暄。我在看电视，有意把音量放小，竖着耳朵偷听。田跃进遵守了承诺，没提过聂老师，就当我和他完全不认识。

田跃进看到玻璃台板下的照片，我爸和他年轻时穿着军装的合影。他说起三十年前，老三届各奔东西，有人去新疆，有人去云南，有人去江西，还有人去崇明岛。只有最优秀的青年才能参军。我爸和田跃进坐了三天三夜的绿皮火车，从上海来到黑龙江，气温从十五度降到零下十五度。两个上海兵被分配到高炮师，操作同一门 59 式 57 毫米高射炮。那时中苏交恶，黑龙江是真正的前线，对岸就是苏修社会帝国主义。田跃进天天盼着打仗，高炮才有用武之地，打下苏联米格战机，打过黑龙江，横扫西伯利亚，解放莫斯科，朝圣红场列宁墓。第二年，苏修没能打成，打美帝的机会来了。彼时越南战争如火如荼，沈阳军区高炮 62 师分遣队奉命抗美援越。我爸和田跃进坐了七天七夜的火车，从万里冰封的黑龙江启程，自北而南穿越中国，西出友谊关，直达炎炎夏日中的红河平原。高炮 62 师的阵地在太原，不是山西太原，而是越南太原。这是北越山谷中的小城，也是战略要地，还有中国援建的越南最大的钢铁厂。高炮 62 师在越南战斗了大半年，击落超过一百架美国战机，牺牲了数百人。我爸和田跃进一起捕获过跳伞的美国飞行员，一个活蹦乱跳的美国俘虏价值连城，能为巴黎和谈增加谈判筹码，也能为美国人民的反战运动加一把火，犹如拒服兵役的拳王穆罕默德·阿里。他俩得到师部的表扬，田跃进顺利入党，这是他复员后被分配到公安局的原因。

我问我爸，原来你是个战斗英雄啊，为什么从不跟我说呢？我爸摆摆手，都是过去的事了，没什么好说的。我又问，越南的夏天长吗？我爸说，太长了啊，部队在越南的半年，全是夏天，前三个月干热，后三个月下雨，差点得了疟疾。

“那才是永远没有尽头的夏天呢。”田跃进又点起一支烟，我家仿佛成了瘴气缭绕的越南丛林。

我爸拿刀切开西瓜，让我和田跃进一起吃了，自己却一片都没吃。他说国有运输公司效益不好，驾驶员也要下岗了。算来算去，没有比我爸更适合的了——几个月前开车撞死过人，你不下岗谁下岗啊？不过嘛，如果我妈出面走动走动，再送两条中华，说不定能躲过这一劫。但我爸已经决定，下个月买断工龄走人，告别红色集装箱卡车，这辈子再也不开车了。

我把电视机音量调大，抓起窗台上的变形金刚，在擎天柱与集卡之间变换形状。我爸说还记得我穿开裆裤那年，带我去田跃进家做客，看望战友刚出生的女儿。田跃进说女儿读书很好，门门功课都是前几名，就是不听他的话。我爸又问他，刑侦支队忙不忙啊？田跃进笑着摇头说，已经不是刑警了，现在派出所上班。如果我家有啥小事情，比如邻里纠纷，尽管打他电话。

既然如此，我爸便放开问了：“能不能帮我查个人？”

田跃进放下茶杯：“说吧，如果在我们派出所辖区内，没问题。”

“一个流浪汉，三个月前，被我开车撞死了，我想知道他是谁。”我爸说起被他撞死的无名氏。他已念叨了无数遍，让我妈再托关系查查，请亲戚朋友们帮忙，那个流浪汉究竟是何人？好像古时候的英雄好汉最爱说“刀下不留无名鬼”。我妈说你有毛病啊，干吗心心念念要查出死者身份，难道要让对方家属堵在我家门口才算满意？

外地发生的交通事故，公安局命名为无名氏，民政局垫付了火化费……田跃进表示办不到。我爸说对不起，麻烦你了。

“当地公安留下死者的头发了吗？”田跃进说，“有一种最新的技术，叫 DNA 检测，比指纹和血型还要准确。”

“没有。”我爸摇摇头，“但我留下了他的骨灰。”

这我还是第一次听说，忍不住问：“你把无名氏的骨灰留下来了？”

“嘘！你妈还不知道呢。”我爸用手指头戳了戳我的嘴巴，“不准说出去。”

“我的妈呀，你不会把骨灰藏在我的床底下了吧？”我赶紧趴到床底下，除了俞超送给我的兵人箱子，还堆了不少杂物和垃圾，被我拨弄几下，升起一团烟尘。

“藏在我的集装箱卡车驾驶室里，只有一小罐头，我从火葬场拿回来的。我想将来找到家属，就能转交给人家。”

我拽着我爸问：“你不是不开车了吗？别的驾驶员发现屁股底下藏着一罐骨灰，会不会来找你算账？”

我爸将电视机音量又调小了：“既然人是死在这辆车的轮子

下，骨灰也应该藏在这辆车里。”

田跃进掐灭最后一根烟：“你为什么一定要把无名氏的骨灰还给家属？”

“因为那个魂在跟着我。”

1997年的夏天，我爸总是看到无名氏的魂。有时骑在他的背后，有时躺在我的床上，有时从床头柜的石膏像里钻出来。每当我爸回到单位，走进车库触摸他的红色集卡，便仿佛有一只手抓住他的胳膊——那只手并不安装在任何人的肩膀上，而是被车轮压断飞出来的手。我爸说，车祸发生后，死者有只手无论如何都找不到了。一个半月后，尸体已经火化，人们才从事发地二十米外的鱼塘里，捞起一只被黑鱼啃得只剩骨头的右臂。

田跃进回头张望着房间，魂没看到，只有蓝色烟雾缭绕：“劝你把骨灰扔了吧？”

我爸不吭声，我提醒他一句：“但你可千万别把骨灰带回家啊。”

“大人讲话，小孩不要插嘴！”我爸狠狠瞪我一眼。

“你儿子很聪明，但要看牢他哦。”田跃进话里有话。他看到我家电视机柜下有许多VCD，便问有没有好看的片子借给他。我爸挑了一张尼古拉斯·凯奇与肖恩·康纳利的《勇闯夺命岛》。他说这是美国越战退伍老兵官逼民反的故事。我觉得我爸的归纳能力真强，一句话概括了整部电影的精髓。

田跃进起身告辞，他看到我床头柜的素描画像——凶手的脸。

他认出了这张脸。他盘问过出租车司机夏海，刑警对于人脸的记忆力是超强的。田跃进夸奖这幅画不错。他来摸我的脑袋。看似轻描淡写，但我能感到他手指上的力道，就像一巴掌扇上来。我赶紧低头避开。我爸骂了我一句，说这小孩那么大了还怕生，不登台面。田跃进呵呵一笑："这幅画能送给我吗？"

我爸说好啊。他早就看这幅素描不顺眼了，让他想起被撞死的无名氏，几次要把它烧了，但都被我保护下来。我害怕一旦丢失这幅画像，就再也无法单凭记忆画出凶手的脸。我爸像送瘟神似的把这幅画像送给田跃进。我心里怕得要命，我准备明天把画像带去崇明岛，代替罪犯照片，方便大家辨认。

我爸让我下楼送送田伯伯。今晚颇为闷热，我的后背心全是汗。我陪田跃进走到小区门口。他攥着凶手的画像，我总觉得画里的眼睛瞪着我，让我一路不敢喘大气。田跃进也没说起过田小麦。我不晓得，他到底是来找我还是来找我爸的？

田跃进停下点了一支烟。他将烧红的烟头沾上凶手的画像，黑夜里像绽开一朵温热的花骨朵，不断变幻奇妙的形状，仿佛一个女人打开的身体，又似法医室里被解剖的器官，最后在他手上化作灰烬。一片烟屑飞过我的双眼，有些呛入鼻孔，让我咳嗽。田跃进什么话都没说，但我想他说得够明白了。他骑上自行车，晃晃悠悠地滑入夜里，像一条入水的泥鳅，甩下一团泥浆在我脸上。

现在是深夜十点，距离我出发去崇明岛还剩十个小时。

九

1997 年 7 月 10 日，清晨七点。闹钟像聂倩的手指，揪着我的耳朵起来。我蹲在马桶上好久，酝酿出两坨大便，路上要方便可不方便了。昨天半夜，我妈从北京坐火车回家了，她给我做了早饭，加了两个煎蛋。她以为我要去太湖的夏令营，给我翻出衣服裤子和新买的运动鞋，为我戴上一块斯沃琪手表，虽说只是绿塑料的，但也是 Made in Swiss。我妈还准备了两个苹果和一包牛肉干，吩咐我不要一个人吃，要跟同学们分享。

七点四十五分，我准时出门，狂奔到小区自行车棚。前天我缠着我爸买了一辆自行车，24 寸的永久牌，浅绿色车身，油光锃亮。我说等我长大以后，会给他买辆小轿车开。为了这次海岛远征，我做足了功课。崇明岛是中国第三大岛，面积 1200 平方公里，超过整个香港特别行政区。从岛的最西端到最东端有七十多公里，我可不想在烈日酷暑中步行那么远。我跨上自行车坐垫。旅行包背在肩上，放篮筐容易被人抢。深呼吸，我蹬起一对脚踏板，像扣下手枪扳机，将自己发射出枪膛。

斯沃琪走到八点整。我刚骑出小区门口，便听到有人叫我名字。女生的声音，吓了我一跳。我使劲揉眼睛，期望把她揉没了，却只揉下一大团眼屎。

她是田小麦。

她也骑一辆自行车，红色的 22 寸女式自行车。我拧着眉毛看她，心中念叨：出师未捷身先死，牡丹初放却先残！前半句天下无人不知，后半句来自一位晚清革命党人的绝命诗，我从一本旧杂志里看来的。

“我们走吧。”田小麦也斜挎一个旅行包，白色运动服，头顶鸭舌帽，马尾从帽子后晃下来。相比昨天在环球乐园的初中生，仿佛长大了两岁。

“去哪里？”我的牙齿在打战。

“崇明岛啊！难道你还去太湖的夏令营？”田小麦嘻嘻笑着。

“你爸真的会打死我的！”我想起昨天深夜，田跃进就在这个地方，烧掉了凶手的素描画像，“昨晚他刚来找过我。”

“哦，我不知道。我可是守口如瓶，没跟我爸提起我们见过面，更没泄露过你的崇明岛计划。”田小麦往前蹬了两步，自行车龙头跟我并排，“今天清早，我爸参加市公安局轮训去了。训练科目是射击和格斗，对他来说太简单了。他要去两天三夜。他在冰箱里给我留了两天的饭菜，关照我在家里别动，任何人敲门都别开。”

“原来你早就想好了，趁你爸不在家的两天，要出去野？”我骂了两句脏话，“你我萍水相逢，别给我惹麻烦！”

“你可以骂我，但请别涉及我妈！”田小麦面色像她爸一样冷峻，让我心头发毛，她拍着车龙头说，“这辆自行车，以前我妈骑它上下班。”

倏忽间，我拼命蹬起脚踏板，24 寸的永久轮子飞转，带起一阵风吹乱街头报摊。我必须甩了田小麦，在八点二十分赶到西宫门口，在八点三十分集结出发。我的计划要分秒必争，稍有半点懈怠与差池，都将导致前功尽弃。但我的自行车水平相当烂，我爸对于给我买车颇不放心。我越想摆脱田小麦，越是骑得歪歪扭扭，好几次龙头差点失控。

田小麦像抓贼的警察，蹬着 22 寸小红车追上来。早高峰的街头，许多人骑着自行车与助动车上班，看到她追赶我的样子不明就里。田小麦追上了我。她没对我怎么样，只是在我屁股后头骑着。也许我可以故意绕路，但我看一眼斯沃琪，没时间跟她玩捉迷藏了。

冤家！按照原定计划，我向西宫骑去。两辆自行车，一个鲜红，一个淡绿，就差下一场雨。

上午八点二十分，我们准时到了西宫门口。白雪正坐在白色的女式自行车上等我。她穿着红 T 恤，牛仔短裤，露出雪白的长腿。她夸耀自己天生晒不黑，没戴遮阳帽；接着是阿健，胯下 28 寸“老坦克”，几乎跟我爸那辆一模一样。男式车架子中间的坚硬横杠，像海明威歌颂过的硬汉；俞超来了，戴一顶纽约洋基队的棒球帽，骑一辆捷安特山地车，台湾原装全进口，黑色铝合金车身，粗壮的轮胎，夜行车灯、变速器和减震系统。骑着它碾轧过 1997 年的中国街头，仿佛开着保时捷敞篷车招摇过市。阿健问他，这辆车得要一千还是两千啊？俞超说这是他妈从香港带回来的礼物。

小犹太还没来，白雪说他是不是怕了？还是被他妈抓住送去太湖的夏令营了？话音未落，一辆 20 寸女式自行车来到西宫门口，仅仅比童车大了一圈，小犹太骑在车上，满面通红：“我来啦！”

五个人聚齐，才注意到多了一个田小麦。她笑着露出牙齿，向每个人打招呼。白雪狐疑地问，她是谁？我不知如何解释。田小麦大方地自我介绍：“你们都是初三（2）班的吧？我也是二班的，但比你们低一年级，过完暑假就读初三了。”

“喂！你是不是会拉大提琴啊？”小犹太凑近了看她。

她点头做了个拉琴的动作：“香港回归的文艺会演，我是弦乐四重奏里的大提琴。”

俞超和阿健也凑过来了，他们都说记得田小麦，经常在大操场上看到她。

“她也要一起去崇明岛吗？”白雪咬着我的耳朵问。

我刚说“没有……”，田小麦就抢话道：“没错，我跟你们一起去崇明岛，一起去看海。”

我还没发话，小犹太便代表我们五个人欢迎了田小麦，又为她分别介绍——行侠仗义横行江湖的阿健，马上要去美国前程似锦的俞超，倾国倾城万人迷的白雪，精通文史哲美音的我，最后是聪明绝顶盖世英雄的小犹太。

白雪悄悄问我：“你是怎么认识她的啊？”

我搔搔后脑勺，再看手表已走过了八点半，顺势大手一挥：“出发！”

1997年7月10日，星期四，上午八点半。四个男孩，两个女孩，六辆自行车。我们从西宫出发，向长江入海口的大岛而去。太阳自东向西，刺着我们的双眼。路线是我选定的，沿苏州河顺流而下。十分钟后，路过河边最荒凉的那一段。我按住刹车停下，阿健问我怎么了？我看到废弃的码头野草丛中，躺着一副圆形的石头棋盘。

突然，三辆自行车斜刺里杀出来，撞到我的前车轮上。本来我的平衡能力就差，连人带车被撞倒在地。我看到了长脚，他的脚真够长的，一只脚撑着地面，一只脚踩着28寸的脚踏板，就像人腿与车轮组合的怪兽。紧接着长脚的是大胖和甲鱼，犹如威震天背后的声波与红蜘蛛。几天前在桥洞下，我为保护小犹太差点用钢筋戳死长脚，这回狭路相逢。长脚抽出自行车的U形锁，粗大的钢铁家伙，足够敲开小孩的脑壳。大胖与甲鱼各自掏出钢锉和老虎钳，他们就等着向我报仇呢，苏州河这一段是他们的地盘，如今我自投罗网而来。我回头看一眼小犹太，这小子连同他妈的20寸已逃得无影无踪。

“你可以侮辱我，但不可以侮辱我的朋友！”阿健说话了，手里捏着一块板砖，嘴里叼着根火柴棍子。这句话来自吴宇森的《英雄本色》，小马哥落魄时的台词。

长脚看到阿健，脸色就发白了。如今我们有六个人，虽说有两个女生，还有个没用的小犹太，但阿健的气势就压倒了他们。阿健经常抄板砖打架，只要不动刀枪，最多在派出所关两天。

倏忽间，长脚一把揪住俞超的脖颈，将他拽到自行车边上。俞超的体重跟我半斤八两，不是长脚的对手，两条腿在地上乱蹬，纽约洋基队的帽子也掉了。大胖和甲鱼提着钢锉和老虎钳虚张声势。我们这边有两个女生，长脚为了男人的颜面，反而还得硬撑。

苏州河边这段行人稀少，就算有人路过，看到少年打架，也都低头赶路，无人敢蹚这浑水。阿健不是不敢拼命，而是怕长脚狗急跳墙伤了俞超，耽误他去美国读书可不作兴。谁都未曾料到，俞超自己挣脱了长脚。他从包里掏出一把瑞士军刀，拉开锋利的刀片，对准长脚的咽喉。我第一次看到俞超拿刀子对准别人。他的脖子通红，刚才被长脚勒破几道口子。我很害怕，比我自己拿着钢筋去刺长脚还要害怕。我怕那家伙立马就会没命。

要紧关头，田小麦推着自行车轮子分开双方，厉声喝道：“谁都不准动手！我爸是派出所民警，他正在过来的路上，你们给我老实点。”

我赶紧把俞超拽开，附和一句：“她没说谎！”

长脚吐了口浓痰在地上：“碰上你们六个，算我今朝触了霉头！”他收起U型锁，大胖、甲鱼也骑上车，三个家伙一眨眼没影了。

田小麦仿佛联合国秘书长化解了波黑战争。阿健问她：“你真是派出所民警的女儿？”她撇着嘴不回答。白雪吆喝道：“小犹太人呢？”

“我在这儿！”隔壁小巷子里，小犹太骑着他妈的20寸女式自行车出来了。

阿健赏给他两个爆栗子，小犹太哎哟叫唤着：“对不起，我想找人帮忙来着。”

“帮你个头啊，缩卵！”阿健骂骂咧咧地骑上“老坦克”。

我看小犹太又快哭出来了，便搂着他的肩膀，让大家不要骂他。此地不宜久留，谁知长脚那伙人会不会喊帮手呢。

十二个轮子骑得飞快。跟在阿健的28寸与俞超的捷安特车轮后，我的自行车也越骑越稳，仿佛手里的不是龙头而是方向盘。我看到苏州河北岸碉堡般敦实的四行仓库，我小时候外婆家所在的老闸桥，童年时住过的江西中路。苏州河水面上波光粼粼，短暂掩盖了化学污染的金属色。装满水泥和黄沙的铁壳船，轰鸣着穿过幽暗桥洞，在河堤上卷起浑浊的浪涛。

外白渡桥到了。阳光穿过桥上纵横交错的钢铁网格。六辆自行车在桥栏边停下。隔着波光粼粼的黄浦江，对面是叫浦东的处女地。东方明珠电视塔已经矗立，金茂大厦即将结构封顶，这两位是鹤立鸡群的鹤，剩余的自然是鸡了，隔江眺望更像一堆怪兽。我提醒大家别光顾着看风景，距离那座岛还有千山万水呢。但若在此投下一个漂流瓶，顺流而下，在黄浦江上拐过两个S形，穿过杨浦大桥和复兴岛，从吴淞口进入万里长江，今晚便能漂到崇明岛，我们此行的目的地。

进入密如蛛网的虹口街道，没走几步就迷路了。小犹太说，是不是鬼打墙了？转了一个钟头，我才看到路边有块牌子——鲁迅故居，山阴路132弄9号，不起眼的三层红砖小楼。我“嘘”了一声，鲁迅显灵，能为我们指路吗？托了先生的福，六辆自行车骑到鲁迅公园，又绕到虹口体育场。大家都说饿了，我在东江湾路找了家面馆。小犹太提议凑钱，各自点了辣肉面、鳝丝面、雪菜肉丝面。田小麦请我们喝了一大瓶雪碧。小犹太对她百般殷勤，又是搬凳子又是递筷子。白雪用力跺向小犹太的脚面，害得他一声惨叫。

吃饱喝足，我却迟迟没有动身，绕着弯子暗示田小麦，说此行艰难困苦，你瞧刚出发就迷了路，到了岛上不知会有多少意外，让她趁早知难而退，乖乖回家去吧。田小麦却霍地一声起来说：“出发吧！”

烈日下，六个人不得不放慢速度，长途骑行务必懂得保持体力，何况还有两个女生。经过大连西路、四平路和同济大学，来到五条大道延伸的五角场。俞超赞叹这格局就像51区外星人基地。而从太空看五角场，像个硕大的五芒星，围上蜘蛛网形状的棋盘格。路过古老的江湾体育场和刚被废弃的江湾机场，尚是大片旷野。我们即将进入另一个上海，也是另一个中国。到了军工路，靠近黄浦江的集装箱码头，到处是集卡。我爸以前常走这条路拉货。我吩咐大家小心，千万不要靠近集卡，大车转弯时有死角，常有骑自行车或助动车的做了轮下鬼，这都是爸爸反复告诫过我的。

跨越蕴藻浜，抵达吴淞客运码头，已是下午四点半。每个人都骑得汗流浃背。最后一班去崇明的渡轮是五点整。总算赶上了。我们六个人凑钱，阿健和俞超去排队买票。码头外停着好几辆警车，几个穿绿色制服的警察，让我心里发毛。田小麦急着去上厕所。一艘渡轮抵达码头，下船的都是岛上居民，如同堤坝上一次小小决口，推着自行车挑着扁担汹涌而来。

阿健买回六张船票。我突然说："把小麦甩了！"白雪一惊，心领神会。我拍着俞超后背，猛冲向渡轮码头的检票闸口。白雪拽着小犹太，各自推自行车往里走。阿健不明就里，只能跟着我们。兵荒马乱。下船与上船的乘客，如同长江与东海潮水相撞，溅起一团团浊浪。穿过铁网格的栈桥，我们逃难似的登上渡轮。拥挤的船舱充满乡村气味，混合汗臭、鸡粪、化肥、螃蟹、咸鱼以及白切羊肉的味道，仿佛能产生浓烈的化学反应，差点让鼻孔爆炸。

俞超抓着我的胳膊问："田小麦呢？为什么不等她？"

"她不能跟我们去崇明岛！"我只说到这里为止，不想解释。

隔着船舷栏杆、栈桥与码头的检票闸口，我看到了田小麦。她被上船的人们推搡，仿佛潮水中飘摇的浮标。她会害死我们的。我并不讨厌田小麦。我甚至喜欢她好听的声音，喜欢她坐在巴比伦空中花园的姿态。但这件事与她毫无干系，就像两条平行的射线，齐头并进，但永不相交。还有五分钟开船，而船票攥在我手里。她推着红色22寸自行车在码头上奔跑，凄惶地寻找我们五个人。她扯开嗓子大喊。我猜她在诅咒我。

俞超挤到我身后说："田小麦好可怜啊。"白雪说："喂，我第一次发现你也那么冷血。"阿健低声吼道："天快黑了，她是个初二女生，一个人怎么回家呢？碰到流氓怎么办？"我的嘴唇皮也在发抖，码头上抓狂的田小麦，正向检票的阿姨解释，但是手里没票怎么说都没用。她已经哭出来了，隔着铁栅栏巴望着轮船，就像监狱里的囚犯。但我还是铁石心肠，就像一只冷血的蜥蜴。对不起，田小麦。

突然，小犹太掰开我的手指，抢走唯一没被撕过的那张船票，蹿到了船舱门口。开船只剩三分钟，船员不准再下人了。小犹太从船员腋下钻出去，如沉船前逃亡的老鼠，哧溜一声冲过钢铁栈桥。从没见他跑得这么快，径直飞奔到码头上，田小麦从栏杆缝隙里接过船票，最后一秒钟通过检票闸口。她的眼泪还挂在腮上，一只手推着自行车，另一只手被小犹太拽着。俞超和阿健在船舷上高喊，为小犹太和田小麦加油。白雪也豁出去了，她袅娜地扑到船员身上发嗲，祈求晚几秒钟关舱门。渡轮鸣响三声汽笛，螺旋桨打出滚滚浊浪，船舷的橡胶轮胎与码头慢慢分裂，暴露出底下泥腥味的黄浦江水。

小犹太与田小麦狂奔上栈桥。22 寸红色女式自行车的前轮，仿佛力拔千钧的攻城锤，撞破即将关闭的舱门，飞越正在分离的码头与渡轮。田小麦先跳进来，接着是小犹太——他几乎坠入码头边缘的空隙，还是阿健拉住他的胳膊，硬生生拉上船舷。周围人都吓坏了，被白雪阻拦的船员面如灰土，大骂我们这群小孩子不要命。他说前几年有人因此坠入黄浦江，三天后打捞出水，已被螺旋桨搅拌成了五香肉丁。

轮船离开码头，呜咽着被推入江心。田小麦松开双手，自行车哐当一声砸在地上。我走近她，尚未来得及说“对不起”，脸颊上已多了五道手印子。耳光清脆响亮，像交响音乐会的铜钹声，船舱里上百号人都听到了。几秒钟后，我才感觉耳根子嗡嗡鸣响，几乎听不到声音。田小麦打了我耳光，她大口喘着蹲下，抱着肩膀开始哭。

我告诫自己，她才十五岁。我转身离开，挤到渡轮的圆形船头，吹着江风与浪花。前方是吴淞口，左边是宝钢，林立着哥特式尖顶般的烟囱，仿佛巴塞罗那、维也纳、科隆、布鲁塞尔、米兰的大教堂集体搬家而来；右边是高桥，罗列着月球基地般的石油罐头，好似将阿西莫夫、克拉克、海因莱因的小说翻拍了一遍；中间是樯橹如林的水道，奔腾着刺入长江的胸口。渡轮像个老外婆迈出吴淞口，原以为会看到传说中泾渭分明的三夹水，可惜被船头劈得粉碎的黄浦江水是黄褐色的；左侧的万里长江深褐色；右侧的辽阔水域则是浅褐色。界限难辨，混沌汪洋，深不可测，百转千回。就像渡轮背后的这座城市，浩浩荡荡地淹没所有沉船中的白骨。

我们横渡长江，自吴淞口向西北而行，前往崇明县城的南门港。右前方可见一座绿色的狭长岛屿，那是长兴岛。江面百舸争流，一艘装满集装箱的巨轮，缓缓逆流而上。船舷喷着巨大的字母 MAERSK，十几层楼高的集装箱遮住阳光，让我们的渡轮陷入阴影。仰望对面甲板上堆积如山的集装箱，几千个玩具积木般的立方体，搭建成一个硕大的立方体，又像水面上移动的曼哈顿岛，戳满了帝国大厦与世贸中心双子塔。数不清的五颜六色的箱子，仿佛一千零一夜的道具，装载整个世界进入中国。或者说，一半装着美国，一半装着日本。当我们的渡轮与这艘集装箱大船相会而过，我感觉与日本与美国与全世界擦肩而过。

“我向你道歉。”不知何时，田小麦已站在我背后。

“这句话应该我对你说。”我的脸上还疼着呢，神经一抽一抽的，这小妮子的巴掌很有力道，必有其父的遗传，“是我把你甩了。”

“你就那么怕我爸吗？”她已擦干泪水，被风吹得发干起了皮屑。

“我才不怕他，我怕的是你……”我低头看江中浊浪，小时候坐黄浦江上的渡轮，我最爱看这风景，“你会破坏我的计划。”

“我问过俞超和小犹太了，他们都不知道你有什么计划，除了去看海。”

“最好别知道。”我得管住自己的嘴，“否则，你会后悔跟我们上岛。”

田小麦用胳膊肘撞了撞我：“你不会去找聂老师吧？”

我闪身后退，在拥挤的船头踩中别人的脚，尴尬道歉。

“我猜中了？”田小麦咄咄逼人地靠近。我仓皇逃离船头，刑警的女儿着实可怕！

我穿越整个渡轮，挤过黑压压的船舱。俞超和白雪在叫我，阿健和小犹太也来了，他们跟在我后面，来到船尾栏杆边。这里的风也很大，吹得白雪一头乱发飞舞。夕阳流满鲜血，铺在辽阔翻腾的长江上，像一口煮沸的大火锅，裹挟着青藏高原虫草、巴山蜀水的麻椒与花椒、火烧赤壁的焦香四溢、金陵故都的鸭血粉丝、水漫金山的滚滚泥沙……

“等我去了美国，就再也见不到这样的风景了。”俞超低声说。

“美国没有长江一样的大河吗？”

“有啊，密西西比河，自北而南纵贯美国大平原，从路易斯安那州的新奥尔良流入墨西哥湾。”俞超没事就关心美国的一切，“密西西比河也很伟大，但跟长江比差一点。尤其是新奥尔良附近的河口规模，相比上海的长江口差老远了。更不会有崇明那样大的岛。”

小犹太没在意俞超的嗟叹，他把头探出船舷，面色惨白地退回来：“哎呀，这底下的水有多深呢？”

“深不可测！”俞超故意吓唬他，又一本正经说，“我爸每年出海都要从这里走，长江口主航道水深不到十米，他说必须要有疏浚船挖开江底泥土，让航道变得更深，至少 -12.5 米，让万吨巨轮直达南京长江大桥下。”

“如果船沉了怎么办？”小犹太又乌鸦嘴了。

“游泳呗。”阿健做了个扩胸运动，他是浪里白条。

我想起自己还不会游泳，这很糟糕。阿健点上一支红双喜，火星在风中迅速燃烧，没抽几口就烧到过滤嘴了。白雪说在东北，黑龙江对岸俄国人的烟，有巨长的过滤嘴，因为冬天风雪大，免得烧着了手。我退回到船舱。看着六辆自行车，不要被人顺手牵羊了去。田小麦躲在人群中，张望金灿灿的长江。天色越发昏黄，船舷右侧出现大片陆地，但没有山峰棱角，只是一条墨绿色的地平线，横亘在天地江海之间。这座岛真大啊，左右两边完全看不到尽头，仿佛亚洲大陆的一部分。

渡轮抵达崇明岛南门港，月亮刚好从江海升起。系缆绳，下锚，靠岸，船舷与码头之间的橡胶轮胎亲密拥吻。我们六个推着自行车下船。月亮从东海方向上升起，潮汐渐渐涨上堤岸，江面上一团白影荡漾。俞超信口背了一首唐诗：“春江潮水连海平，海上明月共潮生。滟滟随波千万里，何处春江无月明。江流宛转绕芳甸，月照花林皆似霰。空里流霜不觉飞，汀上白沙看不见。江天一色无纤尘，皎皎空中孤月轮……”白雪不合时宜地拆台：“酸！酸得牙都倒了！”

今年春天，聂倩在晚自习给我们上课，窗外恰好有一轮明媚春月，她便吟出这首唐诗。她说张若虚一生籍籍无名，全唐诗中只留两首，不像李白、杜甫、白居易、李商隐的风光，但“江畔何人初见月？江月何年初照人？人生代代无穷已，江月年年只相似。不知江月待何人，但见长江送流水”便已孤篇盖全唐。聂倩笑着说，若我死，请将我葬在长江入海口，春江花月夜下。

别了长江月，出了南门港，便是七百年的崇明县城。跟在吴淞码头一样，出口处停着几辆警车。公安局正在搜捕整座崇明岛。我们绕过警察，进入乡村小镇般的县城。骑行一下午，渡过茫茫长江，六个人都饿极了。找到一家街边小店，阿健点了醉蟛蜞与白切羊肉，又要了崇明老白酒。饿了便觉皆是人间美味。阿健和白雪的酒量都好，俞超和小犹太也禁不住诱惑喝了几口，我则滴酒不沾。田小麦大方地喝了一杯，说味道甜甜的不错，不像他爸的白酒那么辣。老白酒其实是米酒。我为大家科普，中国白酒是元代由阿拉伯传入，故而诗仙李白与三碗不过冈的打虎武松，全靠这米酒十几度的后劲呢。葡萄美酒夜光杯已是西域了啊。我提醒他们勿要多喝，米酒虽甜，后劲却不小呢。

一语成谶，酒足饭饱，俞超和白雪都有些醉了。阿健和田小麦分别架着他俩，推着自行车，走在黑魆魆的县城街道。我通过电话黄页预订了一家私人小旅馆。在一排打烊的饲料商店尽头，门脸颇为简陋。前台就是个小板凳，有个阿姨在看电视，红着眼圈，吐出两片瓜子壳，说身份证拿出来。我愣了一下才听懂。我说我们都是中学生，还没领身份证呢。阿姨又问户口簿呢？我说我们出门旅游哪想到带户口簿？阿健掏出几张皱巴巴的钞票，说我们又不是不付钱。阿姨看了看我们四男二女，还有微醺的白雪，皱眉头说现在这世道啊，男小囡女小囡都乱来了，前些天还有家长找到旅馆来闹事，说他们家孩子在这里开房，搞大了肚子要打胎，没有身份证可不行呢。阿姨毫不领情，一门心思盯着电视机，还掏出手绢来抹眼泪，原来是清朝装扮的电视剧。田小麦说，哎呀，这不是《两个永恒之新月格格》吗？阿姨哭得稀里哗啦，连声说新月可怜来兮的。田小麦说我最喜欢这个演员了，《鬼丈夫》的乐梅、《青青河边草》的杜青青。阿姨连拍大腿，小姑娘识货啊！说罢，阿姨扔出三块钥匙牌。我们正要上楼，阿姨伸出头来喊，小姑娘啊，玩管玩，裤带子不要松哦！

我在田小麦耳边说："嘿！原来你是琼瑶剧迷啊。"

"我爸暑假不让我出门，只能天天关在家里看电视。六个梦，梅花三弄，还有两个永恒……"她向我挤了挤眼睛。

田小麦和白雪一个房间，我和俞超一个房间，阿健和小犹太一个房间。黑乎乎的天花板和墙壁，不时有蟑螂列队窜过。我和俞超轮流洗了把澡。俞超已被崇明老白酒醉倒，脑袋一沾枕头就睡着。我给家里打了电话，告诉妈妈我住在太湖的西山岛上。然后，我从旅行包里掏出宝蓝色丝绸封面日记本，记录我们跨越江海，来到崇明岛的第一日。

我关了灯，躺在床上。烈日下骑行一整天，骨头都要被拆散了。我睁着眼睛，每个毛孔都在放大，身体起伏飘摇，仿佛躺在小舢板上，随波逐流，行无辙迹，居无室庐，幕天席地，纵意所如，俯仰宇宙，暗夜无星……

十

殷人铸造青铜器刻画甲骨文的年代，长江口在今日扬州镇江一线，上海全境尚在水面以下，游弋着中华鲟、白海豚、卵巢剧毒的河豚。当我们的祖先开始在巴蜀、江汉、湘湖、豫章、江淮之间定居，筚路蓝缕，薪火相继，江水变得浑了些，重了些，泥沙俱下，滚滚东逝。愚公未必能移山，长江却能移动大地，亦能塑造海岸。唐朝第一个皇帝，高祖李渊武德年间，玄武门之变，大半个唐朝的泥土、砂石、骨头、腐殖质，奔流自峨眉天下秀，青城天下幽，剑门天下险，夔门天下雄；夹带岷山的千里雪，定军山的枯枝，卧龙岗的茅庐，瞿塘峡的无边落木，八百里洞庭的鱼骨，黄鹤楼头的铃铛，张天师龙虎山的败叶，浩荡两万里，直下春江花月夜的广陵潮头。轻浮的那一部分，渴望周游世界，潜入东海与太平洋；沉重的那一部分，思恋故国河山，便留在江南与江北，长江与大海之间，堆积成一片小小沙洲，此为崇明岛的诞生。沉沉又浮浮，浮浮又沉沉。日升月落，星辰变幻，两岸猿声啼不住，大半个中国被揉碎了，搅和了，你侬我侬了，捻一个你了，塑一个我了，再捏一个她了，一齐打碎，用水调和，将沙洲捻成一座大岛；又像陶工手里的坯子，时而拉长，时而搓短，时而转得滴溜溜圆，终在窑火里烧成今日的长条形状。若按现代人类走出非洲的十万年来划分，不过一昼夜间。若按地质时代划分，简直眼皮一眨的“滴答”。制造这座大岛的原材料，不是土生土长，而是万里跋涉；不是天长地久，而是无中生有。这座岛的每一部分，都是中国历史的每一部分，也是中国地理的每一部分，更是数以原子计的中国的重新排列组合。

1997 年 7 月 11 日，我在这座岛上睁开眼睛。俞超只比我早醒五分钟。打开小旅馆的窗户，县城不见高楼。两条街外，便是绿色旷野，还有南门港的轮船。上午必须休息，考虑到昨日的骑行，谁都不是铁打的人。

大家聚在我的房间。阿健和我坐地板，俞超和小犹太挤一张床，白雪和田小麦挤一张床。才过去一夜，两个女生关系大有改观，异常融洽，小姐妹般开着玩笑。昨晚白雪被老白酒后劲放倒，田小麦必是好生照顾了她一宿。

“我梦见了聂老师。”白雪神秘兮兮地瞪着双眼，她自称神婆，擅长算命。她不会无缘无故做梦，就像荣格与弗洛伊德研究的那些个异梦，要么关乎力比多，要么关乎集体无意识。

“聂老师在哪儿？”俞超和小犹太同时问道。

“一个黑乎乎的地方。”白雪睁着眼，但瞳孔黯淡无光。我相信她什么都没看到，也许是算命人骗钱的小伎俩，但当时我们都相信她，就像玩笔仙碟仙，“靠近大海，有很多船，还有废墟……”

“你果然是来崇明岛找聂老师的。”田小麦盯着我，她是代表她爸提出的疑问吗？

不到八平方的旅馆客房内，仿佛升温八度，闷得要把我煮熟了。小犹太的眼镜片反光，他早已发现我的秘密，却是欲言又止。我狠狠盯着田小麦。带她上岛是个大祸害，迟早要把我们都害死。早知如此，昨天在吴淞码头上，我就应该狠狠心，把最后那张船票撕了，不要捏在手里让小犹太抢了去。

我回答：“今晚到了目的地，我就告诉你们原因。”

阿健叼着火柴棍问：“你还没说今晚的目的地是哪儿呢？”

“七姑娘村。”我怕万一说透了，适得其反。

每个人要检查各自装备。我打开旅行包，除了换洗衣服、两个苹果、一包牛肉干，还有崇明地图。我还带了笛子，因为笛声能在旷野中传出去很远。白雪带了一堆衣服和花露水、蚊香片，还有瓜子、话梅、薯片，甚至卫生巾，说要以防万一；阿健带了两支手电筒、一条红双喜香烟，还有打火机；小犹太竟带了一副四国大战军棋，计划在星光下打着手电筒下棋；俞超除了瑞士军刀，还有一台 CD 随身听，日本索尼 D-777，他按下播放键，戴上耳机，唱出张学友的“朋友，我永远祝福你……”。

我们五个人都带了日记本。谁都没忘记聂老师。我很欣慰。俞超的日记本是他妈从香港带来的，封面是《星球大战》的黑武士。他的字是我们五个人里最好的，练过颜真卿法帖的缘故。小犹太的日记本是他爸单位发的，印着“上钢八厂”与“全世界无产者，联合起来！”。他写的蝇头小楷，让人头晕眼花，我们刚把头凑过去，就被他紧张兮兮合上，看什么看？白雪的粉色日记本是自己买的，封面上《乱世佳人》的费雯丽忧郁而坚定，里头连续几十页都是林志颖与金城武。阿健最为简单粗暴，一本黑面抄，乍看像盖世太保神秘的小本本，笔迹歪歪扭扭，像鸟篆文或蝌蚪文，记账式的泡妞、打架、踢球以及斗蟋蟀的日常……

田小麦也打开旅行包，除了衣服和洗漱用品，还有各种药片和创可贴。她带了一副漂亮的望远镜。她说这是军用的，也是她爸的宝贝，适合野外使用，更适合在岛上看海。

退房离开小旅馆。午饭后，田小麦买了六支光明牌雪糕。她很会收买人心，六个人叼着雪糕，心满意足地骑上自行车。

崇明岛在地图上的形状，像一尾长条状的大白鲸。冲向大海的东岸像鲸头，深入长江的西岸像鲸尾。崇明县城则在白鲸下腹部。如果是雄鲸，那就是卵蛋。要从卵蛋的县城走到脑门的东海岸，则要穿过白鲸的盲肠、大肠、小肠、胃囊、肺叶、心脏、气管、食道、颅腔……我根据地图比例尺算过，尚有五十公里之遥，足以从上海走到姑苏城外寒山寺。

七姑娘村，就在这头大白鲸的心脏。我们从卵蛋前往心脏。午后，气温徘徊在三十六度。岛上有风，无论江风还是海风，加上四面环水的小气候，都让这座岛比大陆凉快一点点，但也只是一点点。我看着手表，每隔十五分钟，停下喝水撒尿休息，比昨日兴头上慢了不少，这样才能持久。这边风景独好，让人走走停停看野眼。天上白云点点，不见一丝一毫阴霾，旷野万里，未见三层以上房子。满眼尽是碧绿稻田，我等四体不勤五谷不分，尚未学农，仿佛到了另一星球。早稻刚收，水田里刚栽下晚稻，犹如波光粼粼的沼泽地。绿油油的秧苗，按照俞超的说法如接收外星人信号的天线，齐刷刷插在水面上。田里不时有农夫或农妇劳作，偶尔能见乌黑水牛。白鹭从长江飞来，停在水稻田里栖息。农家竖着稻草人吓唬鸟儿，稻草人穿着五颜六色的衣服，白雪说像东北农村送葬的纸人。公路上冷冷清清，经常前后只有我们六个。偶尔可见桑塔纳、小货车与面包车。但我爸开的那种集卡从未见过，倒是拖拉机碰上好几部，被我们的自行车一一超过。

骑行了一下午，整整四个钟头，经过新河、堡镇。按照原计划，穿过白鲸的肚肠与胃囊，经过肋骨与胸腔来到心脏。当夕阳晒到屁股后，水稻田被晚霞涂抹成金山银海，前头耸立起一座人烟稠密的村庄。俞超的捷安特山地车骑得最快，接着是阿健的 28 寸老坦克，我和白雪并排骑在中间，田小麦和小犹太落在最后。我们拐进乡村小道，过了一座水泥墩桥，蜿蜒曲折的河流间，到处是两三层的错落小楼。每家每户院前种着翠绿的果树，到秋天就能结满金黄的橘子。

七姑娘村。

通常在推理小说中，这样的村庄总被幽暗迷雾笼罩，犹如康沃尔半岛的牙买加客栈，简爱与罗切斯特伯爵的桑菲尔德庄园。当我们六辆自行车，骑入村中心的十字路口，却听到天空响彻孟庭苇的《风中有朵雨做的云》与《冬季到台北来看雨》。电线杆上装着大喇叭，四周挑起大灯，黄昏的自然光与白炽灯，混合成盛大嘉年华的效果。穿着红色制服的农村铜管乐队，各自吹着圆号、长号、大号，敲着大鼓、小鼓、钹、锣、三角铁，列队欢迎我们这些远道而来的陌生人。文官下轿，武将下马，我们只能下车推着走。小犹太说我们六个像鬼子进庄，俞超说像纳粹德国的巴巴罗萨行动，我说这是福尔摩斯与华生探访巴斯克维尔庄园。路边全是花圈，白纸黑字不是千古就是驾鹤，中间镶嵌大大的“奠”。许多院子门口挂着丝绸被单，上海人叫被面子，只有办丧事才会收到这种礼物。白雪低声说，妈呀，这村子是不是出了大屠杀？还是刚被一颗陨石砸中了？村委会门口，上百个村民搬着板凳坐下，黑色帷幔两侧挂着挽联，右边是“魂归九天悲夜月”，左边是“芳流百代忆春风”。

天彻底黑了。葬礼司仪登场，竟是个浓妆艳抹的中年女人。她刚举起麦克风，模仿中央电视台春晚的调调，说着拙劣的普通话：“各位尊敬的来宾……”便被大喇叭发出的刺耳啸叫打断，好像亡魂骑在电线杆子上抗议。原来是村长八十老母出殡，在农村便是喜丧，所谓红白喜事，亦是收红包礼金的好机会，自然要大操大办，招待村民宾客，又从江北请来一支马戏团助兴。司仪请上一只骑着儿童自行车的猴子。村民们掌声一片，却跟街头猴戏没啥两样。又来一头笼子里的黑熊。岛上并无猛兽，村民们头一回亲眼见到狗熊，鸦雀无声。黑熊病恹恹的，背毛稀稀拉拉，打开笼子也毫无威风，在驯兽员的鞭子下蹒跚几步，原来还是个瘸子。狗熊表演了鞠躬、打滚还有匍匐前进，便在气喘吁吁中收场。白雪在东北见过熊瞎子，她说这马戏团的狗熊活不了几天。第三个登场的是一匹白马，背上骑着个十二三岁的男孩，在马背上闪展腾挪，各种高难度姿态。四盏大灯照耀下，白马是那么矮小瘦弱，只有小孩才能骑乘驾驭。它的两只湿润的大眼睛，正在酝酿滚烫的泪水，仿佛向我求救。

马戏散场。空地上架起音响，有个大妈抱着麦克风，声情并茂地高唱《牧羊曲》。32 寸的电视屏幕是比基尼美女的 MV 画面，旁边堆满花圈和挽联，竟毫无违和感。村长老母的葬礼进入高潮。露天摆开几十张圆台面，全体村民夏夜乘凉般入座，痛饮老白酒吃白切羊肉。大家轮番上台唱歌，皆是荒腔走板。我们几个不敢引人注目，更不敢坐下骗吃骗喝，只能忍着肚子饥饿。

音响里传来一段熟悉的前奏，我的脑子瞬间短路，听到一个女孩的歌声："让青春吹动了你的长发，让它牵引你的梦。不知不觉这城市的历史，已记取了你的笑容……"

竟是田小麦抓着麦克风，站在露天舞台的灯光下，屏幕上放着1991年台版电视剧《雪山飞狐》MV……虽是劣质的音响，但这首《追梦人》仍让我心里发抖，仿佛盛夏夜里飘出一大团雪花儿。田小麦的声音太好听了，怪不得每次打她家电话，我总舍不得挂掉，挂了也会把电话抓在手心，在脑中重播两遍。俞超和小犹太的下巴都快掉下来了。白雪瞪着双眼，双手抱在胸口做少女状，想是被歌声征服。一曲唱罢，田小麦放下麦克风，翩然下台。四周掌声雷动，村民们都以为这小姑娘是村长请来唱堂会的童星。

又有人上台点了一首《涛声依旧》，这不是阿健吗？他唱歌也是一流，经常带女生们去卡拉OK玩耍。“月落乌啼总是千年的风霜，涛声依旧不见当初的夜晚……”阿健唱完一首不罢休，想是要跟田小麦飙歌，又点一首张国荣的《夜半歌声》，符合今晚办白事的主题。他唱得出神入化，犹如毁容前的宋丹萍，崇明岛上的剧院魅影：“只有在夜深，我和你才能，敞开灵魂，去释放天真……”

我想起在红色出租车上听到的《倩女幽魂》，凶手的宿舍发现的张国荣专辑……他是张国荣的超级歌迷，如果就在这里？我开始观察四周的村民。

“我祈求星辰月儿来作证，用尽一生，也愿意去等。总会有一天，把心愿完成，带着你飞奔找永恒……”当阿健唱到这一句，灯光稍微调整方向，掠过农村妇女、老人与孩子，最远端的桌子，有个人坐在一棵橘树下。大灯像黑夜闪电照亮他的眼睛。他下意识抬手遮挡面孔。当他放下胳膊，我看清了这张脸。

凶手的脸。他是夏海。他痴痴地凝视台上唱歌的阿健，像凝视两千里外另一座海岛上的偶像。

人声鼎沸的葬礼酒席，我穿过一桌桌圆台面与醉醺醺的农村妇女。四周仿佛飘着无数只刚被屠宰的山羊、土鸡和长江鮰鱼，穿过被庖丁大卸八块的尸体，还有三个浸泡在泥沙之中的冰冷少女……

我绕到凶手的背后。我知道这很危险，但附近全是人，他不敢当众对我动手。只要我跟他反复纠缠，我的伙伴们就有机会报警，然后闯入他家。我们将救出聂倩，或者更多女孩。

夏海突然起身。因为阿健的《夜半歌声》唱完了。夏海离开露天餐桌，绕过枝繁叶茂的橘树，隐入黑漆漆的田间小道。但我追不上他。手电筒还在阿健身上。凶手已走得没影了。

我从人群中拉出伙伴们。我对白雪说："你去帮我打听一个人——他叫夏海，二十七八岁，在上海开出租车，他家住在村子什么地方？"

"干吗？"白雪对于被我拉出来很不满意。

"你们不是问我，为什么来崇明岛吗？"我深呼吸，看着夜色笼罩的岛上村庄，"是，我们是来找聂老师的，她很可能被藏在七姑娘村，藏在夏海家里。"

白雪问，你怎么知道？我说你先打听到夏海再说。我们五个人当中，白雪这张嘴顶顶厉害，别说打听个活人，就算打听个死人，也能从棺材里掘出来。首先要找到适合的打听对象。让白雪跟老人、女人和小孩去沟通，简直暴殄天物。好不容易，她找到个男青年。白雪散开头发，露着牛仔短裤下的两条长腿，袅娜多姿地迎上去，先抛两个媚眼，再一句酥酥软软的“阿哥”，东北普通话，夹杂两三句上海话，前缀“格么”、后缀“伊刚”。阿健赞叹这小婊子，太适合去盘丝洞了。

男青年被哄得如沐春风，听到“夏海”的名字便点头。可惜他的普通话蹩脚，崇明话对白雪来说犹如火星语言，我和阿健一齐做翻译，仍然非常头疼，好不容易才知道大概——夏海是私生子，他爸是上海来的知青，他妈是七姑娘村本地人。他娘一个人将他养大。夏海在县城读过高中，高考落榜后在农村闲了两年，便去上海做了出租车驾驶员。这也是岛上不少男人背井离乡的职业。

他问我们干吗要找夏海？白雪觍着脸自称夏海的女朋友。男青年颇为怀疑，白雪又像蜘蛛精往他身上蹭，任谁都抗拒不了。他带着我们六个人，绕向村庄另一头，走上漆黑荒凉的小道。几盏刺眼的大灯遮住星空的灿烂，劣质音响的歌声掩盖旷野的静谧。俞超的山地车有车灯指路。天上升起稀薄月光，浓云从大海徐徐而来。六辆自行车骑过岛上田野，六个荷尔蒙滚过江海黑夜。

小犹太追上了田小麦，气喘吁吁地问：“小麦，你刚才唱卡拉OK，好听极了！你那个《追梦人》，就是《雪山飞狐》的片尾曲吧？我最喜欢胡斐了。”

“就你？还胡斐？”阿健也骑上来拌嘴了，“我他妈还苗人凤呢！”

田小麦放慢了速度：“这首歌是我妈最喜欢的。她得癌症的时候，每天都在听这首歌。因为她喜欢一本书《撒哈拉的故事》。”

“写这本书的女作家自杀了。”我停下来等她，“撒哈拉永远都是夏天吗？”

“好像是诶……”

“我们的夏天也不会结束。”我与田小麦并排骑着车，“所以啊，你听说我要去崇明岛，就一定要跟着我走？”

“嗯，我去不了一万公里外的沙漠，至少可以登上一百里外的海岛。”

因为男青年步行，也因为天黑，我们骑得很慢，直到手电照出一栋两层小楼。此地是村子最边缘，回头看村长家的白事，仿佛平地亮起一点幽火。屋顶上长着野草，外墙石灰剥落发霉，不像别人家都贴着白瓷砖呢。这是夏海的家。门前有条小河，四周是稻田与菜地。铁将军把门，怎样敲门都没声音。窗户都暗着，看样子没人。男青年说，夏海是孝子，每个礼拜都要回家，看望卧病在床的老娘。他觉得我们六个人古怪，借故说酒席还没完便溜走了。

必须现在行动，免得男青年去叫别人来盘问我们。围绕夏海家走了一圈，我看到个臭气熏天的牲口棚，圈养着几只雪白的山羊，还有两只小羊羔。俞超和小犹太捏着鼻子，捡起青草去喂羊羔。屋子背后的空地，一辆红色的普桑出租车，像深夜出没的掠食动物，突兀地刺入我的眼睛。

我记得这辆车，记得车牌号，这就是夏海开的出租车。聂老师近在眼前。我告诉大家，来不及报警了，也不会有警察相信我们这群小孩。阿健相信了我。他建议从窗户进去，并捡起一块板砖，他最擅长使用这种工具。俞超刚要说等等，阿健已经砸开了窗玻璃。岛上民风淳朴，所有窗户都没安装防盗栏。白雪和小犹太都被吓到了，窗台上全是被砸碎的玻璃。我很感激阿健，凶手怎样绑架聂倩的，我们就怎样如法炮制。阿健第一个钻进窗户，田小麦提醒道："这样做是犯法的。"

我点头说："我知道，你可以留在外面望风。"

"望风依然是犯法的！"田小麦回答，她爸的法制教育很成功。

"那你走吧，我没有邀请你一起来崇明岛。"我冷酷地回答田小麦。我又盯着俞超和小犹太说，"你们俩呢？跟我进来吗？"

俞超比我理智，不像阿健与白雪两只没头苍蝇："你怎么知道聂老师一定在里面？"

"田小麦的爸爸告诉我的！"我说了个谎，为了让大家相信我。对不起，田小麦。

"我爸告诉你的？"田小麦的自行车前轮顶到我的膝盖上，"那他为什么不来救人？"

我看不清田小麦的眼神，但我想起了她在渡轮上扇了我的那个耳光："你爸已经不是刑警了，他是个派出所民警，专案组不相信他的推理，但是我相信。香港回归那天晚上，我看到了夏海的脸，就是这栋房子的主人——出租车司机，就是他带走了聂老师。"

"等一等，那天晚上，在南京路吃完美式牛排，你没有回家？而是跟聂老师在一起？"白雪一把揪住我的衣服领子。我说过，在男女问题之间，白雪要比我聪明一百倍。

虽然早晚要面对这个问题，但没时间了，我推开她说："先把聂老师救出来，我再慢慢跟你们说。"

"如果碰到那个坏人，我们会死吗？"小犹太已经两腿发软，就差倒在田小麦身上。

"你们磨蹭啰唆什么？有我在呢！快进来！"阿健举起手里的板砖，就像警察手里的六四式手枪。对他来说不过是再打一架。

有了阿健的板砖庇护，我翻身爬进底楼窗户，接着是俞超和白雪。小犹太比他养的仓鼠还胆小，根本不敢进去，只能留下跟田小麦一起望风，同时看着六辆自行车。

来到凶手的家。一片黑暗。找不到电灯开关。我提醒大家背好旅行包，装备在危急时刻可以救命。阿健打开手电，照出飞满灰尘的过道。屋里的一切都很旧了。我看到一道木头楼梯，楼板几乎朽烂，根本踩不上去。手电筒就像氧气，这道光到哪里，哪里就能复活。这道光离开哪里，哪里又陷入死亡。白雪与俞超都不敢说话，鼻息间仿佛有一万只蚊子飞舞。阿健推开一道门的瞬间，我闻到了栀子花的腐烂味。

我害怕像上次那样睡着。我后悔没戴上口罩。房间里有陈旧的家具，还有几卷席子，桌上摆着一堆药瓶，难道凶手疾病缠身？抑或是瘾君子？我第二次靠近他的床。我听到自己上下牙齿打架的声音。阿健一只手握着手电，另一只手抓着板砖。电光从地板延伸到床上。

床上有人。阿健的手电筒在地上砸得粉碎。白雪发出尖叫，被俞超狠狠捂住嘴巴。我的脚步错乱，左脚绊在右脚上摔倒，打翻了一个痰盂罐，不晓得流出什么液体？还好阿健将我拉起来，掏出第二支手电筒，照亮了床上的人。

一个女人。不是聂老师，也不是某位失踪的少女，而是个满头白发的老妇人。

白雪再次尖叫，俞超也堵不住她的嘴了。要是碰到个壮汉，阿健不会害怕，但碰到个老太婆，连他也双手发抖，手电光束随之摇晃，看得人眼花缭乱，胃里恶心。我率先镇定下来，接过阿健的手电筒，仔细照射老妇人。她躺在凉席上，盖着毛毯，穿着短袖子衣服，皮肤松弛而苍白。我把手慢慢靠近她的鼻子，好久才感觉到呼吸。她是热的。不是死人。她睡着了。我注意到桌子上的药片，全是我看不懂的化学术语。俞超也看了一眼，说是治疗睡眠障碍的药物。我明白了。她是凶手的妈妈。夏海是大孝子，每个礼拜要回七姑娘村，照顾重病的老娘。我们退出卧室，再待下去真要呕吐了。

背后传来脚步声，刚要找地方躲藏，手电筒照出小犹太和田小麦的脸。我说不是让你们望风吗？田小麦说听到女人尖叫，便从窗户爬进来看看。我狠狠教训白雪，不准她再一惊一乍。六个人都聚齐了，如果有人瓮中捉鳖，便会全军覆灭。面对黑乎乎的走道，阿健吼了一声："聂老师？"我堵住他的嘴："别叫了！会把凶手招来的！"

其实，我从登上崇明岛的那一刻起，就想告诉他们真相，却怕一旦说出口，这些人就会吓得作鸟兽散了。

鸟没见着，兽倒是来了——手电光束中闪过一头羊。

我没有疯，虽然就像看到车迟国的羊力大仙。有一头如假包换的白山羊。我想它来自外面的羊圈。那头羊掉转屁股走了。阿健追上去。羊儿以为遇到屠夫，马上要把它做成红烧或白切羊肉，自然惊恐乱窜。六个少男少女追着一头白山羊。四个男生像牧羊少年奇幻之旅，两个女生又像草原英雄小姐妹，深入爱琴海克里特岛上的迷宫，会发现米诺斯的牛头怪吗？

那头羊消失了。手电照到一排台阶，深入黑魆魆的地下。农村常有这样的地窖。我还没喊"聂老师"，底下便传来"咩咩"的山羊声。阿健第一个冲下去，接着是我和俞超，然后是白雪和田小麦。最后一个是小犹太。白雪说他胆子变大了啊。小犹太说放屁！你们都跑下去了，把我一个人扔在上面，真要吓煞我啦。

话音未落，头顶掉下一道暗门，哐当一声仿佛砸烂了我的心肝儿。我冲上去推门，脚下被台阶绊倒，最后一支手电砸碎了……

黑洞般的黑。白雪在尖叫，田小麦也叫了。两个女生的叫声此起彼伏，彼伏此起。我抓瞎地爬上台阶，正上方多了一道门板。我用拳头往上捶打，砸到关节流血，这道门纹丝不动。那头羊，邪恶的羊头怪，就是一个诱饵，将我们诱入地下室，然后关上门，锁住插销——凶手就在外面。

“喂！”我大声呼喊起来，“夏海！你在吗？说话啊？”

门外寂静无声。但我肯定，他就在外面，一言不发，屏息静气。我闻到了他的气味——腐烂的栀子花。

我被阿健拽下来，他举起板砖砸门。几次三番下来，板砖粉身碎骨，却无法撼动这道门。我们像一群为秦始皇修建陵墓的工匠，在皇陵完工的最后一天，被墓室门永远禁闭在地下，等待漫漫长夜，等待考古队员，等待世界末日……

我变成了盲人，尽管瞪大双眼，却只看到虚无混沌的幻境。我们伸手触摸对方。好几只手摸到我的脸上，我能分辨出每个人的手指头。我摸到俞超漂亮的鼻子和眉骨，还有阿健的胸肌，小犹太啤酒瓶底般的眼镜，白雪的牛仔短裤下的光滑长腿——抱歉我不是故意的。最后，我触摸到了田小麦的眼泪。

她在哭。脸颊上挂着泪珠，鼻翼一抽一抽。我们都安静了。安静是唯一的安慰。失去了视觉，也不需要触觉，我感觉耳朵变长了，像只红眼睛的兔子。我手腕上的斯沃琪，秒针每走一格，听来都分外清晰。我感到别人的呼吸声。阿健的急促，俞超的均匀。小犹太吸着清水鼻涕，因为这里很冷，像个储存冰块的地窖，同样适合储存尸体。

然后是嗅觉。我闻到阿健的烟草味，俞超身上的电子味，我不晓得电子味如何形容，是正负电子还是电磁波？他天天跟电脑、CD 随身听待在一块儿。我闻到小犹太身上的仓鼠味。还有白雪，我太迟钝了，原来她喷过淡淡的香水，来自她的腋下，混合着体毛与汗味。最后是田小麦，她几乎没有味道，或者说，是一种淡淡的让人无法形容的味道。有人说，这就是处女的气味。我想白雪也是处女，但白雪身上是另一种味道。

我用触觉、听觉与嗅觉重新构建世界，重新“看见”我的伙伴们。至于味觉？对不起，我暂时还不想使用舌头。并且我相信，盲人的时间跟健全人的时间是两种不同的维度。

“喂，你们谁往前摸一摸？”白雪哭完一场，用拳头捶我，嗔怪我把大家都害惨了，“说不定还有其他路能逃出去？”

“不要随便走动！每踏出一步都是危险。我们像一群瞎子，聚在一起才是安全的。如果分散，就会一个一个消失……”我再次抚摸他们，依次确认阿健、俞超、小犹太、田小麦和白雪都在，也都没受伤，“我们六个人，一个都不能少。”

白雪抓住我的手，找着我的耳朵说：“你还记得吗？我们在聂老师宿舍，发现的那张《沉默的羔羊》VCD。”

“嗯，最后史达琳探员什么都看不到了……”

“说不定啊，那个人就戴着夜视眼镜，阴恻恻地站在我们跟前。”所有人都听到了白雪这番话。田小麦还没尖叫，小犹太第一个被吓哭。阿健徒劳地向黑暗挥舞双拳，期待能击倒那个鬼魂。

俞超用手肘撞了撞我：“现在能说了吗？你是怎么知道聂老师被关在崇明岛，关在这里的？”

时候到了。我承认，香港回归那一夜，吃完美式牛排，我跟踪了聂倩，看到了她的男朋友，从大光明电影院看《侏罗纪公园2》。

“天哪！你居然一个人去看了《侏罗纪公园2》，都没叫上我们？”这是小犹太，我能想象他捶胸顿足的样子，他是史蒂文·斯皮尔伯格的忠实影迷。

我说，我带着聂老师冲出国际饭店，逃上一辆红色普桑出租车。我看到了凶手的脸。崇明岛海岸线上发现的女孩尸体，她们都是在苏州河沿线失踪的。至少有一人当天身穿红裙，她是灯泡厂的婉仪，容貌打扮跟聂老师有几分神似，下夜班坐出租车回家路上被绑架的。

至于地窖的主人——夏海的职业、籍贯、眼神、气质、行为方式、身上的气味……完全符合我对凶手的犯罪画像。

“你不做刑警真可惜了！”田小麦难得夸我一回，“但如果我爸是你的师傅，他不会喜欢你这种徒弟的。你太相信自己的感觉了。人的感觉往往是错误的，证据和逻辑，永远比感觉重要。这是我爸的口头禅。虽然我讨厌他，但他是个刑警，在破杀人案方面，他从不犯错。”

黑暗中的田小麦，一忽儿在左边，一忽儿在右边，我不晓得是她在漂移还是我在漂移。

“他现在只是个派出所民警，他不配做刑警！”

田小麦准确地推了我一把：“你根本不知道，我爸为什么不做刑警了，为什么会被赶到派出所！”

“你活该！”白雪都背叛了我，“你干吗不早说？你把我们骗到这里，让我们给你和聂老师陪葬！虽然我们都爱她……但是……我们不是警察……我们……”话没说完，她又呜呜地哭了。

最懂我的还是俞超，他故意岔开话题：“这里很冷，大家要保存体力，别乱说话了。”

“说不动，肚子饿，晚饭都没吃呢！”白雪抱怨。她翻出所有零食，疯狂地嗑瓜子。大家循着清脆的瓜壳碎裂声，从她手里掏瓜子吃。

我打开旅行包，掏出妈妈给我的两个苹果和牛肉干，掰开来跟大家分享。阿健贡献出了一瓶水，每人依次喝一口。田小麦贡献出一块巧克力。

“我想要上茅房。”小犹太说话了。我们正在聊胜于无地充饥，被他大煞了风景，阿健又赏了他一个爆栗子。

阿健身上响起窸窸窣窣的声音，接着是打火机点着的清脆声，一点火星亮起微光。我闻到香烟味，看到一团蓝色烟雾，将地窖渲染成青黛色。白雪从阿健手中抢过打火机，点出一簇火苗，向四周照了照，分别闪过我们六个人的面孔。要么从鼻孔往上照，要么只有半张脸，要么眼珠子里冒着冷光，反正都狰狞可怖。照小犹太的话，便是男的像黑山老妖，女的像聂小倩。但只要有光，就能把黑暗分开，就有了昼夜，有了空气，有了天地，有了海洋、大陆以及海岛，还有了青草、果木、日月星辰、飞禽走兽……有了光，就有了一切，有了我们。

白雪向阿健要了一支烟，塞进自己嘴里点上。她将第一口烟喷到我脸上。她抽烟的姿态很妩媚，绝不是第一次。我很吃惊，也很难过。

“我爸说，女孩抽烟可不好呢。”田小麦说。

“这是我的自由。”白雪挤到我和田小麦之间，“你爸还不准你出门呢！那你干吗跟我们在一起等死？”

田小麦无法反驳。漆黑冰冷的地底，白雪和阿健的两个烟头，像一对夏夜飞舞的萤火虫。她又抽出一支“红双喜”塞到我面前。但我拒绝了。

前头传来“咩……”的山羊叫声。

山羊还在。将我们诱骗入陷阱的山羊。阿健扔掉烟头说，该死的山羊，看我不把你做成烤羊肉串。他举起打火机，大踏步追去。我们跟着打火机往前走。既然有了光，便不能远离，就像山洞里的原始人，光比命更珍贵。

山羊又叫了。刚才黑暗着，羊便沉默着，山羊味都烟消云散。现在有了光，就像万物有了生命，不但有了人的烟火气，羊也起死回生。地窖很大，我们只是蜷缩在一个小角落里。打火机只能照出眼门前几十厘米，仿佛我们都是一群视力有残疾的半盲人。阿健手里的微光没有照出羊，反而照出了人。

不是完整的人，而是被钩子倒吊的腿。光一闪而过，也就一两秒钟，我看到一条倒挂着的人腿。白花花的皮肤，泛起一团光晕，很像女人的大腿和臀部。白雪和田小麦尖叫的同时，阿健的打火机熄灭了。黑暗战胜了光明。万物重新死亡。阿健再想打火却是徒劳。我估计燃料耗尽，被我们按得太久了。但我们回不去了。如果摸黑过来，我们按照盲人的规律，还能摸黑回到原地。可经历过短暂复明，便遗忘了其他感官。我们互相推搡着，小犹太和俞超都开始尖叫，他们也摸到不同的大腿。我又想呕吐了。我们被困在好几条大腿中间。这里被屠杀肢解的女人绝对不止一个。也许飘荡在我跟前的那条腿，就属于聂倩？我祈祷不是她……

我们无处可退，更不能原地躲避，因为原地挂着女人的大腿。我们只能往前冲。那头羊又叫了。失去了视觉，听觉迅速强大。我让所有人都安静，才能分辨出羊的方向。我们彼此手拉着手。我的左手牵着俞超，右手牵着田小麦，跟着山羊走啊走啊。我的脚下突然绊倒，跌跌撞撞爬上一道水泥台阶。

那头羊消失了。我撞上一道木门。阿健让我们后退半步，我听到他抬脚踹门。他这条踢足球的腿啊，有一回禁区外远射，皮球直接命中后卫胸口，让人岔气昏迷送医院了。阿健第一下踹门，我听到门框颤抖的回应；第二下，头顶坠落碎屑，好像房子都要被踢倒；第三下，地动山摇，仿佛地狱开了一道裂缝，闪电般的光刺入双眼，可怜的木门直接飞走了……

门开了。阿健摔了出去。我看到月亮。一望无际的岛上平原。橘树欲静而风不止，羊圈欲动而羊不眠。空气不再浑浊，风里夹着长江和东海的两种味道。经历过瞎子般的黑暗，今晚仿佛明亮了十倍。我们仍然保留在地下的习惯，既用眼睛又用双手加上耳朵与鼻子，确认彼此都已逃出生天。原来地窖的第二道门，开在屋子另一侧的外墙上。六辆自行车，依然停在红色普桑出租车旁。我们各自跨上坐垫，蹬起脚踏板，在俞超的捷安特车前灯照耀下，骑上乡间小道。

我们必须拼命骑行。凶手把我们囚禁在地窖，他很快会追上来的。但我们依然没有绕出七姑娘村。葬礼早已结束，地上飘满花圈残骸，天空中不时飞过白纸黑字的挽联。我的双眼渐渐适应这条月光之路。我被黑暗开发出来的鼻子，嗅见了马戏团的猴子、狗熊与小白马。

“等等我，我要上茅房！”小犹太无力地蹬着 20 寸车轮子叫唤，在冰冷的地窖中着凉蹿稀了。

又来啦！阿健按了按拳头关节，我抓住他的车龙头说，让小犹太去上茅房吧，不然我们会被他折腾死的。但这大半夜的崇明岛，七姑娘村的荒野里，到哪里去找茅房呢？白雪指了指路边的水稻田说，小犹太，你就在那边解决吧，谁稀罕看你的屁股啊？怕是连根毛都没长呢！

小犹太扔下自行车，提着裤子钻进水稻田，田鸡似的消失了。我们五个人在原地等他。平原上静谧的村庄，几乎所有房屋都是暗的，怕是今晚的宴席让大家都醉倒了。阿健吸吸鼻子说，你们闻到了吗？白雪扑哧一声笑了，晚风送来拉稀的屎臭味。俞超靠近稻田问，好了没有？小犹太回答，好啦好啦，别催啦，你们谁有擦屁股纸啊？我们在月光下面面相觑，白雪说日记本可以吗？我说放屁，日记本代表聂老师。还是田小麦掏出一小包纸巾，捂着鼻子塞到水稻田边。也难怪，若非昨日小犹太将她拉上渡轮，今晚她还不知流浪在何处呢。

阿健又抽了一支烟，我顺着烟头火星方向，只见乡村小道的尽头，闪过某种橙黄色光束。俞超眯着双眼，望向夏夜苍穹下的光，宛如外星人飞船降临。几秒钟后，那道光冲着我们而来，响起汽车发动机的轰鸣声。刺眼的大光灯，让我看不清背后那辆车。

我大喊，小犹太！尽管我心里害怕极了，但不能只顾着自己逃命，而把伙伴一个人抛下。小犹太从稻田里钻出来了。我抓着他骑上车，拼命蹬起脚踏板。

红色出租车追上来了。大光灯从四面八方笼罩着我，在正前方投出一团亮光，清晰地照出我和小犹太连人带车的影子。我们的影子都被拉长，像两只轮子上的小龙虾。坑坑洼洼的乡村土路，连俞超的捷安特也骑不快，又怎能逃得过汽车轮子？我回头，看到挡风玻璃背后的脸。凶手的脸，毫无表情地瞪着我，又让我的胃里翻江倒海。

我们即将被追上，不是被夏海抓住，也会被出租车活活轧死。逃脱汽车的唯一办法，就是躲入车轮无法通过的空间。我呼喊大家弃车逃跑，第一个跳进稻田，双脚立时陷入淤泥，几只癞蛤蟆从脚上跳过。小犹太也回到稻田，反正他刚在这里拉过屎。白雪和田小麦都纷纷跳入田野。阿健本想正大光明地跟凶手单挑，但当大光灯刺着他的眼睛，并以五十公里的时速冲来，便也别无选择地跳车逃命。最后是俞超，他舍不得自己的捷安特，但他更舍不得自己的命，只能跟随大伙儿投奔稻田。

六个少男少女向着稻田深处奔跑。四处响彻田鸡的叫声。小犹太一路怪叫，也许真是田鸡的亲戚。我们的双脚陷入淤泥，每走一步都要消耗大量力气，累得快把肺吐出来了，不知踩坏多少秧苗，又在淤泥里摔了好几跤。

大光灯依然追在后面，夏海竟将出租车开进稻田。他是吃了秤砣要把我们六个干掉，因为地窖的大秘密被我们发现了。要是我们逃出去报警，他要被枪毙多少回呢？桑塔纳普通型有“神车”尊号，竟然稻田里也能开。当我们再也跑不动时，出租车终于停下。明月做证，桑塔纳再强大也拧不过大自然。发动机依然轰鸣，车轮掀起一团团泥土，却是动弹不得，彻底陷在淤泥中了。

阿健将俞超和白雪拽回来，回头向凶手走去。车轮还在徒劳空转，原本红色的出租车，被稻田淤泥染成“黑车”。漆黑的田野，车内灯亮着。凶手不再平静，在身下翻着什么？我想他会掏出一把小刀或 U 形锁。1997 年，出租车防护栏尚未普及，司机很容易半夜遭到抢劫乃至被杀。每个出租车司机都会携带防身工具。阿健踉踉跄跄地上来拉车门，无论如何都拉不开，自然是从车内锁上了。白雪和俞超拍打车窗玻璃。阿健还想砸窗户，可惜稻田里全是泥巴，连块石头都找不到。小犹太和田小麦站在我的身后，正对发烫的长方形车头，直视凶手双眼。

他笑了。凶手对我笑了。他的笑让我的每根毛发都竖直。大光灯像烟雾腾腾的火光，自下而上刺亮我们的脸。我恨不得戴上一副面具，钻入淤泥之下。车喇叭响了，夏海按着方向盘。田小麦与小犹太都堵住耳朵。阿健更用力地拉车门，白雪隔着窗玻璃破口大骂，用尽了北方话的龌龊字眼，问候了夏海的祖宗十八代——彼时岛民们的祖先刚刚登岛定居，筚路蓝缕地开垦沙地。

刚才是凶手追捕少年，如今是少年追捕凶手。他被我们困住了，若不是桑塔纳坚固的铁皮，早被阿健拎出来痛殴。夏海不断鸣笛警告，从单调的长按不止，发展到短促的快节拍，形成某种节奏，飘荡在平原与村庄上空。陷落在黑色淤泥中的红色出租车，仿佛一艘暗夜航行的轮船遭遇海难，向整个大洋发出求救信号。远处响起无数的狗吠声，几只乌鸦扑扇翅膀而起，整个村子都被惊醒了，包括今天葬礼送行的老灵魂。

小道上又亮起灯光。远远驶来两辆小汽车。我听到几个男人叫喊，那些人跳入稻田，连滚带爬地狂奔而来。是被惊醒的村民们？还是凶手的同伙？我们想要逃跑，却跟出租车的四个轮子一样深陷淤泥。挡风玻璃背后的夏海，双手抱着后脑勺，双腿翘到仪表盘上，惬意地注视六个少年。车里响起若有若无的音乐声，阿健把脸凑到窗玻璃边，注视躺在驾驶座上享受音乐的凶手。突然，阿健遭人从背后拧住双臂，栽倒在水稻田中。几个男人包围了我们，手电筒刺到我的脸上，像一颗子弹穿透眼窝。

十一

这是一条落落寡欢的岛。为什么说是一条岛？因为长条的形状，既像一条入海的鲸鱼，也像一条吐丝的蚕宝宝。为什么说这条岛落落寡欢？因为它孤独，绝无伙伴。既不是江南，也不是江北；既不是大陆，也不是海洋；既不古老，更不现代；既是乳娘，也是孽子；既是处女地，也是流放地。这一夜，它是派出所。

1997 年 7 月 12 日，凌晨一点。聂倩在 7 月 1 日凌晨失踪。如果凶手遵循绑架两周后动手的惯例，这是她生命倒计时第三天，前提是她的大腿没被挂在地窖里的话。半小时前，一群警察赶到七姑娘村，在稻田中包围了我们和凶手。田小麦让大家不要逃跑更不要反抗，乖乖跟着警察走。所有人被带上警车，我们浑身上下湿透了，衣服和脸上都是污泥。白雪和小犹太轻声哭泣，其余人沉默着。穿越子夜的平原和公路，警车开到小镇上的派出所。

一个民警坐在我面前，头发花白，怕是快要退休了，竟有几分像肯德基爷爷。老头操着乡音浓浓的普通话，问我为什么私闯民宅？听来颇为费劲，甚至有些滑稽。但我哪里笑得出来，反而语无伦次："凶手……夏海……七姑娘村……大腿……女人的大腿……抛尸……"

我又累又饿，简直神经错乱，颠三倒四地喷出很多信息。我以为我要挨揍了。老民警没有表情，一根接一根抽烟，还给我倒了一杯热水。我看到烟灰缸里堆起厚厚一层烟屁股。我低声提醒："像你这样抽烟，迟早会得肺癌的。"老民警说，医生确实这样跟他说过，后来医生自己得肺癌死了。

我被关进小房间。俞超、小犹太和阿健都在这里。我问田小麦和白雪呢？老民警说，放心吧，两个小姑娘关在另一个房间。我说夏海呢？不要让他也逃了。他说，夏海就关在你们隔壁。这下我们静默了，免得说话被隔壁偷听了去。

老民警提走了阿健，他看起来最像流氓。每个人必须单独讯问。严格来说，我们还得分开关押。但这派出所太小，房间不够用。小犹太咬着我的耳朵说："阿健会不会被判刑啊？"

"你有没有法律常识啊？这是派出所，不是检察院，更不是人民法院。"

小犹太坐在墙角说："哦，我以为阿健这种天天打架赌博的家伙，早该被枪毙了。"

我扑哧一笑："阿健经常敲你爆栗子，你从不反抗，但心里还是恨他的吧。"

"嗯，所有打过我的人，我都在心里念咒语，让他们不得好死。"

"但你不能诅咒我们五个人中的任何一个，包括阿健。"我勾住他的脖子，"要不是你屎尿多，我们早就骑车逃出七姑娘村，也不会被凶手追上，更不会被抓到派出所里。"

我们脱下浸湿的衣服，背靠在墙上，闭着眼睛睡着了。我想要梦见聂倩，却梦见一墙之隔的夏海。我被某种气味惊醒，或者说，我的胃比我的脑子醒得更快。小犹太说，好像是方便面？麻辣牛肉味的？我们晚饭都没吃，今晚这番折腾，自是饥肠辘辘。阿健和俞超的口水都掉下来了。他们刚才依次被老警察询问，大家都一口咬定，地窖下倒挂着许多女人的大腿。

铁门打开，有个年轻的民警端来四碗热气滚滚的方便面，还给了每人一瓶水。我代表大家感谢警察叔叔。但我阻止了小犹太动筷子的企图，希望留出两碗面给白雪和田小麦。小民警的普通话比较标准，他说放心吧，已经给两个小姑娘吃了汤圆和崇明糕。

这辈子最难忘的一顿方便面。我边吃边问，审问我们的老警察呢？小民警说，你们说有六辆自行车丢在七姑娘村，其中有辆捷安特山地车，那可是贵重财物，老警察回村里去找自行车了。

我在派出所又睡了一觉。天亮醒来，嘴角还流着哈喇子。老民警回来了，肩上扛着一只羊腿。他把我们四个男生放出来。田小麦和白雪早就出来了。六个孩子浑身黑色污泥，仿佛卢旺达种族大屠杀劫后余生的难民。

老民警带回来一个坏消息和一个好消息——坏消息是他找遍了七姑娘村，稻田里的出租车还在，但六辆自行车不见了。老民警通知村长，让他务必召集村民，把六辆自行车还回来，尤其那辆价值上千块的山地车。俞超听了如丧考妣，他还丢了纽约洋基队的棒球帽。田小麦说妈妈留下的自行车没了好伤心。我亦为24寸永久牌的短命而悲伤。好消息嘛，老民警跟村长一起搜查了夏海的家，在地窖中发现十几只羊腿，没找到任何活人或死人的踪迹，除了夏海身患重病的老娘。除非儿子叫她，任何人都弄不醒她。

我翻了翻那只粗壮的羊腿，摇头说不对，我们看到的明明是女人的大腿，肯定是被夏海偷梁换柱了。老民警说，夏海还关在派出所呢。我说不是啊，从我们逃出地窖，到夏海开着出租车追过来，当中有很长一段时间，他完全有机会把人腿调包成羊腿。

老民警不想跟我辩论，但允许我们在派出所的淋浴间洗澡。最小的田小麦先去洗，然后是白雪，接着小犹太、俞超、阿健。我留在最后，用大家剩下的肥皂，还洗了把头发。我的包里有换洗衣裤，穿上印着切·格瓦拉头像的T恤，仿佛从崇明岛远航到古巴岛。六个人的旅行包都背在身上，没跟自行车一起丢失，实属劫后余生。其余人也都换上新衣服，唯独阿健的包里只有香烟，小警察扔给他一件篮球背心，正面两个字“崇明”，背面两个字

"公安"。

偌大的派出所里只剩两个民警，一老一少，快退休的叫老王，年纪轻的叫小张，其余都执行任务出去了。我猜这一老一少是师傅和徒弟。民警老王说这是一场误会，要我和夏海在调解协议书上签字。我刚清醒的脑子又要爆炸了，克制住愤怒，重新组织出正常人的语言。我说非常感谢警察叔叔的照顾，但你们要是放走了杀人犯，那就等于伙同犯罪。

"我不是杀人犯。"

一个年轻男人的声音，从我的后脑勺升起，让我从头顶心到脚底板都凉透了。阿健刚要起来动手，就被老王呵斥一声，乖乖坐下。我回过头，看到了凶手的脸，看到他布满血丝的眼睛。我的屁股顶在派出所办公桌上，上半身几乎倒在玻璃台板上发抖。

夏海早就换了新衣服，脸上恢复白净，再次问："你是谁？"

"我是……"我想起他在我肚皮上写的三个字，便瞪圆了眼珠子，"凭什么告诉你？"

他坐下打量我们六个人："你们为什么打碎我家窗户？跳进我家打扰我妈妈？竟然还要偷窃我的羊？"

"偷羊？"我想起那头将我们引入地窖的羊。我又看了一眼老民警带回来的羊腿，要是黑灯瞎火地倒挂起来，还真有点像女人的大腿，"你还故意切断了电源。"

"每年夏天，岛上经常停电。昨晚村长家办白事，宴请宾客，要用很多电，为了防止跳闸，我们每家每户都把电闸关了。"

老民警点头说是，岛上电力全靠上海的电厂输送，夏季高峰自然力有不逮。

“我发现一群小孩闯入我家，还想偷我的羊，跑到我的地窖里。”夏海看着派出所民警，我想他已经说了很多遍，“我关上地窖的门，想教训这些小毛贼。没想到，他们从地窖另一道门逃出去了。我开车去村长家里，借用村长的电话报警。我从村长家出来，正好碰到这些小孩。他们做贼心虚，看到我就逃进稻田。我被他们气坏了，脑袋一时发热，竟把车也开进稻田，结果车轮陷在淤泥里。幸好派出所民警及时赶到，否则我的车要被他们砸了。”

“你说谎！”我想我的太阳穴和脖颈的青筋都暴突了。要不是俞超和阿健拦着我，我要抓起一台电话机砸向他了，在派出所里这么做很不明智，“我们是来救聂老师的，你到底把她关在什么地方了？”

“聂老师是谁？”

“香港回归的晚上，你开出租车在国际饭店门口，拉上我和一个年轻女人。她穿着红裙子，长头发，很漂亮。”

“我记得……从国际饭店开到苏州河边，车子出了些问题，我打开引擎盖检查，你们就下车跑了，而且没付车钱，我拦都拦不住。”

这句话让我噎住了。当时我只想拉着聂倩逃命，忘了还有出租车费这回事。但我不能示弱，邪不胜正，必须把凶手嚣张的气焰打压下去："但你并没有死心。那天凌晨，你又潜入聂老师的宿舍，爬上二楼，打破窗户，将她绑架走了。你把她塞在出租车后备厢里，把她送到崇明岛，藏在你家的地窖。"

"那天晚上，你们是我做的最后一单生意。碰上赖账的，我觉得很晦气，早早回了车队，看了香港回归的电视直播，许多人都可以为我证明。7 月 2 日，有个派出所民警来找我，问我 6 月 30 日晚上和 7 月 1 日凌晨在干吗，我实话实说。他把我带到市公安局。我被审问了一晚上，天亮才放出来。我们车队所有司机都被问过了。"

我狐疑地看着夏海，他说的派出所民警自然是田跃进。但送到市公安局，还有审问了一晚上，却是我不知道的。我回头看了田小麦，她皱起眉头说："那是刑侦总队，以前我爸工作的地方。如果审问一晚上放了，说明警察没有证据，或者根本不是罪犯。"

"这不可能，现在的警察都在吃屎吗？"我要跟马景涛一样捶胸顿足了，再次说话不经大脑思考。民警小张指着我的鼻子说，在骂谁呢？幸好他很文明，没对我动手。这岛上的警察不像是警察，更像中学教导主任。

夏海抱起肩膀坐下："7 月 4 日，你是不是来过我们车队？我接到调度的对讲机回来，说有人丢了东西在我车上。我回到公司宿舍，看到你躺在我的床上睡觉。"

"对，我是来找你这个凶手的。你的床上是不是有迷药，让我昏睡过去？"

“我有严重的失眠，整夜睡不着觉，所以我很适合做出租车司机。”夏海恬不知耻地笑了，“我在枕头里放了熏香，岛上一个老中医给我配的，用了许多中草药，尤其是栀子花。只要脑袋一沾上枕头，几分钟就睡着了，而且睡得很死，除非用闹钟。”

“用记号笔在肚子上写字也能把我惊醒。”我觍着脸皮说出来，不怕被同伴们笑话。

“你是谁？你一直没回答我的问题。”夏海的眼神令人作呕，“对不起，我只是想吓唬你一下，让你不要再来骚扰我了。我是无辜的，公安局能为我证明，否则干吗放我走呢？”

民警小张又把调解协议书放到我和夏海中间。他说夏海是个好人，不追究你们私闯民宅的责任，也不要求赔偿打碎的窗玻璃。还有啊，那块稻田刚栽下秧苗，被你们破坏了一大半，本该赔偿几百块青苗费，夏海说全部由他一个人承担。小张说算我们运气好，要是碰到农村的刁民啊，我们六个人可就惨了。

我说我不签，我是未成年人，签了也没法律效力。民警小张把面孔一板，说打电话通知你们的家长来岛上签字。

“好，你们先通知一个人的家长吧。”我回头指着田小麦，“我要找你爸！”

“你要害死我？”田小麦已换上一身水手服，胸前打着鲜红的领结，红领巾似的。

“最惨的不是你。要是你爸知道我带你上了崇明岛，还把你弄到派出所，他肯定会打死我的。但我不在乎了。宁愿让他打死我，也不能把凶手放走。”我在她眼前的形象一定是大义凛然视死如归的。

田小麦双手捏着衣角，点头同意。她走到民警老王跟前，说她爸也是派出所民警，名叫田跃进，现在市公安局轮训，能不能打电话到训练基地？老王打了个哈欠，放下烟，那你早说啊。那年头要找一个人并不容易。老王打了三个电话，当中转过几次却找不到人。田小麦又打了 CALL 机。等了半个钟头，田跃进的回电来了。

我和田小麦的大腿都在发抖。民警老王跟田跃进在电话里说了几句。老王把电话交给我。我愣了一下，又看一眼田小麦，她用力推我一把。不能在女孩子面前丢脸，我硬着头皮接过电话，就像接过一枚手榴弹，缓缓放到耳边。

我原以为会听到怒吼和咆哮，仿佛隔着电波和听筒伸出一只手来，掐住我的脖子直到口吐白沫。但我听到一个中年男人冷静的声音：“听我说，是我向市公安局刑侦总队提供了夏海的消息。经过专案组的调查，已经排除了夏海的作案嫌疑。因为他不具备作案时间，有太多证人可以证明。他不是凶手，他跟聂老师的失踪无关。”

田跃进在控制情绪，每句话都是慢条斯理，仿佛在吃一个大闸蟹，扯下蟹腿挑出蟹肉打开盖头敲骨吸髓。我又看一眼夏海，他坐在派出所的角落，看着《参考消息》喝着茶，不时抬眼瞄我。

田跃进说：“让小麦接电话。”

“但你要答应我一个条件。”

“让她接电话！”田跃进终于咆哮了，我打赌整个派出所都能听到电话里的声音。

田小麦把头埋在白雪怀里。我握着听筒的手在发抖，但我挺直后背说：“你不准骂她。只要你答应，我就把电话给她，不然马上挂电话。”

“我答应。”

我把电话塞给田小麦，但她不敢接。我在她耳边说：“如果他对你凶，我立刻拔电话线。”

“嗯。”田小麦怯生生地接过电话。我把耳朵凑在听筒边，我的额头与她的侧脸撞在一起，许多头发丝缠绕在我的耳朵上。俞超和小犹太在旁边看得都吃醋了。

“小麦，我现在不骂你。你受伤了吗？有人欺负过你吗？”田跃进的声音很冷静，像冰块掉进可乐，只冒出几个泡泡。

田小麦看了我们所有人，包括房间另一头的夏海：“没有，爸爸，我没事。我的朋友都很好，这里的派出所民警也很好。”

老民警和小民警都点点头。我听到田跃进关照女儿：“好，你现在听着，你跟你的朋友们，必须留在派出所，哪里都不要去。记住了吗？爸爸现在就从训练基地出发，到崇明岛来接你们回家。请民警叔叔接电话吧。”

田小麦诺了一声，把电话交给老民警。老王跟田跃进聊了几句便挂了电话。

夏海在调解协议书上签字，剩下的留给田跃进来签。夏海跟我说了声“有缘自会再见”。说罢，他堂而皇之地走出派出所。

有缘自会再见？俞超嘴里咀嚼这这句话，仿佛很有古希腊哲理。白雪吐了口唾沫，只说放他娘的狗屁。我咬牙切齿地看夏海远去，恨不能食其肉寝之皮，就像汉尼拔博士。我仍然相信他是凶手，利用出租车绑架杀害了多名年轻女性。可惜田跃进和专案组都瞎了眼。

老民警去镇上买了早餐——八宝粥，崇明糕，油条，每人一袋牛奶，他还提供了抽屉里私藏的一瓶醉蟹。他对田小麦格外优待，毕竟是同行的女儿。老王说自己也有个女儿，早就出嫁了，现在县城上班，还有个刚读小学的外孙。

吃饱喝足，我们六个人枯坐在派出所。昨晚太神奇，显得此刻平庸无聊。谁都不想说话了，就等着田跃进来把我们接回去。我掏出宝蓝色丝绸封面的日记本，为昨天补写日记。

“你爸什么时候来接我们啊？”小犹太坐到田小麦身边搭讪。他已归心似箭，只盼着快点离开这座岛，回家看他的仓鼠房子，“他会开一辆警车来吧。可我们六个人坐不下吧？”

阿健把小犹太推开：“他会开一辆抓犯人的面包车来，把我们关在车后面的铁栏杆里带回上海。”阿健一定享受过这种待遇。

我装作漫不经心地看野眼，其实是观察派出所形势。院里停着几辆警车和自行车。我估计这个派出所原本就没啥事，民警们除了学习上级文件，就是协助计划生育和动拆迁。乡里乡亲彼此稔熟，祖上几代吃同一口锅打同一个娘胎里出来的。这里不是鸡犬相闻，而是放屁都能相闻，别说杀人放火，偷只鸡都能马上抓出来。古人说路不拾遗夜不闭户，并非贩夫走卒皆是圣贤，而是太熟没法下手。城市里全是素不相识的陌生人，加之大量流动人口，楼上楼下老死不相往来，家家户户装了防盗门防盗窗，把自家装修成监狱。

民警老王太老了，若非一根接一根烟，早就坐着睡着了。派出所没有电视机，只有一台收音机。老王保持老年人的习惯，调到上海人民广播电台的频率。他的耳朵不太好，收音机音量颇为刺耳。因为距离市区遥远，信号里像被掺了沙子，又像被风吹得歪歪扭扭。我有机会逃出去的。我必须把聂倩救出来。我有某种含而不露的兴奋，宛如基督山伯爵即将从伊夫岛城堡越狱。电台紧急插播了一条新闻——

“上海中心气象台发布台风红色预警信号。今年第 10 号台风‘白鲸’，将于 7 月 13 日深夜到 7 月 14 日早晨在上海到浙江北部登陆。‘白鲸’目前为超强台风级，今早 6 点中心位于上海东南偏南方向约 550 公里海面，北纬 27 度，东经 124.4 度，中心最大风力 17 级，中心气压 925 百帕，7 级风圈半径 460 ~ 480 公里，10 级风圈半径 180 ~ 200 公里，12 级风圈半径 120 公里，正以每小时 20 公里左右速度向西北方向移动。明天本市陆地最大风力可达 10 级，沿江沿海地区 10 ~ 12 级，伴有暴雨到大暴雨。明天最大降水量可达 100 ~ 200 毫米，最大雨强 40 ~ 80 毫米 / 小时。预计‘白鲸’登陆时强度仍可达到超强台风级，转向北上，强度逐步减弱为热带风暴。市委市政府指示，各级政府及相关部门按照职责做好防台风抢险应急工作。停止室内外大型集会、停课、停业。相关水域水上作业和过往船舶应当回港避风，加固港口设施，防止船舶走锚、搁浅和碰撞。加固或者拆除易被风吹动的搭建物，人员应尽可能待在防风安全的地方。”

派出所一片寂静，女主播毫无生气地念着新闻稿，小民警搔搔脑袋：“先是赤潮，又是台风，这两天有得忙了！”

老民警接过徒弟递来的烟，看着窗外阴沉的天空：“二十年前，1977年夏天，崇明岛东滩围垦也碰到赤潮，直到一场超强台风……”他关掉收音机和电风扇，窗外的风够凉爽了。我居然听懂了他们的对话，大概是这两天被岛民们的语言耳濡目染之故。

小犹太凑到我身边说：“困在派出所太无聊了，我们下四国吧。”

这小子把四国军棋都带来了。他从旅行包里掏出厚厚一盒棋子，借用派出所的办公桌，摊开一张塑料布的棋纸。我和俞超搭档，小犹太和阿健搭档，白雪做公证人。田小麦不会军棋，但也好奇地坐在我身边。小民警抱着茶杯过来，饶有兴趣地观赏我们排兵布阵，显然他也精于此道。但我的心思不在棋上，开局就损折大将，司令被炸，军长被活吃，炸弹被飞工兵，对面的俞超面色发白。我已输得丢盔卸甲，军旗被小犹太的排长攻占，俞超只得认输。

民警小张看得摩拳擦掌，他说我棋力不济，不如换他上来一战。我把座位让给他，小张跟俞超搭档，而我做起公证人观察全局。小民警竟是军棋界的高手，布局卓尔不凡，行棋滴水不漏，把对手和对家的棋路判断得一清二楚。关键是他记性好，每个棋子都记在心头，焉有不胜之理？虽然俞超先被灭，但小民警以一敌二，丝毫不落下风，最后巧用工兵，偷袭阿健军旗得手。小犹太乱了方寸，垂死搏命，军长撞上地雷而灭亡。老王趴在桌上，昨晚一宿未眠，已是鼾声如雷。师傅睡了，徒弟却很精神。小张说在公安专科学校读书时，每晚都要在宿舍下两局。毕业后分配回岛上的派出所，他再也找不到棋搭子，技痒了好几年。

我是公证人，自然多了跟棋手聊天的特权。趁着老民警打呼噜，我说起上个月在崇明岛岸边发现三具女孩的尸体。小张随口说：“其中一个被害人，在我们派出所辖区发现的。尸体被潮汐推到大堤外的沙洲。我亲眼看到是个年轻姑娘，刚死没多久，像在水里睡着了。没什么好保密的，我们辖区十年没出过杀人案，几千人跑到大堤上看热闹。”

“凶手为啥要这样抛尸呢？”俞超跟我有许多相同爱好，“崇明岛那么空旷，挖坑埋了多简单啊？那么快让警察找到尸体，不是很容易被抓到吗？”

俞超的想法很有意思。我勾着他的肩膀说：“凶手是故意的，他把作案习惯告诉警方，告诉报纸和电视台。”

“就像开膛手杰克，生怕警方不知道，还要写匿名信？”连小犹太都知道开膛手，他赶紧捂住嘴，好像把这名字说出口，就会召唤出杰克的亡灵，坠入 1888 年的伦敦黑夜。

民警小张说："凶手很清楚崇明岛的潮汐和海流规律，他故意让警方很快找到尸体，像一场猫捉老鼠的游戏。我们成了老鼠，而凶手成了猫。"

我在心里挥了挥拳头："这次出门前，我去图书馆查了许多历史和地理书，长江口的水文环境，还有潮汐非常复杂，一般人很难掌握。凶手要么是在崇明岛土生土长，要么是在岛上的海岸边待过很多年。"

"我看到吴淞和南门港码头上有许多警察，怕是在搜索可疑车辆的后备厢？"田小麦都说话了，警察的女儿对这种细节颇为敏感，"专案组一定把目标锁定在崇明岛上了。"

我怒气冲冲地对小民警说："对啊，凶手却在你们眼皮底下被放走了！"

小张抱着茶缸退后，指着墙上的崇明地图："我不认为凶手在我们派出所辖区。虽然，我们这边发现过一具被害人遗体，但抛尸地点应该在东海岸。"

"长江从西到东入海，难道尸体还会逆流而上？"我提出了一个常识性问题。

"潮汐会逆流而上。"民警小张也告诉了我一个常识性答案，"凶手选择在晚间涨潮时抛尸。最高潮位时，尸体就会被冲到崇明岛南部岸线。每次发现被害人遗体，都是在早上五六点钟，渔民出海的时候，正好碰上日出。根据死亡时间与在水中浸泡时间反推，抛尸地点应在崇明岛东海岸。”

白雪都夸了他一句：“你真厉害！”

小民警说自己是渔民的儿子，他爸现在还每天出海打鱼呢。他拿出铅笔，在地图上的崇明岛东海岸最南端，也是长江口与东海的交汇点上打了个大叉，又往左上方画出一条直线，经过崇明岛南部岸线。这条线恰好也是潮汐的流动方向。小张在直线上画了很多小圈圈，他说长江口潮汐有旋转流。如果傍晚把一个人抛入海中，很可能会在子夜时分，冲回到上游十几公里外的岸上。

“再来看七姑娘村。”小张在地图上画出村子地点，果然是大白鲸的心脏，几乎处于卵蛋与头顶之间正中，长条形大岛的偏东部，“你们看，从村子到海岸线将近十公里。那个村子人烟稠密，每家每户都互相认识，包括夏海家里，藏人并不容易。被害人最可能藏在东海岸的知青农场附近。”

“在这里？”我抓起小民警手里的铅笔，在地图上围绕崇明岛画出一头大白鲸。小张所画的大叉，恰好位于鲸鱼头顶下面的嘴部，仿佛要吞吐整个东海。

“那边非常荒凉，二十年前还是大海，全是知青们围垦出来的土地。现在还是人烟稀少的滩涂。除了农场职工，几乎没有本地人。还有很多稻田和鱼塘，承包给外来人员，成分比较复杂。公安局已经把搜索范围扩大到东海岸了。”小张望向窗外的苍穹，“不过嘛，该死的超强台风来了，搜索必须要暂停了。”

最后一句音量放大，惊醒了酣睡中的老民警。他打了个喷嚏坐起，盯着徒弟嚷道：“哈么是？”小张给师傅递了一支烟。老王看到墙上的地图，崇明岛被我画成一头鲸鱼，嘴巴上还有个大叉。师徒俩用崇明话说了几句，我猜都能猜出来，老王在警告嘴上没毛的徒弟，不要在小孩子面前瞎说话。

午饭时间到，老王去镇上买了八份盒饭回来，还给我们添了一锅米饭。他说十六七岁的小伙子长身体，必须多吃点，哪像他是等着退休的老棺材。刚吃完，老民警接了一个电话。县公安局打来的，超级台风即将登陆，县领导要视察派出所辖区的大堤。老王和小张务必立即赶到现场执勤，疏散沿江沿海人员。小民警说，所里不能没人啊。老民警打电话给一个在家休假的民警，让他立即赶回派出所值班。休假民警家在农村，赶回镇上没那么快。师徒俩焦等片刻，再看手表，县领导快到大堤了，赶不上的话要吃处分。老王紧急拖着小张出门，戴上全套装备坐进警车，打开闪烁的警灯。六个孩子出去送别，好像我们才是派出所的主人。小张摇下车窗，关照我们务必留在派出所，哪里都不要去，他的同事很快就到。

只剩下我们六个人了。小犹太重新铺开棋纸，继续四国大战，说不定一盘棋没下完民警就到了。至于田跃进，按照车程估算，他已到了吴淞码头，若能赶上午后那班渡轮，天黑前就能接我们回家。田小麦撸掉已经摆好的棋子嚷道：“我不要等我爸！我要离开派出所。”

“你害怕你爸来骂你？”小犹太趴在地上一个个捡起棋子，心疼他特意摆出的“手枪雷”。

“我还没看到大海呢！”田小麦打开窗户，眺望围墙和屋顶，“我们为什么来崇明岛？不是说好了来看海吗？我们走了足足两天，骑行一百多公里，怎能半途而废？”

“我也不想待在派出所，像个贼似的。”一直沉默的阿健起身，穿着警察的篮球背心，“我爸妈就是在崇明岛的知青农场认识的，他们在农场结婚，在农场把我生出来。我一定要亲眼看看我出生的地方。”

白雪也起身搭着我的胳膊说：“我这辈子还没见过海呢。”

“看海？”小犹太提醒一句，“你们疯了吗？明天晚上，台风就要在崇明岛登陆了！”

我指了指地图上的鲸鱼头说：“我们距离海岸线不远，现在出发的话，下午就能赶到，还差 24 小时呢。”

“怎么去？自行车都没了！”俞超还在为他的捷安特山地车而懊恼。

“总能想到办法。”阿健从办公桌上跳下来，“现在就出发吧！那个乡下民警，说不定就快到镇上了。等他到了派出所，我们就真的走不掉了，说不定还会被他关起来。”

小犹太抱着脑袋哀叹：“我都认识了一群什么样的朋友啊！”

“你一个人留下吧，等着田小麦的爸爸。”我拍拍他的肩膀，检查一遍旅行包，在派出所里灌了两瓶水。

阿健和白雪跟我并排走出大门，俞超和田小麦也跟上来了。但我回头说："小麦，请你留下，不要再跟着我们。"

"你们去哪里，我也去哪里！"田小麦直勾勾盯着我的眼睛，仿佛要在我的鼻子上盯出个洞眼来，"否则的话，我就打电话报警，让派出所的民警来抓你们。"

"你……"我这辈子还没打过女孩子，冤家啊。

"让小麦跟我们一起走吧。"白雪挽住我的胳膊撒娇，"不然让我一个女孩子跟着你们几个男生，多不方便啊？"这当然是借口，白雪才不会为这种事感到不方便呢。女厕所排队时，她会大大方方地闯进男厕所，在男厕的蹲坑上解决问题，吓得男生们落荒而逃。

我感觉自己像吃了两斤大便，凑近田小麦的耳边说："我做好被你爸打死的准备了。"

五个人走出派出所，正要分辨方向，背后响起小犹太的声音："等等我！"他背着包，跌跌撞撞冲出来。他说要是等田跃进来了，发现只有他一个人，其他五个人，尤其田小麦都不见了，他怕是要第一个被打死。

穿过破落的小镇，我们凑了点钱，买了手电筒和蛋糕面包，向东南方向出发。但仅靠两条腿，恐怕明天都走不到东海岸。阿健准备去偷几辆自行车，被我阻止了。我们是来救人的，不是来做贼的。我们走到公路边，想等长途汽车。但一天只有两班，上午那班早就过了，下午要等到四点。那种长途车屁股后面冒着黑烟，龟爬般速度，路边有人招手就会停，开到知青农场怕是天黑了。

阿健拍拍胸脯：顺风车！他走到公路边，像美国电影那样举起大拇指。这条路本来车流就稀少，加上台风将近，几分钟才来一辆，看到阿健非但不停，反而按着喇叭加速通过。我爸告诉过我，卡车司机既有好人，也有非常糟糕的坏人甚至变态。想想也是，走在漫长的公路上，前不着村，后不着店，只有一望无际的地平线，要么是大山和沙漠，远离家人十天半个月，难免会有奇奇怪怪的念头。我怀疑我爸也有些不为人知的小变态和秘密。但对驾驶员来说，搭载陌生人更可怕。说不定会碰到车匪路霸，不但被抢走一车的货物，还得搭上自己的性命。反正我爸碰到路边搭车的，一律鸣笛加速通过。除了有次跑新疆，从哈密到吐鲁番的路上，他碰到个路边快要渴死的女人。我爸开出去十几公里，忽地心软，掉头回来，给她喂了几口水，才知道她遇到绑票，自己从绑匪车上逃下来了。我爸带着她上路，一直送到乌鲁木齐。我爸回家后挨了我妈的骂，谁知道这故事是真是假？大漠中的女子又是人是鬼？

我白痴般地笑起来，好像这座大岛上的公路，正在纵贯茫茫的天山大漠，绿茵与稻田灰飞烟灭，只剩亘古寂寥的万顷黄沙。阿健还坚持在路边拦车，小犹太和俞超坐在地上休息，白雪和田小麦却在田野里摘野花呢。

眼看穿着篮球背心的阿健还傻站在公路上，白雪笑着说：“哎呀，你这样分明是个打劫的，谁还敢停车？换我来吧。”她把头发披散开来，袅袅婷婷地摆出个姿势，又把T恤领口拉低，炫耀牛仔短裤下雪白的长腿，更像公路上招揽生意的野鸡。但确实有效，好几辆车经过都放慢车速，但司机看到还有几个少年，以为有“仙人跳”，便加大油门开走了。

白雪让我们都躲到路边的树丛里。果然，有一辆白色金杯面包车停下。司机摇下车窗，露出一张海边的紫红色脸膛。白雪靠在车窗边说：“大叔啊，我的自行车被偷走了，能不能搭车去知青农场？谢谢你哦。”

“上来吧，小姑娘。”司机打开另一边车门。

白雪笑嘻嘻地跳上副驾驶座，又说请等一等。我们五个人从小树林里窜出来，拉开金杯面包车的侧拉门。我和田小麦坐上后排座位。阿健、俞超和小犹太只能像货物一样蹲在最后，跟几个黑色的编织袋挤在一块。白雪搭着司机肩膀说：“不好意思啊，大叔，都是我的同学，能帮个忙吗？”

司机四十岁左右，略微谢顶，无奈点头：“好吧，后边的小朋友坐下不要乱动啊。”

阿健打开那条红双喜，掏出一包烟，让我传递给司机，权作搭车路费。人家也不客气，拆开包装，抽出一根塞嘴里。白雪抓起打火机，识相地为他点烟。他吐出两团烟雾，颇为享受。我们以四十公里的时速，在鲸鱼的灰色脊背上飞驰。白色款的金杯海狮面包车，引进日本丰田的生产线，看似不起眼，却跟桑塔纳一样流行和皮实，肚皮内装得下许多货色。还有人把金杯车改装成客运车，后边装上几排座位，尤似后来的商务车。如果不能坐在德国血统的桑塔纳上兜风，坐在日本血统的金杯车上看野眼也不差的。白雪摇下车窗，照着右后视镜臭美。凉爽的风涌入车内，撩乱了她和田小麦的头发，也撩到我的脸颊和嘴唇上。

“哎呀，好多碟片啊！”俞超在我背后喊道。他们好奇那几个编织袋，打开一看，竟都是盗版碟。一个袋子全是港片，另一个袋子是美国片，还有个袋子什么片子都有，从国产片到老译制片和日本动画片，乃至几百张打着广州白天鹅音像旗号的卡拉 OK 碟片。

“这个秘密都被你们发现了啊！”司机扔掉嘴里的烟头，从中央后视镜里打量我们。

白雪又发嗲说：“大叔，你是批发盗版碟的？好厉害啊！”

“保密哦，这可不能让警察知道，这两个月管得有些严。”金杯司机对于美少女的夸奖，甘之如饴。白雪又把他夸得像朵花似的，说现在有本事的男人太少了，要么嫖要么赌，哪像卖盗版碟这种辛辛苦苦赚大钱的正经生意。

司机说上海三分之一的盗版碟都是他运输的，货源在全国各地，最大的在广东和福建。现在车里这批货啊，就是从福建深山里的一家工厂运来的。出碟的速度极快，基本上美国好莱坞的新片公映，这边隔一个礼拜就能出枪版，隔一个月能出高质量盗版。

“大叔，这些碟片都是你自己选的吗？”我忍不住好奇地问。

“当然啦，我也爱看电影。工厂里的碟片有几万种，除了挑选最新的货色，我还得拣自己喜欢的。有些碟子质量不错，价格也比平常高，赚钱的利润也高啊。”

“有什么可以推荐的吗？”

司机从坐垫底下抽出一盒 VCD。封面是个男人面对狂风暴雨，被红黄色光芒笼罩，双手向后伸展，满身污垢，十指摊开，迎风怒吼。我接过这张碟，触摸到司机的那只大手，很热又布满老茧，似曾相识。我读出这张碟的中文片名《刺激 1995》，英文名 *The Shawshank Redemption* 。

“我看了三遍！美国人越狱的故事，好看得一塌糊涂，老卵！”金杯车司机说这话时，双目直视前方，公路尽头滚动着浓云，仿佛即将抵达太平洋的蔚蓝海岸。

车上响起电话铃声。司机放慢车速，从坐垫下掏出个大哥大。白雪两眼放光，叫了一声“哇”！俞超和阿健也把头凑上来了。大叔接起大哥大，说了几句普通话。听得出是盗版碟的砍价。他很善于做生意，将批发价压到三块八毛。当时每张碟在十块钱以上，最便宜的老港片也要七八块。他在电话里说了送货地点，果然是襄阳路市场。

1997 年，手机仍是稀罕物，且都是砖头样的“大哥大”，只有大户才用得起。他的大哥大上有几个字母：NOKIA。俞超说，这是芬兰的品牌，结实耐用很厉害呢。别看这大叔貌不惊人，穿着咸菜样的衬衫，却从盗版碟生意里赚了不少铜钿。金杯车，大哥大，都是靠一张张 VCD 攒出来的。要不是他握着方向盘和排挡，白雪就要挽着他的胳膊了。她说大叔啊，你那么会做生意啊，肯定去过不少地方吧？

司机点头称是，这辆金杯车开了七年，跑遍了中国。崇明在上海乃至长三角最为破落，岛民要么种田要么捉鱼。崇明岛之于上海，不像郊区之于城市，更像内陆之于沿海。四面环水的中国第三大岛，仿佛镶嵌在江南江北之间的内陆。原本县城有几家电器厂，生产的意大利牌子“远东阿里斯顿”可是抢手货，他就开着面包车倒卖电冰箱。后来电器厂相继倒闭。他又从东北找到货源倒卖药品。他开着金杯车长途行驶，东出山海关，北上长白山，渡过鸭绿江。我说渡过鸭绿江？那不是朝鲜吗？司机说他去过平壤，给缺医少药的朝鲜人民送过中国产的仿制药呢。这两年，他经常往南方跑，因为那边有盗版碟工厂。

大叔不是本地人。二十年前，中学刚毕业，他便从上海大杨浦的工人新村，来到崇明岛的农场插队。渡轮满载几百个知识青年，在县城南门港登岛，经过颠簸崎岖的公路来到东海岸，当年尚是灰茫茫的大海，混合着浊浪滔天的长江水，黄海与东海交界的咸水。当时他想看看东海另一头是什么模样？俞超说，东海那一头是日本，太平洋那一头是美国。司机说很遗憾，他这辈子还没去过日本和美国呢。俞超说，他会去美国的。司机说好啊，美国是个好地方，先从崇明岛开始，以后就是海南岛、台湾岛。你们是早晨八九点钟的太阳，世界是你们的，也是我们的，但归根结底是你们的，你们要走的路还很远，一定要看看世界长什么样。

“大叔，1977 年夏天，你参加过崇明岛东海岸围垦填海吗？”我突然问他。坐在白色金杯面包车里，我想起红色桑塔纳出租车里的夏海。

“你们也知道吗？那一年，我才十七岁呢，还是共青团员，差点把命都丢了。”司机拍了拍方向盘，又点一支烟，“不要小看围垦填海啊，那是精卫填海，愚公移山，全靠人的双手和锄头挖泥土，哪有什么机器啊？牲口都没几头。当年那些知青啊，比你们现在大不了几岁。你们多幸福啊。我们在岛上真是苦啊。好几天才能吃一顿肉，每天米饭加青菜，无论小伙子大姑娘，还得干重体力活，嘴巴都淡出了鸟来。”

公路上空飘过几片浓云，像大白鲸头顶的惊涛骇浪，我问道：“听说那年有头鲸鱼在围垦滩涂上搁浅了？”

“你怎知道……”

金杯车司机大叔说了一遍大白鲸故事，几乎与出租车司机夏海所说完全相同，且更有现场感。因为他本人就是屠杀鲸鱼的青年突击队一员。他说自己用长矛刺入鲸鱼的眼睛，飙出几十公升的腥臭鲜血，还有鲸鱼的眼泪，吓得他几乎小便失禁。当他说到知青们点火架锅熬制鲸油，整个长江口臭气熏天，白雪和田小麦都把脑袋伸出车窗，几乎要呕吐。

他还多说了一个细节——人们在肢解大白鲸过程中，竟在鲸鱼胃囊内发现了一台洗衣机。虽然外壳锈蚀严重，但能看出不少英文和日本字，原来是日本的东芝牌。知青们都是第一次见到鲸鱼，更是第一次见到洗衣机。他们将这台全自动洗衣机清洗干净，插上变压器和电源，居然还能转动滚筒洗衣服脱水，就此留在农场干活。大家判断这条鲸鱼来自日本，吞下一台被抛弃在近海的旧洗衣机，消化不良，迷失航向，横渡东海搁浅在崇明岛。

“我证明，这件事是真的，洗衣机也是真的。”阿健开腔了，他把头凑到我和田小麦之间，“我听我妈说起过大白鲸的故事。二十年前，我爸和我妈都在围垦造田，他们就是那时候认识的，他们还用过那台大白鲸胃里的洗衣机。”

金杯车司机大叔回头问：“你的爸爸妈妈也是崇明岛农场的知青？”

“是啊。”阿健咂巴着嘴，“他们肯定也吃过鲸鱼肉！”

大叔舔了舔嘴唇：“然而并不好吃！比牛肉还要老还要硬，又腥又臭的，我这辈子都不想再吃了。据说鲸鱼肉本身就是这个味儿。”

我从后视镜里看到司机发黄的牙齿，还有冷光闪烁的双眼，我一定在哪里见过他。

俞超说：“我爸跟我说，他有一次在海上航行，好像在秘鲁的海岸线，碰到过一头大白鲸——可能是某种浅色的蓝鲸或抹香鲸，或者患有白化病——对了，白化病！就像白老虎！那头大白鲸像移动的小岛，突然跃出水面，全速向万吨货轮冲来，竟在钢铁船壳上撞出个凹陷……”

话音未落，金杯面包车急刹车，轮胎发出刺耳尖叫，车头下方“砰”的一声……刚说到轮船跟鲸鱼相撞，我们就撞上了？急刹让我和田小麦撞到驾驶座靠背。白雪直接磕上了挡风玻璃。阿健、俞超还有小犹太都在后面东倒西歪。三个编织袋的盗版 VCD 全飞出来了。唯有司机大叔绑着安全带，安然无恙。

静默了几秒钟。车子停在公路中央。司机很快反应过来，解下安全带下车。我探身看了眼白雪，她的额头磕出个血包，倒在座位上哼哼唧唧。田小麦没事，阿健从后面爬起来，喘着粗气说：“老子命大！撞死人了？”

我莫名想起了我爸撞死的流浪汉。金杯车司机跑到车头，蹲下仔细查看，从车轮下拖出一具尸体……白雪和田小麦都捂住眼睛。不过，大叔拖出来的不是一个人，而是一条狗。

金杯面包车撞死了一条狗。

狗的脑袋被压扁了，四条腿和身体都已折断，仅靠皮肉才连成整体，鲜血流了一大摊。黄色的草狗，学名中华田园犬，岛上许多农家都养了一条。公路上常有这种狗乱窜，司机总得小心避让，但有时速度太快，或者前后有车时，避让会造成更大的车祸，只能狠狠心轧过去。尤其我爸开集卡跑长途，难免会碰到这种晦气事。

大叔抓起死狗，拖到公路边的小树丛，拔了几蓬野草覆盖。他索性解开裤腰带，对着埋葬死狗的小树撒了泡尿，毫不避讳车上六个孩子。乡村人随地小便也不奇怪，但对着刚被自己撞死的狗撒尿，却让我和白雪倍感愤怒。大叔似乎憋了好久，这泡尿撒得荡气回肠，水花四溅，声响尤为刺耳。他把这条狗当作“杀坯”，可能也包括面包车上的我们。

我眯起双眼，观察他站在路边的背影。司机的个头颇为高大，至少有一米八。我想我见过他。不仅背影，这张面孔，那双又大又热布满老茧的手，还有这辆金杯面包车。大叔撒完尿，又在公路边抽了一支烟，不知哪来的兴致，竟然吹起口哨。公允地说，他的口哨吹得相当不错，竟是“浪奔浪流，万里滔滔江水永不休”的《上海滩》。

趁着他抽烟吹口哨，我把手伸到驾驶座的坐垫里。除了《刺激 1995》，我又摸出一张《沉默的羔羊》，封面是红眼睛的朱迪·福斯特，唇上有只张开翅膀的鬼脸飞蛾。7 月 1 日凌晨，聂倩被绑架前，她看了一张同样的 VCD，也可能是凶手看的。

是他吗？

香港回归前的深夜，苏州河边的荒凉小道，我带着聂倩逃出红色普桑出租车，遇到一辆面包车路过。我拦下那辆车，请人家司机帮忙，这才赶走了夏海。我记得那路过的司机，一双又大又热布满老茧的手，身材高大魁梧。尽管没有路灯，但面包车的大光灯，照亮了他的半张脸。我从无数濒死的脑细胞中，榨汁机般地重新榨出那张脸来……过去十二天，这张脸，这辆车，仿佛一面隐身的玻璃，被禁闭在我的大脑皮层的暗室内，叠压在夏海的素描画像中，匍匐在红色桑塔纳出租车的轮胎下。

他才是凶手。绑架聂倩并杀害数名女孩的凶手。他是金杯面包车司机，贩运盗版碟为业，对着中华田园犬的尸体撒尿、抽烟，以及吹口哨《上海滩》。

恶心感再次从丹田升起，胃里翻江倒海。我忍不住了，哇的一声张开嘴巴，喷射出中午盒饭的鸡腿和蘑菇，带着胃液酸气倾泻在驾驶座上。几滴呕吐物不可避免地沾上了白雪的大腿，她尖叫着跳下车门。田小麦也捂着嘴想呕吐。金杯车司机大叔转头，叼着烟头向我们走来。还是阿健反应快，拉开面包车侧拉门，拽着我们赶快逃跑。我的呕吐弄脏了驾驶座，司机肯定得让我赔偿，说不定还会找人来教训我们，别忘了他有大哥大啊。

我们抓着旅行包跳下车。额头肿着包的白雪，还在向司机大叔道歉，也被我一把拉走。六个人穿过公路，跳入乱草丛生的野地。幸好没有稻田，没有踩到淤泥。阿健冲在第一个，我落在最后，恐惧地张望公路。金杯车司机没有追过来，而是站在公路边大声呼喊。他是要让我们回去，还是对我呕吐在驾驶座上的不文明行为控诉或咒骂？

阿健觉得岛上处处危险，带着我们继续狂奔。远远离开公路，穿过好几条田埂，至少三排水杉树林，还有两条水渠。空气中有海水的咸味，也许是地图上大白鲸的眼睛，马上要到鲸鱼嘴巴了。田小麦却蹲在地上，一步都走不动了，捂着肚子，额头冒出豆大冷汗。白雪搂着她问：“小麦啊，你是不是来大姨妈了？”

十五岁的田小麦红着脸，咬着白雪的耳朵说了两句。白雪瞪大眼睛："不会吧？"

小犹太也倒地不起，仰天摊开一个大字形，气喘吁吁地说跑不动了。白雪踢了踢他说："喂……你也来大姨妈了？"

几个男生都坐倒下来。早已摸不清东南西北。我们不是按照直线跑的，不知道怎么才能回到公路上。没错，崇明岛东头最为荒凉，四处不见人烟，也看不到房屋，只有平坦无垠的荒野。左边长着茂盛的芦苇，走进去剥开芦苇丛，隐藏许多水道，迷宫般曲折。右边是水杉树林，每棵树间距都相等。这一带全是知青围垦出来的，二十多年前，还是长江口的滩涂，怎么可能有天然林？

俞超累得双手撑着草地说："我们干吗要跑呢？身上不是还有钱吗？掏出来赔偿给司机大叔就行了，说不定他还能继续开车捎我们一程。"

"世上没有后悔药呢！"白雪捂着额头的包，又捶了我胸口一拳，"都是你！干吗偏偏呕吐在驾驶座上？不晓得拉开窗户吐吗？"

"对不起，我是故意的！"

阿健跳了起来："你疯了？故意的？"

我摸着自己的胃，难受劲还没过去呢："我知道忍不住要吐了，就故意呕吐在驾驶座上，为了让我们有借口从金杯车上逃跑。"

"为什么？"小犹太拍拍我的后背，"人家司机大叔跟你有仇吗？”

“是的，跟我有仇，跟我们六个人都有仇。”

“怎么回事？”田小麦捂着肚子，拧着眉毛问我，“我爸说得没错吧？”

“我们离聂老师越来越近了！”我的声音在旷野传出去很远，但我不担心被人听到，“她就在这座岛上。绑架她的罪犯，就是开金杯面包车的司机大叔。”

白雪拉着我的胳膊：“你说大叔才是真正的凶手？”

“我故意呕吐在他的驾驶座上，就能装作很自然地逃跑，不会让凶手察觉到我们已经发现了真相。如果让他看出来，我们六个人就是自投罗网。他会给我们绑上石头，装在沙袋里沉入芦苇荡，也许十年二十年都不会被发现……”

白雪用力推了我一把：“你看谁都是凶手！一会儿说人家出租车司机小哥，一会儿又说人家金杯车司机大叔……你满脑子里都是凶手！凶手！凶手！好像你才是最聪明的侦探！我看你才是凶手呢！”

俞超低声说：“因为司机大叔撞死了那条狗，又对着狗撒尿，你觉得他很残忍，就联想到了杀人凶手？”

“对，他撞死了那条狗！”白雪翻脸比翻书还快，她靠着我的肩膀，“你说得没错，金杯车司机大叔就是凶手！”

阿健和小犹太都晕了，问我和白雪变来变去的，到底什么意思。

白雪揉着发红的眼眶回答：“那条狗——跟我小时候养过的黄耳朵一模一样。就是那种土狗，你们叫作草狗。全身黄黄的，耳朵尖尖的，我给它起名叫黄耳朵。”

“嗯，就是中华田园犬。”

“从小学二年级到五年级，黄耳朵陪了我三年。无论走到哪里，我都会牵着这条狗。我们一起在黑龙江边的野地里掏兔子窝，冬天到冰面上玩，我踩着冰刀，它不停摔跤，好玩极了。”白雪的声音像一盆放了好几个月的水，“那年冬天，我妈身体不好，总是咳嗽，发冷。我爸让我去我舅家里住了两天，等到我回来，就看到我的黄耳朵被吊在家门前的杨树上，已经被剥了皮。它被我爸吊死了，做成狗肉煲给我妈进补。我从厨房拿了把菜刀，剁向我爸的胳膊，差点把他的手指头剁下来。到现在我还恨他呢。”

“你看啊，虽然你爸也杀狗，你爸可不是杀人犯啊。”俞超有板有眼地分析，“所以，你不能推导出金杯车司机大叔也是杀人犯。”

“但我感觉到了，聂老师就在前方。”我指向海风吹来之处，芦苇尖尖向我们倒来。台风明晚登陆，夕阳自然看不到了，只余浓云后一团红霞。荒凉的崇明岛东海岸，黑夜本身就能吞噬六个孩子。我说如果走夜路，很可能迷失方向，要么在荒野里打转，越走越远，误入歧途。就算走到海边，我们也什么都看不到，而且黑夜涨潮的大海分外可怕。我决定露营一夜，等天亮再出发。田小麦估计她爸已到达崇明岛，正在满世界搜索他们。我说公安局都忙着防范台风，顾不得我们六个了。小犹太唉声叹气，本来优哉游哉的暑期旅行，竟成了爬雪山过草地的苦难行军。

天黑得像一条黑丝袜，黑得像一件黑礼服，从头到脚将我们笼罩。风从海上吹来，几乎吹散头顶浓云。我惊讶地发现月光。风云变幻莫测，就像人之将死的回光返照，台风来临前的宁静。阿健又喊肚子饿了，每个人把包打开，吃完最后一点蛋糕。

俞超提醒刚才路过一片瓜田。我们打着手电筒往回走，照出一只只萤火虫，时而飞到头顶，时而闯入腋下。我们都是第一次见到萤火虫，这些小虫子也是第一次见到人类。我随手一挥，便捉到一只。萤火虫在我的掌纹里乱飞，仿佛要撞进我的生命线和爱情线。田小麦问我能把萤火虫给她吗？我让她抓住我的手，但要十分小心，太重会把萤火虫捏死，太轻又会让它飞走。她的手凉凉的，少女的清爽与光滑。我说准备好了吗？一、二、三……我露出四只手指缝，她的五根手指头迅速嵌入。男左女右。我的左手与她的右手，十指相扣。萤火虫在我和她的手掌心之间撞来撞去，痒痒得我们都笑了。盛夏夜里，我看不清田小麦的脸。我的脸颊烧得绯红，也许她也是。我从她的手指缝里抽出手指，萤火虫便留在她的手心。田小麦将拳头放在眼前，像观察天文望远镜般观察手掌心里的小虫子。她如法炮制，将萤火虫传递给白雪。白雪将它传给俞超。俞超传给阿健，最后传给小犹太，却让萤火虫从指缝溜走了。

“你们知道吗？萤火虫的生命很短，五十天从蛹变成飞虫。它们会发光的生命，最多两周，最短三天。我们现在看到的萤火虫，可能是它们生命中的最后时刻。”俞超张开双臂，拥抱萤火虫的海洋。

“啊，它们的生命还剩下几个小时，而我们还要活几十年呢。”白雪问，“俞超，你说萤火虫为什么要发光？”

“为了交配！”俞超第一次如此直白地说出这个词。

只要有了光，公的萤火虫，母的萤火虫，就能在黑茫茫的夜里互相找到对方，彼此相爱，把短暂一生的精华，交汇成无数颗虫卵，义无反顾地奔向死亡，期待下一次生命的轮回。

千万只正在欢快交配或慷慨赴死的萤火虫，引着我们发现了瓜田。手电筒照出上百颗碧绿的西瓜，差不多都熟了。旁边有个竹竿和塑料布搭的棚子。外围是田埂与芦苇荡，我能听到涨潮的海浪声，却就是看不到海。田小麦问真要偷瓜吗？阿健说这不叫偷，这叫珍惜农民伯伯的劳动成果，你想啊，等到台风一来，与其让这些西瓜被吹上天碎成渣，不如先填饱我们的肚皮，聂老师不是教过我们一个成语“暴歼天物”吗？俞超大笑着说，这叫“暴殄天物”，是 tiǎn 不是 jiān。阿健帮我们卸下了“偷瓜”的包袱，总比政治课上说的资本主义大萧条时期把牛奶倒入大海好吧。两个手电筒分成两组人行动。阿健和小犹太、白雪一组，他的力道大，徒手就能掰断藤蔓。我和俞超、田小麦一组，俞超的瑞士军刀轻松割断瓜藤，如同一伙黑夜剪径的强盗，砍下路人的脑袋如同西瓜，把这岛上海岸当作黄泥冈或野猪林。

田小麦一声尖叫，脚底下蹿过一个黑乎乎的小动物。月光下，我几乎看清了那个活物，既不像猫，更不像狗，倒是像放大了的黄鼠狼。阿健也冲过来了，想把那小动物抓住。但它比猫狗跑得都快，皮毛又似油一般滑，反而从我们胯下钻过，躲入西瓜藤蔓之中，不见踪影。

“莫不是猹？”我想起中学语文课本的《故乡》。

猹？大家都摸不着头脑，想到了茶叶的茶，警察的察，找碴的碴……

“反犬旁，检查的查。”

初三上半学期，聂老师教到鲁迅的《故乡》。她让我站起来朗诵一个自然段。她说我的声音好听，普通话标准，特别适合朗诵小说——

> 这时候，我的脑里忽然闪出一幅神异的图画来：深蓝的天空中挂着一轮金黄的圆月，下面是海边的沙地，都种着一望无际的碧绿的西瓜，其间有一个十一二岁的少年，项带银圈，手捏一柄钢叉，向一匹猹尽力的刺去，那猹却将身一扭，反从他的胯下逃走了。

刚才那只小动物，大概就是鲁迅笔下的“猹”。它来偷瓜，我们六个人也来偷瓜，彼此彼此。只可惜，再也见不到戴着银项圈的闰土了。或者说，闰土已经长大了。我吁出一口气，无力地倒在瓜田中，抱着一个婴儿般的大西瓜，仰望头顶金黄的圆月。聂倩还活着吗？

阿健和白雪在瓜田旁边的野地里，堆起许多枯枝败叶，点上一大蓬篝火。我们六个围在篝火边，用瑞士军刀切开西瓜，吃了顿丰盛的露天西瓜晚餐。无奈西瓜不顶饱，我们每人吃了三个西瓜，肚里满是甜水，今晚要多撒几泡尿了。白雪凑近篝火，说起东北老家的夏天，野地里也是这样空旷寂静。只是植物不同，也没有这股湿润咸涩的海风。她说比起夏天，更喜欢冬天，白雪皑皑永无止境的冬天。阿健说好啊，等到冬天我们跟你去东北，还得我们六个人一块儿去。我和田小麦异口同声说好。俞超说如果还没去美国的话，他就跟我们去。小犹太扭捏半天，便也点头同意。

忽然，那只“猹”又回来了，它发出绿幽幽的目光，是在垂涎觊觎我们吃的瓜？还是对我们六个人好奇？它跟我们对视，并不惧怕，因为没人能抓住它。

白雪嘘了一声：“你看它长得像黄鼠狼吧？这不是普通的畜生，而是个仙儿。”

“仙儿？不就是妖精吗？”我想起《西游记》里孙悟空消灭的这个精那个怪的。

“胡黄蟒常，四大仙家，胡家是老大，掌门人是胡三太爷和胡三太奶，就像《笑傲江湖》里五岳剑派大盟主。最好玩的是黄家，翻脸比翻书还快，但腿脚快，能打听事儿。”

“你能问问这只猹，聂老师在哪里吗？既然它神通广大，说不定都见过聂老师呢。”

“嗨，我可不是出马仙的弟子。我们老家有人打死一只黄鼠狼，很快得了重病，还被黄仙上了身，整天说我没偷吃你家的鸡干吗打我，后来请了出马仙弟子才把黄仙请走。”

“白雪，那你给我算算命吧！”阿健伸出自己的左手，摊开掌心。

“得了吧，我早就看过你的手相。你是个通关手。”白雪在他手心里划了几道，“你看看，生命线、智慧线、感情线三条线的起点相接，又叫断掌。”

阿健颇为自得：“听说这种手打人最要命呢，怪不得我打架最厉害啊。”

“还有啊，你的生命线有点弱。”白雪给他泼了盆冷水。

“打打杀杀，迟早挂了。我也不想老了以后，既不能喝酒抽烟，也不能泡妞赌博，不如早死早超生。”阿健又啃了个西瓜。

下一个是小犹太。借着篝火的暖光，白雪仔细瞧他的掌纹，摇头说：“妈的，你的生命线够长的啊。开头有链形纹，小时候经常生病吧？还有岛纹，你得住院好几次。但你就是命长，跟阿健恰好相反，我看你能活到二十二世纪。”

“二十二世纪？2100年？现在二十一世纪都没到呢！”小犹太欣喜若狂，要不是身上没几个钱，早就打赏算命的了，“我能活120岁……我才是赢到最后的那个人。”

接着是俞超，他的左手被白雪攥紧，似乎不是算命，而是吃豆腐。俞超长得漂亮，无论走到哪里，女生们都会多看他几眼。经常让白雪看得发了呆，丢了魂，丧了魄。俞超把手抽回来说，你到底看不看啊？白雪说在看面相呢。他们几乎脸对脸，鼻子对鼻子，火光照得鼻尖都冒油了。

白雪缩回来唉声叹气："你啊，迟早远走高飞，我们再也见不到你了。"

"这么说，我一定能通过托福考试去美国了。"俞超抓着我们几个人的手，"无论去天涯海角，我都不会忘了你们，不会忘了今晚。"

轮到我了。白雪早就看过我的手相，说我命中大富大贵。她又盯着我的脸看，伸出细长手指，撩拨我的左边眉毛说："嘿……你的眉毛里藏着一颗痣呢！"

"怎么说？"

"古书上说，痣是宜藏不宜露。"白雪举着手电筒照我的眉毛，好像要把我的这颗痣活吃了似的，"你这眉中痣又称'眉里藏珠'，说明你有大智慧。尤其是左眉藏痣，男人有财运，女人则旺夫。"

看完我的面相，白雪又盯着田小麦，啧啧叹息："哎呀，小麦啊，你要听真话还是假话？"

"没事，你说吧，反正这些东西我也不相信。"田小麦反倒给她一个微笑。

白雪干咳两声，瘪着嘴说：“你的命啊，孤苦伶仃，父运、母运、夫运都不好。”此话一出，大家都下意识地离田小麦挪远了些。只有我纹丝不动，小犹太又挪了回来。

“母运我承认，我妈早早地去世了。父运嘛，我爸因为我，工作很不顺利。夫运？我想得还没那么远。”田小麦看着我们几个男生说，“不过你们放心，等我长大，不会找你们当中任何一个做我老公的。”

阿健、俞超和小犹太都搔搔脑袋，颇为尴尬，我却注意到她的前半句：“小麦，你说你爸因为你而工作很不顺利？”

她往篝火里扔了一把枯树枝，发出清脆的噼啪声：“你知道，我爸原本是专门破杀人案的刑警。我妈离开的时候，他在外地抓捕一个杀人犯，都没来得及赶回医院看我妈最后一眼。”

我往后缩了缩说：“这是他的工作。”

“你不是讨厌我爸吗？”田小麦喷射出淡淡的怨恨，“可你知道他为什么会在派出所做民警吗？”

“我很想知道。又不敢问。”

“就是那个寄匿名信恐吓我的家伙。今年春天，我爸通过邮政局的关系，用上一些侦查手段，终于找到了寄信人。他是我爸当年抓过的罪犯，劳改了十多年刚出来，在我放学路上跟踪我偷拍照片。我爸狠狠揍了他一顿，下手嘛重了点，打断了三根肋骨，直到大小便失禁。我爸遭了处分，按照对方受伤程度，他是要吃官司的，还好局长保住了我爸那身衣服。但报纸上报道了这件事，我爸不能待在刑侦支队了，发配到离家最近的派出所做了民警。那个寄匿名信的坏蛋，在医院里躺了三个月，上个礼拜刚出院。”

“今年暑假，你爸不准你出门，就是怕那个畜生来找你报复？”

“嗯，我爸说了，如果再碰到那个人，就算连派出所民警都干不成，也会再揍他一顿。”田小麦看着瓜棚上方的夜空，“你们说，是不是我害了我爸呢？他再也不能抓杀人犯了。他天天去派出所，给办户口和身份证的盖图章，调解邻里纠纷和夫妻打架，登记丢自行车的报案……”

“你爸没做错，他只是运气不好。”

我不知该怎么安慰她。7 月 1 日，我在派出所第一次碰到田跃进，他就陪我去了聂倩失踪的现场。这已超出了他的职权，我想他既是在帮助战友的儿子，也想再过一把刑警破杀人案的瘾。我听说一旦做过刑警，破过杀人案就会上瘾，特别享受抓获凶手的成就感。田跃进做了一辈子刑警，破了一辈子杀人案。当他只能做一个派出所民警，就像一只会捉老鼠的猫，只能偎在灶头吃鱼骨头。田小麦直勾勾盯着篝火，仿佛她爸在火苗中忽隐忽现。

“小麦，明天一早，我们不去看海了。”我看着火光在她脸上涂抹的那层金黄，小姑娘的汗毛像无数只发光的萤火虫。于是，我做了另一个决定，“我们回派出所，把你送到你爸身边。”

“喂，你不去救聂老师了？”白雪撞了撞我的肩膀，“明天是 7 月 13 日，你不是说，那是聂老师的最后两天吗？”

“谁知道呢？也许老师已经死了，也许老师还活着，但根本不在崇明岛上。也许小麦爸爸的判断是对的，就像夏海不是凶手。也许我全都错了！唯一没错的是，我们都还活着。小麦，这才是重要的。还有白雪、俞超、阿健、小犹太，你们都在我身边。我们六个人渡过长江，从崇明岛的那一头走到这一头，钻进我们心目中凶手的地窖，你们都很勇敢，不觉得这很了不起吗？”

隔着篝火，我看着他们的眼睛。我的眼底有些发热，像被泼进一杯热开水，不晓得是火苗太旺，还是因为别的什么。我觉得自己有些冷血，对于聂老师。

“好吧，明天一早，我们就回派出所，也能避开超强台风。”阿健站起来，挥了挥拳头，“但是，我要先看到大海，看一眼，留个纪念，马上走。”

白雪也跟了一句：“是啊，我也要看一眼大海。”

“太好了。”小犹太长吁一口气，“下午那个司机大叔，你说他是凶手，真是吓死我了。”

“警察会救出聂老师的，我们非但帮不上忙，反而添乱，就像昨晚。”俞超自顾自说。

田小麦却不说话。静谧的荒野，除了星辰月亮，只剩下风声和海浪声。一辆自行车从田埂上骑来。后面捆着高脚凳，大梁绑着扁担，篮筐里还有红布包袱。那匹“猹”又出现了，黑乎乎地窜过田埂。自行车避让不及，摔入瓜田，磬铃咣当地响。

什么人半夜骑自行车，还要带上一家一当逃难？我们跳入瓜田，搀扶起一个中年男人，长头发，瘦高个，脸上有痣，浓浓的口音。他说自己是个艺人，在附近演出扁担戏，听说台风即将登陆，连夜撤退。不巧自行车摔断了链条，他决定今宵在瓜田露宿。他说崇明岛很大，人烟却不多，能在山雨欲来的荒野，碰到我们六个中学生，乃是命中注定的缘分。

男人打开红布包袱，变戏法似的搭出个小舞台，幕布是中国古代的山水风光。他掏出两个人偶：一个红脸武将，五绺长髯，身着绿袍，手持青龙偃月刀；另一个却是红罗裙的美妇人。他坐上高脚凳，扁担与地面垂直，上部撑起小舞台，下部插入高脚凳。武将在左手，贵妇在右手，就像木偶戏。响起一阵锣钹声，农村社戏般热闹。武将的独白，雄浑有力，气壮山河；贵妇的唱词，竟是娇滴滴的女人的尖细嗓音……

白雪听得呆了，这不是反串吗？我说红脸武将是关二爷，白脸贵妇是刘夫人。关云长保护两位嫂夫人逃出曹营，过五关斩六将，千里走单骑，直到古城会。乡野锣钹与唱词声中，舞台帷幔铺满瓜田，蔓延到东海岸，最后是整个大岛。幕布上的高山大河，化作长江东海，围成十面埋伏。关公骑着赤兔马，斩颜良、诛文丑，秉烛夜读《左传》……

最后一声锣钹，曲终人未散。男人放下小舞台，抽出扁担，收起人偶。他说崇明岛的扁担戏，来自清朝嘉庆年间一位苏州大师，挑着扁担，一头高脚凳，一头红布包袱，在岛上走村串乡表演，传到他身上已是第五代。他还会《武松夜战蜈蚣岭》《薛仁贵大破摩天岭》《罗通扫北》，最拿手的是《西游记》。

我邀他坐下烤火吃西瓜，全然忘了我们都是偷瓜贼。男人拒绝了阿健的烟，从包袱里掏出一壶小酒，倒在搪瓷杯里跟我们分享。阿健喝一口，舌头发辣，惊觉是高度数白酒，而非岛上米酒。四个少男，一双少女，平均年方二八。扁担戏艺人却不知多少岁了。围着火炉吃西瓜，痛饮半是酒精的烈酒，颇有古时行走江湖的气概，又像野店荒林里威风的沙子龙。

我虽滴酒未入，却来了兴致，取出包里两截笛子，旋转拧接，覆好笛膜，悠悠吹出一曲《鹧鸪飞》。得名于李白的“越王勾践破吴归，义士还乡尽锦衣。宫女如花满春殿，只今惟有鹧鸪飞”。台风欲来，浓云惨雾，又将明月遮了。笛声能及的十公里内，只有六个少男少女、扁担戏的关云长与刘皇嫂、黄大仙化身的“猹”。我从肺叶、丹田以及大脑里运气。六个音孔飞出六只鹧鸪，四雄二雌，飞过吴山越水，飞过松郡九峰与吴淞江口，在春江花月夜间乘风扶摇。我看到自己浑身长出羽毛，脸上装饰着黑褐色、棕栗色与橙色斑纹，身上覆盖黑羽，刺绣般缀着卵圆色白斑。我们围着篝火、瓜田与萤火虫而飞，围着千里走单骑而飞，围着鲸鱼形状的大岛而飞，围着中国内陆十三省份万里跋涉来的泥沙大地而飞……

一曲终了。深藏功与名。扁担戏艺人沉吟道：“地暖无秋色，江晴有暮晖。空馀蝉嘒嘒，犹向客依依。村小犬相护，沙平僧独归。欲成西北望，又见鹧鸪飞。”说罢，他头枕红布包袱，背倚扁担与高脚凳，缩在瓜棚下，和衣而眠。

已近子夜。俞超没能看到星星，颇为遗憾地说：“知道吗？人们看到的许多星星，都是几百年到几万年前发出的光。有的恒星早已死亡，生前的光却会走几百年的路，来到地球上，来到你的眼前。”

“就像有些人死了，但是记忆还在——在别人的记忆里。”田小麦看了我一眼，即将要永远留在我的记忆里。

“你们看过《英雄本色》吗？”阿健也躺下了，张开双臂说，“天空每划过一颗流星，就会有一个人死去。”

我的左手牵着俞超，右手牵着田小麦，田小麦的右手牵着白雪，白雪的右手牵着阿健，阿健的右手牵着小犹太，小犹太的右手又牵着我的左手……我们六个人，躺在暗夜无星的苍穹下，围成六芒星般的圆圈。浓云上的星辰，仿佛添加在我们身上熠熠生光。整条鲸鱼形状的大岛，在超强台风“白鲸”的淫威下黯淡无光。唯独东海岸最前线的某个角落，升起一蓬又一蓬火树银花，像一百万只萤火虫交配狂欢，一万只飞蛾扑火升华，视死如归，光芒万丈。

十二

十六岁，在我生命的黎明，我以为夏天永远不会过去，就像这座大岛走不到头，我们六个人的好日子也永无止境。三年前的暑假，我爸拉着一个集装箱，带我出门远行。我们跨过南京长江大桥，跨过淮河大桥，在一望无际的黄淮平原上风驰电掣。炎热的盛夏，公路两边尘土滚滚，天空干净明朗，夕阳伸手可触。鲜红的擎天柱车头拉风极了。驾驶室里混合着机油味、汽油味以及男人的汗臭味、烟草味、发馊的米饭味，却让我甘之如饴。集卡穿过洛阳、潼关，进入八月的关中。我看到了秦始皇陵、兵马俑，登上白鹿原，眺望终南山，直达居大不易的长安。我爸开车穿越西安城墙，将我带到唐朝大明宫遗址前。昔日雕栏玉砌的宫墙，倾圮崩坏了一千年，变作一片集装箱堆场。我正在看蔡东藩的

《中国历代通俗演义》，满目尽是李世民与武则天，李隆基与杨贵妃，还有李白的“长安如梦里，何日是归期”。我爸跳下擎天柱集卡，掏出一支笛子，吹奏古曲《鹧鸪飞》——我爸在黑龙江当兵时，跟着高炮62师的文艺兵学来的，那是个杭州来的女兵，后来被美国飞机投下的凝固汽油弹烧死，坟茔至今仍在越南太原的烈士公墓。当时我尚不知道这个故事，眼前只有大明宫与含元殿，仿佛在笛声伴奏下，无数个集装箱上升飘浮到半空，积木般重新拼接组装，搭成一座巍峨堂皇的宫殿。但这奇观或幻觉只持续了一分钟，便在二十世纪的天空崩塌碎裂，而我趴在荒烟蔓草间大哭一场……

天亮时，雨终于垮下来了。像云端倾倒了一大捧爆米花，清脆地砸在瓜棚的塑料布上。瓜棚太小，我们六个人太挤。我是被雨淋醒的，也是被成群结队的蚊子咬醒的。俞超、小犹太和阿健都醒了，拼命挠着身上的蚊子块。白雪披着头发躲到芦苇荡。我发誓不是故意偷看，无奈风雨太孟浪，调皮地掀开芦苇间的缝隙，露出她光滑的后背，还有黑黑的腋毛。

扁担戏艺人不见了。自行车、扁担、高脚凳、红布包袱，连同他的锣钹与唱词，全都上穷碧落下黄泉，两处茫茫皆不见。瓜棚里多了六件雨披，黑白黄红蓝绿六种颜色。骑自行车带雨披是平常事，但一个人带六件雨披，而且不同颜色倒是稀罕。我想，扁担戏艺人离别之时，大概已下起小雨，他才特意留下这些雨披。我会心一笑，昨晚瓜田一聚，亦是缘分一种。可他是怎么走的呢？

一个人推着断了链条的自行车，本事挺大的。小犹太说，难道昨晚碰到的是个鬼？想想也奇怪，半夜来了一个唱戏的，公路不走，偏偏要走荒野田埂？

“田小麦去哪里了？”阿健提醒一句。

我想她是跟白雪在一起洗漱更衣吧？等到白雪出来，却说早上睁开眼，就没看到过田小麦。我来不及罩上雨披便冲入瓜田。阿健、俞超和小犹太也跟过来了。我们找遍了芦苇丛，又找遍水杉树林，翻过一道又一道田埂，搜索一片又一片荒野，几乎掘地三尺，掏了“猹”在树根下的窝。我被雨水浸泡，心脏却在油锅里煎炸，五脏六腑水煮了一遍，爆炒了一遍，又油焖了一遍。我们竟摸到了公路边，昨天从金杯面包车逃脱之地，埋葬那条狗的小树下，雨点像凶手的尿液，又酸又蚀，加速腐烂。

田小麦失踪了。

我跪在凹凸不平的柏油路边，雨水顺着头发滴落。我想我又要着凉生病了。我的脑袋仿佛一蓬火炬燃烧，将大脑皮层里烙印的田小麦的容颜烧成骨灰。俞超和小犹太也跪下了，大家自然想起了开金杯面包车的司机。

阿健说昨天就发现，虽然白雪坐在副驾驶座，不停地搔首弄姿发嗲，但司机大叔不在乎她，反而盯着田小麦。小犹太说司机在开车，难道脑后长眼睛看？阿健敲了敲他的脑门，你不知道车里有个后视镜吗？那镜子里全是司机滴溜溜的眼珠子，盯着第二排的田小麦呢。

小犹太又说，会不会是扁担戏艺人呢？他和田小麦同时失踪，最可能把女孩拐走了。我说不像啊，那艺人就算是个鬼，是个黄仙胡仙，也不会动田小麦的主意。你想啊，扁担戏艺人临走时，给我们留下六件雨披，说明当时田小麦还在呢。俞超点头说，那位扁担戏艺人啊，非但不是鬼，而是天使！

俞超问，田小麦会不会自己一个人走了？我摇头说，昨晚子夜，我们六个人手拉着手围成一个圈，面对浓云密布的夜空，想象银河灿烂，流星如火，发誓再也不分离。虽说小孩子们的誓言，保质期短暂有限，"白首不分离"更是电视剧里骗小姑娘眼泪的把戏，但总不见得，天还没亮，便要脚底抹油溜了。

我们回到瓜田，阿健沿途留下标记，摆一块石头，插一根木头，免得再迷路。白雪还在等我们，脸色全然发白。她趴在阿健肩上大哭，说自己没能看好田小麦。昨晚，她俩几乎抱在一块儿睡的，跟男生们隔开一段距离。田小麦只有十五岁，我们当中年纪最小的，白雪已把她当作小姊妹。我问她，天亮前可有什么异动？白雪隐约记得田小麦爬起来，好像是去芦苇丛中小便。白雪困得不行，翻了个身又睡着了。

田小麦的旅行包还在呢，包里有感冒药、创可贴，还有她爸的军用望远镜。她不可能自己走的。男生们脱下外衣，光着膀子，用毛巾擦干头发和身体。白雪说她也要擦身体，我们四个人齐齐转身，约定谁都不能偷看。我们罩上扁担戏艺人留下的雨披。我披绿色，阿健披黑色，白雪披红色，俞超披蓝色，小犹太披黄色。

一人一披，从头到脚罩上。最后一件白色雨披，阿健收在包里，准备留给田小麦。

我们出发了，沿着阿健埋下的标记，回到通往大海的公路边。我在绿色雨披下，顶着狂风暴雨。我的肩上有两个包，一个是我的，一个是田小麦的。我边走边哭。昨晚，我已改变计划，不再以身犯险，不再去招惹开金杯面包车的凶手，只要看一眼大海，就掉头折返派出所，将田小麦送还到她爸身边。我们一起回上海。我们一起回家。但现在，天亮了，她却不见了。都是我的错。是我把田小麦带上这座岛的，我必须把她平安带出这座岛。哪怕台风已经登陆，东海潮水倒灌长江口，整条岛沉没于海底。

公路上没有一辆车经过，更看不到任何人烟，只有风，只有雨，只有浓浓的黑云，只有虽然看不到但无处不在的大海。也许所有人都被疏散，公路也被封闭，除了凶手和被绑架的女孩，我们是海岸地带仅有的五个人。

小犹太的身体犹如根豆芽摇摇摆摆，随时要被大风卷走。他凑近白雪耳旁问："对啦，我想起一件事。你昨天问小麦为什么肚子疼，她怎么回答的？是不是怀孕了啊？"

"放屁！"白雪敲了小犹太的脑门，"你有没有常识啊？关你什么事？这是个秘密，不能告诉你们！"

田小麦的秘密是什么？这是我永远想不明白的。狂暴的风雨中，谁都走不快，最后十公里路，依然走走停停，沿途观察四周形势，有没有农舍或可疑之处。几近中午，我们才看到一排错落有致的建筑，四周是大片的稻田和果园。

阿健跳起来说，知青农场到了。相比七姑娘村的农家小楼，这里的每栋房子都是一个模子里刻出来的，只是稍显陈旧。石灰外墙上刷着二十多年前的标语。

农场空荡寂寥得让人发慌。我们顶着雨披，像五种颜色的防疫队员，挨家挨户敲门，仿佛要把主人揪出来隔离。我想找一台电话报警，让公安局派人来救田小麦，抓住开金杯车的凶手。白雪找到了农场党支部，办公室没锁门。我抓起电话，却没有拨号音。电话线断了。农场的电线杆子已被大风吹倒。东海岸的知青农场，就像这座大岛，与世隔绝，落落寡欢。

整个农场只剩下最后一个人。他叫七叔，头发已经半白，拄着一副拐杖，走路一瘸一拐，既像在跳舞，又像在爬行。昨天接到超强台风的通知，农场所有人都被疏散了。他的腿脚不便，自愿留下值班，保护国家财产。阿健报出爸爸妈妈的名字，当年都是在此插队的知青。他妈大肚皮时，原计划到上海的医院生孩子，风雨交加的黑夜，早产临盆，便将他诞在岛上。七叔还记得阿健，他是第一个在这间农场出生的孩子，每个知青都抱过这早产的小婴儿。

阿健说我们几个初中毕业，骑自行车来岛上旅行，没想到撞上台风，他只想看看自己出生的地方。七叔没结过婚也没孩子，在岛上生活了半辈子，把我们拽到他家吃午饭。我们没吃早饭，顶风冒雨走了一上午，饿得前胸贴后背。七叔说，我们来得不巧，上个月，崇明岛东海岸爆发赤潮，许多海水养殖的对虾都死了。

俞超为我们解释，赤潮就是海面上的浮游生物，有害的藻类。工业污染排入大海，重金属物质让海水富营养化，赤潮微生物繁殖，死后分解会大量消耗海水中的氧气，造成海洋生物缺氧而死。七叔说这位小朋友好聪明啊，科学道理他也不明白，只知道赤潮很危险，以后会经常出现在炎热的夏天。

吃不了海鲜，就吃河鲜。七叔炒了小龙虾，放了好多辣椒和香料。附近的芦苇荡和稻田里，到处都有这种淡水虾，钩子吊着蚯蚓放入水面，一天能捉上来好几十只。我掰开虾壳大快朵颐，一簇簇鲜美的虾肉，仿佛天上一团团白云被烧红了，吃到肚里让人腾云驾雾。这是我们第一次吃小龙虾，谁能想到十年后，全中国几乎每个地方都在吃这种食物。小犹太说，要是田小麦跟我们一块儿吃就好了啊。白雪狠狠咬下小龙虾的脑壳说，就当是代替田小麦吃啊，吃饱喝足才有力气救人。我们又吃了农场的茄子、青菜、小豌豆，七叔刚从地里摘出来的，新鲜爽口得不得了。他说要是冬天啊，就请我们吃河豚，那是天下最鲜美的，保证吃一口成活神仙。小犹太吓得半死，说要把我们都毒死吗？七叔笑着说，他跟岛上的老厨师学会了做河豚的秘诀，自己吃了一辈子河豚，还不是好好活着吗？阿健便跟七叔说好了，冬天一定要再来农场，痛痛快快地吃河豚。

七叔每顿饭都要喝酒，早上老白酒，中午黄酒，晚上白酒，面孔沉淀着酒精的颜色。屋门敞开着，疾风骤雨打进门槛。他抿一口花雕，望着旷野与铅灰色天空。这栋屋子在农场最边上，却仍然望不到海。七叔说当年这里就是大海。二十年来，他们将滩涂围垦成田野，又将大海变成滩涂。再过二十年，滩涂又会变成田野，不断向大海延伸。白雪问，这里每年都会刮台风吗？七叔说，每年何止刮一次台风呢。但这一回的超强台风，已经二十年没来过了。

阿健递给七叔一支烟，给他打火点上。七叔吐出一口浓烟，嘴巴仿佛熊熊燃烧的炉子和烟囱。二十年前的夏天啊，无比漫长，也无比血腥。岛上发生了许多令人终生难忘的大事儿。第一桩是大围垦，把东海岸的沙洲与本岛连接起来。那次惊天地泣鬼神的围垦，是名副其实的与天斗与地斗与海斗，县革委会发动全岛八个农场上万名知青，一举向大海夺取几千公顷土地。第二桩是赤潮来袭，大半个长江口的海面，漂浮一层红色污垢，就像老天爷打翻了染缸，又像大海战后的尸山血海，鱼虾全部死尽。第三桩是大白鲸冲破赤潮，在围垦滩涂上搁浅，被知青们屠杀肢解。七叔说，他也吃过鲸鱼肉，却是他吃过的最腥气最坚硬的肉，吃完后挑了三天牙齿缝，挑出来一堆肉渣子，整张嘴变得臭不可闻。

1977 年，八月的最后一天，围垦大堤刚刚合拢，硕大的鲸骨躺在滩涂上。气象台预报，来自赤道的超强台风即将在崇明岛东海岸正面登陆。上级下达了疏散令，只有六个共青团员自愿坚守第一线。七叔就是其中的六分之一。他们中最大的二十岁，最小的十七岁。农场领导劝他们赶快撤退，不要留下白白送死。但六个人集体写血书，誓死保卫围垦大堤，战胜资本主义的超强台风，及时填补堤坝缺口。上万名知青辛苦劳动了一个夏天，付出好几条生命的代价，从大海手中夺得了那么多土地，绝不能再把一寸土地交还到大海手中。七叔说，血书的落款引用了高尔基的《海燕》：“这是勇敢的海燕，在怒吼的大海上，在闪电中间，高傲地飞翔；这是胜利的预言家在叫喊——让暴风雨来得更猛烈些吧！”台风来临前最后一夜，六个共青团员守在围垦大堤上，点着篝火，唱着《红星照我去战斗》。大堤上路过一个扁担戏艺人，长头发，瘦高个，脸上有痣，四十来岁。他们喝了白酒，吃了白切羊肉，看了一场扁担戏，关云长过五关，斩六将，千里走单骑。天亮前，扁担戏艺人消失了。后来听岛上的老人们说，那个半夜在荒野行走的扁担戏艺人，根本不是人，而是个魂，已在农村和海边飘了好多年，每逢出大事前，都会冒出来唱戏。那天傍晚，正是天文高潮，超强台风登陆了。六个人躲在围垦大堤背后，眼睁睁看着天空铺满狂风暴雨，什么大海啊岛屿啊长江啊，全都变成玩具似的。并不存在什么海燕，所有动物提前得到消息，老鼠、麻雀、青蛙早就搬家了。海水像万里长城，像成吉思汗西征的铁骑，像库尔斯克大会战的坦克阵，摧枯拉朽地横扫滩涂。七叔感觉耳朵都在流血，还想要填补堤坝缺口，但是痴心妄想。只用了一分钟，台风就彻底摧毁了大堤。六个共青团员，有人被吹到天上，有人被埋入泥沙。新造的知青农场、稻田与树林、大白鲸的臭味、鲜红的赤潮……东海岸的一切，包括刚向大海要来的大地，都被超强台风涤荡得干干净净，完璧归赵，万物归元。按照俞超的话来说，就是磁盘格式化。

这场超强风暴，导致上百人伤亡。留守在围垦大堤上的六个共青团员，死了四个，七叔是幸存的两个人之一，但断了一条腿，余生依靠拐杖走路。两年后，他原有机会回城，但他拒绝了。他说自己一个瘸子，回到上海没什么好日子，更没有女人会嫁给他，不如留在岛上。他要亲眼看着围垦大堤合拢，滩涂日长夜大，被大海抢回去的大地必须再抢回来，伙伴们牺牲的鲜血才不会白流。七叔目睹过超强台风的威风，但他从不承认失败，他坚信人类可以战胜太平洋。后来人没有辜负期望，崇明岛年年围垦不歇，不断征服海洋，筑起一圈又一圈坚固的堤坝，再没有一次台风能将这城墙打破，直到世纪末的今天。

阿健崇拜地看着七叔，仿佛看着一个壮士暮年的英雄，击败了大风车的堂吉诃德。阿健再次为他点烟："七叔，你说 1977 年夏天的超强台风中有两个幸存者，还有一个呢？"

"他叫小金。"七叔拖着一条瘸腿，从五斗橱上拿出一张相框，恰好是六个男女青年的合影，四男二女，背景是围垦大堤，横幅上写着字——堤在人在，堤破人亡。

"这个是我！那个就是小金。"七叔说，这就是二十年前，留守在围垦大堤上的六个共青团员。小金的年纪最小，只有十七岁，跟我们现在差不多大。相比断了腿的七叔，他才是唯一的幸存者。八十年代，小金一度回城，进入工厂上班。后来不知什么缘故，他又返回了崇明岛。这些年，小金脑袋活络，自己买了辆金杯面包车，天南海北地跑运输做生意，赚了不少钱呢。

金杯面包车……仿佛一把斧头，劈开我的脑子。我再定睛凝视黑白照片，六个知青当中，小金几乎比七叔高出整整一头。我一拳砸在桌上。一堆小龙虾壳弹到小犹太脸上。白雪也看出端倪。俞超面色煞白，阿健下意识地去摸板砖。

我又从包里掏出日记本，从后面撕下一张白纸，用笔简单速写出金杯面包车司机的容颜。就像我凭空画出红色出租车司机夏海的素描肖像，我的脑中也洒满白色的光，在崇明岛的荒野公路上，在苏州河边的大光灯下。我将那张对着死狗撒尿，吹着口哨《上海滩》的面孔，变成了纸上的肖像速写。

尽管时间所限，我无法像素描那样慢慢地打磨明暗，只能画出大概的轮廓与五官。俞超、阿健、白雪和小犹太都认了出来。而七叔手里这张黑白照片，幸存者小金的面孔，若是再多几条皱纹，被海风吹得紫黑一点，增添二十年风霜，便是昨天所见的那张脸——开金杯车的小金，如今该叫老金。

七叔讶异地看着肖像速写问我，哎呀，你怎么认识老金？

他就是凶手。香港回归的凌晨，聂倩被他从宿舍里掳走。今天凌晨，他趁着我们在荒野熟睡，绑走了田小麦。他忍不住了，他迷上了田小麦。公安局在搜查岛上的轮渡码头，让凶手憋了太久，简直要自动爆炸。一旦你杀了人，一旦做了某种恶事，你便上了瘾，犹如重度的瘾君子，无法抑制这种冲动，迟早还会按照老规矩再做一次，这是我从犯罪心理学上看来的。老金，我想抓住你，你死定了。

阿健问七叔，老金如今住在哪里？

七叔说，这家伙自从开车拉货，便是神龙见首不见尾，谁都不晓得他到底住哪儿。七叔打光棍，因为瘸了条腿，道理说得通。老金同样孑然一身，都没见他处过对象，多多少少让人存疑。有人说，老金是个“玻璃”；也有人说，老金精神不正常；更有人说，当年那场超强台风，其实老金也受伤了，只是伤在人们看不到的地方——比如裤裆里。所以啊，二十年前的那场灾难，根本没有幸存者。

今天早上，七叔看到金杯面包车，他还跟老金打了声招呼。老金说要抢在台风登陆前，运走几样东西，然后就不见了。

他要运走被囚禁的女孩们？我想。

“七叔，你能不能带我们去海边看看？”阿健问。

“超强台风就要来了，海边风大浪大，有些危险呢。”七叔叼着烟，拄着拐杖，倚着摇摇欲坠的门框。

白雪站起来说：“没关系，我来崇明岛，就是来看海的。”

出发前，我们最后一次休息。阿健在门口抽烟，白雪急着去上厕所，俞超听着他的索尼 Discman。小犹太在后屋发现个洗衣机，锈迹斑斑的铁皮外壳，像个老古董。他好奇地打开洗衣机盖子，却发现是个米缸。我仔细看这洗衣机，发现有英文和日文假名，还有“TOSHIBA”的商标。七叔说，这就是二十年前，从大白鲸的胃里挖出来的洗衣机，当年插上电还能用，日本的电压跟中国不同，知青们自己做了个变压器。几天后，超强台风摧毁了一切，这台洗衣机居然没坏，领导把它奖励给断了一条腿的七叔。等到洗衣机彻底报废，才被七叔改造成米缸。

午后，七叔骑上一辆残疾车，后边有个小顶棚。过去这种车遍布大街小巷，残疾人骑着它在火车站汽车站抢生意呢。他载上白雪和小犹太。我和俞超、阿健各自顶着雨披步行。路上坑坑洼洼，许多地方被水淹了，残疾车比走路还慢。七叔抓着把手，叼着烟头，说起二十年前的夏天，人人都叫他小七子，后来叫他七哥，现在成了七叔，以后会变成七爷。五种不同颜色的雨披，加上黑色的残疾车，涂抹在灰色与绿色的天际线间，就像一幅蘸水过多到处化开色晕的水彩画。

长路走到尽头。我看到了大海。灰蒙蒙的海。寥廓无边，像夏夜的星空宇宙。只是一明一暗，一个在头顶，一个在眼前。我说，星空是三维，大海是二维。俞超反驳说，其实大海也是三维的，别忘了深邃广阔的海底。我们站在陆地，只能看到二维的海平面，却包裹着地球表面的70%。恰是退潮期，最后一道大堤前，隔着戳向大海的数道丁字坝，暴露出大片深色的滩涂。近岸长满芦苇，远方是沼泽地般的浅滩，处处暴露沙洲。这是万里长江的天涯海角。我在心里画出一头冲向大海的白鲸，终于从卵蛋走到了嘴巴。

白雪和小犹太跳下残疾车，对着大海尖叫。阿健和俞超爬上乱石堆积的大堤，头发被风吹成疯子模样。气味并不是很咸，被盛夏磅礴的长江水冲淡了，但有赤潮的鱼腥臭。七叔一瘸一拐地靠着大堤说，愚公能移山，知识青年也可移海。万里长江会夹带着伟大祖国内陆的泥沙，源源不断汇聚到这座大岛，并且无限长大，向着东方挺近。渡过东海，连接日本；渡过太平洋，连接新大陆。一代接一代人，也许需要奋斗十代人、五十代人，但胜利一定属于我们。胜利属于青年。七叔有些激动，烟头在手指尖乱颤。

俞超悄悄问我："你看过《日本沉没》吗？"

"小时候看过电影，日本在地震和火山中沉没了。"我不晓得他为何问这个。崇明岛也会像日本一样沉没吗？显然不可能因为地震，难道是超强台风？

"我不光看过电影，还看过小松左京的原著呢。"俞超看过各种稀奇古怪的科幻小说，"日本即将灭亡，向世界各国求援，中国答应接纳七百万难民，安置点就在长江口的崇明岛，因为距离日本列岛最近吧。"

我想是因为崇明岛还会继续长大，就能容纳更多人口。现在岛上不过七十万人，要增加十倍人口，怕是每片稻田里都住满了日本难民？每个人都在养电子鸡，都在看漫画书，《七龙珠》和《圣斗士星矢》……

我掏出田小麦的军用望远镜，慢慢调整远近焦距，想把大海看得更清晰，就像洞房夜里想要看清新娘子的新郎官。我想看清超强台风的面孔，到底什么眉毛什么鼻子什么眼睛？还是龙卷风般的一线天，将海水都卷到云端上去？

这片海远看灰蒙蒙，望远镜里却变成逼人的红色，就像一条彩带，一层层扑向海岸。更远方又是灰色。海岸线正南边，有一大片绿色。俞超说那是横沙岛。他爸说过，如果在那座岛上填海造陆，可以再造一个浦东，还能避开长江口的拦门沙，开挖世界上最大的深水港，香港啊新加坡啊鹿特丹啊都望尘莫及。

雨点不断砸在镜面上，视野有些模糊。我慢慢将望远镜转向北边，沿着弧形的大堤，漫漫无边的滩涂上，竟然矗立一座黑乎乎的小山丘。我诧异地放下望远镜，不是幻觉，那块黑色确实存在。我擦了擦望远镜面，倍数不断放大，等于让那黑色山丘自动走到我面前。

这是一艘大船。不对，严格来说，这是半艘船。不对，更严格来说，这是半艘船的尸体。船头已经消失了，只有大船后半截。船身中间暴露五脏六腑的横截面，仿佛被锯子整齐地锯过，又像被施以腰斩的死刑犯，脑袋和上半身都不见了，只剩腰部以下。吃水线下的深红色船壳完全暴露，船底收紧的龙骨嵌入滩涂，勉强保持平衡。从滩涂到船舷甲板，至少有七八层楼之高，如果算上船尾的上层建筑，相当于十几层高楼大厦。泥沙冲击而成的崇明岛一马平川，矗立在东海岸上的这艘轮船残骸，可能是岛上最高大的建筑物，全岛制高点。

七叔说，那是一家拆船厂。原本是农场三产，后来承包给私人老板。几个月前，拆船厂因为污染被政府罚款倒闭了，老板和工人们都跑光了，只剩下这艘拆到一半的船壳。拆船厂就是钢铁垃圾场，也是钢铁屠宰场，生意最火爆的时候，海滩上一字排开七八艘巨型轮船。我难以想象这样的画面，仿佛大海战后的军舰坟场，海面上竖立起人类的墓碑。又像数艘巨大的鲸鱼搁浅，从蓝鲸到抹香鲸到露脊鲸到座头鲸，每一头姿态体形颜色各异，曾经从长江口到北极点再到马里亚纳大海沟游弋过，完成漫长一生的跋涉，“巨鲸”们被送到这片灰色海滩，将要为万物之灵长祭献自己，承受清朝十大酷刑，从腰斩到车裂再到五马分尸大卸八块，乃至凌迟处死，待到刽子手的第 3357 刀，方才彻底终结生命。被拆解的旧船锈迹斑斑，散发金属与油渣的恶臭，滩涂与海面上漂浮一层重金属反光，冬天迁徙的候鸟经过会被熏得掉下来。本地人不会在这里上班，工人来自苏北和安徽。他们没有任何防护，站在滩涂淤泥里，手持切割机与焊枪，肢解庞然大物的船体，就像法医对尸体开膛破肚，屠夫对牛羊剔除骨头，殊不知自己就是庖丁解牛的牛，就是解剖台上的尸体。

大山不能来见穆罕默德，穆罕默德就去见大山。这艘巨轮残骸不能走到我面前，我们就走到它面前去瞧一瞧。我和俞超顶着雨披，沿着围垦大堤向北行走。七叔警告我们不要去，那里很危险，很少有人会接近那艘船。何况滩涂就会被潮汐淹没。等到天黑，台风就要登陆了。我用田小麦的望远镜，继续眺望正北方向，看到一大堆钢铁废墟，一辆白色的面包车。虽然看不清车子标牌，但能肯定是一辆金杯车。

“田小麦！”我疯狂地对着前方呼喊，刚刚冲出嘴巴，就被疾风骤雨吞没。我们抛下七叔，向着北方奔跑而去。残疾车无法开上大堤，七叔目送我们远去而消逝，就像二十年前的夏天，投奔怒海的少男少女们。

望远镜上的距离，就像地图上的比例尺。我们在阻挡东海的石头堤坝上走了十来分钟，终于来到拆船厂的废墟。这里无须厂房，苍穹便是屋顶，滩涂便是地板，大海则是围墙。废墟上堆满一文不值的垃圾，雨水冲刷出褐色与黑色的溪流。金杯面包车停在大堤内。车门锁着，我把头凑到后边车窗，依稀可辨装满 VCD 的编织袋。这么宽敞的空间，别说是盗版碟，就算是两三个大活人都不在话下，谁会注意面包车的后车厢呢？

二十年前，席卷崇明岛的超强台风的幸存者——金杯面包车司机——他把车停在拆船厂——面对拆到一半的轮船废墟——这是一根完整的链条……

我第一个爬下大堤，向潜伏在海岸上的艨艟巨兽走去。滩涂上行走并不容易，深一脚，浅一脚。运动鞋和裤脚管都被泥沙浸湿，比在稻田淤泥中更难。滩涂上有许多螃蟹洞，成群结队的小螃蟹向大堤爬去，大概为躲避台风。更多的是臭气熏天的死鱼，连海鸟都不来吃，都是赤潮造成的。俞超、阿健、小犹太和白雪跟过来了。风很大，雨水模糊双眼。我们摇摇摆摆，必须互相搀扶，跌倒在淤泥中就惨了。白雪叫了一声，指着脚下一块红色。

我从泥水中捡起红丝绸打成的领结，不是少先队的红领巾，而是水手服的红领结。

“田小麦穿的水手服上，就有个红色的领结，跟这个一模一样啊。”小犹太对于田小麦身上的一切细节，都像照相机似的拍摄在心里。

“废话，就是这个啊！”白雪从我手里接过红领结，擦去上面的淤泥。

“今晚涨潮，它便会被大海吞没——田小麦就在这艘大破船里！”俞超手指着巨大的轮船残骸，像一头搁浅在海滩上的鲸鱼尸体，散发浓浓的腐臭气味。

田小麦故意给我们留下提示。她知道，我们一定会来救她的。田小麦、聂老师，或许还有其他女孩，她们都在这艘轮船残骸之中。派出所民警小张的判断没错，凶手潜伏在崇明岛东海岸。警察一定搜查过知青农场，包括附近每个居民点，但谁能想到？废弃无人的拆船厂，还有这艘垂死搁浅在滩涂上的大船，才是凶手的天堂，女孩们的监狱，也是一间血淋淋的屠宰场，一个静止的毒气室，一座死去活来的坟墓，一眼宇宙中的黑洞……你别说是进去搜查，远远看上一眼，都会让眼睛中毒心里发颤脑子发疯。

走过漫长的滩涂，像前往但丁的地狱和炼狱，来到这个屠宰场、毒气室、坟墓与黑洞跟前。白雪在凄风苦雨中仰着脖子，惶恐地注视这座十几层楼高的庞然大物。它不是一栋楼，而是几十栋楼连接在一起，像一座钢铁丛林的城市，像被拆除前的香港九龙寨城，像沙漠中的胡夫金字塔与狮身人面像。

围绕这艘大船数百米内，遍布着船上拆下来的废钢铁和零部件。无奈分量太沉，偶尔光临的小偷小摸运不走，昼伏夜出的潮汐也搬不动。船上真正值钱的东西，早在冲上这片海滩之前，便被船主拆走了。能送到拆船厂手里的，仿佛一具解剖过的尸体，心肝脾肺肾都被活体移植了，剩下的只有骨头、腐肉、坏血和蛆虫，论斤卖的原材料罢了。

大船的横剖面前，仿佛炸成两半的迷宫城堡，被钢板分隔成无数个大厅、餐厅、宴会厅、书房、卧室、厨房、厕所、马房、地下室和阳台。每个小空间里布满管线、楼梯、钢筋还有无法搬运的设备。俞超的爸爸是远洋轮船的大副，每次出海回家，都会带着儿子去他的船上看看。俞超从小喜欢海洋和船舶，亲手做过许多船模，家里订阅了《舰船知识》。他说，这是一艘巴拿马型油轮，为通过巴拿马运河的尺寸而设计的。载重量在 65000 吨到 68000 吨之间，总长大约 200 米，型宽 30 米以上，型深 20 米，航速 15 节，双底双壳结构，运载原油或成品油，续航力两万里。美国现役航母满载排水量十万吨左右。而排水量大于载重量，这艘巴拿马型油轮可能接近美国航母的规模，并远远超过其他国家的航母。

滩涂与残骸的龙骨根部之间，架着两块钢铁门板，像登上渡轮的栈桥。俞超打开手电筒，对准幽暗的世界，犹如盗墓贼面对刚被打开的地宫大门。

我回头看着阿健、小犹太和白雪说："不愿意进去的人，可以自愿离开，绝不强迫。你们看到大海了，心愿已经达成，可以趁着台风登陆前回家。"

所有人都可以回家，唯独我不可以。哪怕即将进入一座屠宰场、毒气室、坟墓与黑洞。阿健走到我和俞超身边，捡起一块扭曲的铁片，姑且代替最趁手的板砖。他说，你们两个怎能对付得了凶手？只有阿健才能保护你们，纵使里面是个敲头客，也得砸个稀巴烂，把聂老师跟田小麦救出来。

我跟阿健撞了撞肩膀，又对白雪说："你是女生，快点走吧，不适合进去冒险。"

白雪摇头："我不走，我要跟你们进去！如果不是田小麦被抓走，那就是我被抓走。我想，我那么漂亮，身材又那么好，凶手为什么不抓我呢？他肯定是抓错了啊，天黑看不清楚，田小麦代替我被抓走了。所以啊，我必须把田小麦找回来！"

阿健对小犹太说："你走吧，你妈肯定等得你都心焦呢。"

"别把我一个人扔在海滩上啊！"小犹太也钻到了我们身边。

"你不是最胆小吗？"白雪吓唬他说，"你不怕里面有变态杀手吗？"

"但跟你们在一起，我就不会害怕了。"小犹太一只手搭在白雪的腰上，一只手放在阿健的肩上。

"我们五个人一起进去，我们去救聂老师和田小麦。"我深呼吸，整个肺叶都充满重金属的气味，"但说清楚，我们不是警察，我们只是中学生。我们是来救人的，不是来拼命的。只要找到聂老师和田小麦，立刻撤退，绝不恋战。除非不可避免，我们不主动招惹凶手，不跟他起正面冲突。特别是你，阿健，你要忍住，别冲动，这不是单挑，更不是打群架。”

阿健点头，俞超、白雪和小犹太也点头。我们脱下雨披，旅行包都双肩背在身后。两支手电筒，我一个，俞超一个，照出两团昏黄的光束。阿健举着铁片走在前头，白雪在中间，最后的小犹太说：“喂，我们像不像圣斗士啊？星矢、紫龙、冰河、阿瞬、一辉，浑身爆发第七感小宇宙，闯入黄金十二宫，去拯救女神雅典娜。”

白雪嘻嘻笑了：“我最喜欢紫龙，他一打架就脱衣服，肌肉好好看，庐山升龙霸太帅了。”

阿健说喜欢不死鸟一辉；俞超说喜欢冰河；那我没什么好挑了，只能是星矢和天马流星拳；留给小犹太的就只有不男不女的阿瞬了。

短暂的笑声过后，每走一步都会响起吱呀声，从幽暗无边的头顶，还有四面的废墟。俞超用手电筒向上照，完全看不到天花板，这是个巨大的钢铁空间。到了油轮内部，就像到了俞超家的客厅。他说巴拿马型油轮的货油舱区分成七段，六对货油舱和一对污油舱。我们正在货油舱，装载原油的地方。十年前，二十年前，这里充满大海般的黑色黄金，黏稠、浓密、风情万种地荡漾，又像一剂毒药，引爆过数不清的战争，制造过无定河边骨与春闺梦里人。海洋运输的原油，多半从中东的沙子里掘出来，在波斯湾的港口上船，开出霍尔木兹海峡，穿过印度洋，经过新加坡进入太平洋，送到中国、日本、韩国的炼油厂加工。或自阿拉伯海转向西方，经过海盗出没的亚丁湾，从苏伊士运河驶入地中海，穿过直布罗陀海峡到大西洋，转过比斯开湾和英吉利海峡，停泊到莱茵河口的鹿特丹。这艘大船在地球表面走过的路，恐怕能编织成一张网将地球兜起来。

俞超说，拆船是一项极度危险的工作。发生工伤断送人命并不稀奇。每艘船的内部结构都不一样，每艘船的老化与腐蚀程度也不同。常会毫无防备地发生灾难，比如钢板坍塌，铁管坠落，未清理干净的煤气罐爆炸。每艘万吨大船在进入坟墓的过程中，都可能会拉上一两个拆船工人陪葬。船上有许多重金属物质，还有几十年积累的油污，都可能造成严重污染。所以说，这既是屠宰场，也是毒气室，更是坟墓与黑洞。

“你他妈的现在才说？”白雪从没对俞超这样凶过。她是真的怕了。

阿健让她闭嘴，别让凶手发现我们的动静。众人哑口无言，只有呼吸声、脚步声，还有敲打在船壳外的狂风暴雨，在船舱内部形成奇妙共鸣，像一场杂乱无章却又气势恢宏的交响音乐会甚至弥撒。

穿过六对货油舱，脚底板沾满成年累月的原油污垢，俞超的手电照出一道楼梯。阿健用铁片敲了敲，感觉还算结实。我们鱼贯往上走去，每跨出一步都提心吊胆，仿佛下一步就会踩穿楼板。不晓得爬了多少层楼，看到一条走廊。俞超说快到上层建筑了。我问他，什么上层建筑啊，我还经济基础呢。俞超说这是船舶术语，是上层甲板以上的各种建筑，比如船楼和甲板室。通常油轮的上层建筑集中在船尾，船长室、驾驶室、船员日常生活的舱室都在这里，下面就是运货和储油的。

手电筒扫过走廊墙壁，露出几个中文字。我们凑过去看，原来是日文汉字与假名，但有一行字都看懂了“川崎重工业株式会社”。原来是一艘日本船？俞超说这艘船是川崎重工制造的，也是日本最有名的造船厂，就像上海的江南造船厂。油轮的寿命通常是三十年，这艘船应是六十年代建造的。

俞超说这一带是船员生活区，藏匿人最合适不过了。但比俞超想象中更复杂，形如迷宫，船员舱室就有几十间，还有其他各种用途的空间。阿健说他饿了，中午的小龙虾不管饱。我用手电照了照斯沃琪，七点钟，外面天黑了，超强台风“白鲸”即将登陆。小犹太说，我们不会迷路吧？阿健暴怒地回头说，别再乌鸦嘴了。小犹太说，对，我们必须像纽约下水道里的忍者神龟。

俞超打开一道舱门，手电照出两张钢床。乌漆墨黑的墙上有许多涂鸦，竟然全是阿拉伯文。门框上方刷着一面国旗，上下平行的红白黑三色旗，中间白条上镶嵌三颗绿色五角星，搞不清楚是哪个国家。俞超找到一块英文和阿拉伯文的双语标牌，读出一行英文：The Republic of Iraq。

“Iraq？”小犹太也看懂了，“这是什么共和国啊？”

“伊拉克共和国。”我指着门框上的国旗，“想起来了，这是伊拉克国旗，海湾战争的电视新闻里经常看到的。”

阿健被脚下什么东西绊倒，是个铁皮柜子，打开来有一幅画像。白雪和小犹太一齐吹去尘埃，露出一张中年阿拉伯男子的脸，头戴深褐色贝雷帽，身着沙漠迷彩军装，胸口挂满勋章，面孔颇为威严，相貌堂堂，还有两撇浓黑的胡子。

“萨达姆·侯赛因？”我认出了这张脸。

“他是这艘大船的主人。这艘船属于伊拉克共和国，专门出口伊拉克原油。”俞超读出了更多英文，“Babylonia——巴比伦，这艘船的名字。”

“巴比伦号油船？”我联想起空中花园和巴比伦通天塔，“五千年前的古巴比伦，四大文明古国之一，美索不达米亚平原，就是现在的伊拉克共和国。报上说，萨达姆·侯赛因自诩为古巴比伦国王继承人，当代的汉谟拉比与尼布甲尼撒二世。”

“天哪！”小犹太自动捂住嘴巴，“它参加过两伊战争与海湾战争？”

俞超点头说：“估计战争期间，这艘油轮基本被锁在港口里动不了。海湾战争爆发前，我爸跑过波斯湾航线，出口中国的衬衫和鞋子，还有69式坦克。”

白雪打断了我们关于战争与和平的回忆：“你们不要瞎扯淡啦！什么萨达姆啊，什么侯赛因啊，快想想办法，怎么才能找到聂老师和田小麦？”

我从包里掏出笛子，也许这个有用？昨晚田小麦听过我吹笛子。还有聂老师，在她失踪前的白天，庆祝香港回归的文艺会演，我也吹过笛子。我的笛声就像她们失踪的预告。小犹太说，凶手听到不会跑过来吗？

“如果我们五个人在一起，只要不落单，凶手他敢过来吗？”阿健举起锋利的铁片，俞超也掏出瑞士军刀。

大家簇拥着我回到走廊，或许贯穿整艘“巴比伦号”大船，又连通不计其数的管道。就像欧洲教堂的管风琴，可能有上千根金属音管，才能创造出庄严辉煌的音乐。我的鼻息里充满铁锈与金属的臭味，笛子横在嘴唇上，到底该吹哪首曲子呢？我想起了田小麦唱过的《追梦人》。从前《每周广播电视报》经常登出影视歌曲简谱，我会把这一小块豆腐干剪下来，照着简谱吹奏练习，其中就有这首《雪山飞狐》的片尾曲。在将近七万吨级的油轮里吹这首曲子，可能会有某种意想不到的效果。

我吹了。我把自己鼓动成一个气球，像刚被捕获的河豚。气流经过笛管，在巨轮残骸的气管与血管深处，到处倾泻与共鸣着音波。我想象这不是一具被解剖的尸骨，而是个活生生的妙龄少女。她是热的，她的呼吸均匀，毛孔微微张开，薄薄皮肤下的毛细血管流动着紫红色小溪。而我站在她红色隐秘的舌尖上，在她小荷才露尖尖角的乳房上，在她平坦光滑雪白的腹部，在她仿佛宇宙中心不断旋转形成黑洞的肚脐眼上。我在吹奏笛子、弹奏锣钹、拉动二胡、敲击扬琴，最后统统成了管风琴。我既在吹《追梦人》，也在吹《鹧鸪飞》，更在吹《东方之珠》。我把自己变成一股气，变成长江三峡下泄的洪水，变成乱石穿空的泥石流，变成来自赤道的超强台风，向着太平洋，向着亚洲大陆，冲锋陷阵。

我看到了你。你只是一个死去的阴影，一片重新泛起的沉渣，一抹渺小自卑的游魂。你无时不在，你无处不在，你像这残骸里恶臭的空气。你可以杀了我。但我要打败你。

回音来了。在我们脚下的钢铁地板，身旁的金属墙壁，传来某种富有节奏的敲击声。我停止吹奏，五个人都保持静默，敲击声还在继续，并且是《追梦人》的节奏。

“田小麦！”小犹太尖叫，他抓着手电筒，循着声音的方向奔去。

我们紧跟在他身后，绝不能让任何一人落单。小犹太爬上一段楼梯，转过两个拐角，又下了一层楼梯。敲击声从未中断，并以《追梦人》的节奏引导我们而来。我的肾上腺素在燃烧，在爆炸，变成漫天烟花。

连续下了三层楼，迎面一道舱门。小犹太没力气旋开，阿健用蛮力也没用。我跟俞超和白雪一起来帮忙。门里响起密集而杂乱的敲打声，里面绝对有人。舱门有锁。阿健四处寻找工具，在污水中捡起一把巨大的扳手，至少有二十斤重。俞超说这是轮机长操纵阀门的工具。阿健往手心里吐了两口唾沫，关照我们后退。他脱下衣服，光着膀子，爆着十七岁的肌肉，仿佛西西弗斯推石头，又似吴刚伐月桂树，抡圆了双臂将扳手砸向舱门。一下、两下、三下、十下、二十下、三十下……

若是凶手的脑袋，早被砸成了烂西瓜。巨大的回声刺激耳膜，整艘大船响彻共鸣。当阿健的虎口震得流血，舱门终于掉下一块铁锁。白雪扶住几乎虚脱的阿健。铁锁边缘被扳手敲得变形，加上在废船环境下严重锈蚀，否则别说是扳手，手枪子弹也未必破坏得了。

小犹太第一个推开舱门，一阵烟尘从门缝里扬起，仿佛盗墓贼撬开棺材盖。我抓起手电筒往里照射，俞超抓着瑞士军刀站在我身旁。我听到了田小麦的哭声。小犹太也要哭了。两道手电光束同时照出了她，像幽暗舞台上的追光。她蜷缩在船舱角落，双手抱着膝盖。她在发抖，还在流血。她还穿着水手服，少了红领结，白色外衣沾着黑色污迹。白雪推开我和小犹太，抢先抱住田小麦。

田小麦看着我，泪水像绽开的莲花。她的右拳外侧破了，刚才拼命敲打钢板，才能让我们找到她。她的裙子和大腿上也有血迹，又红又黑，尚未完全干涸。我们都不是小孩子，也稍微懂一些成人世界。我的脑子一蒙，几乎晕倒在地。许多画面在我脑子里穿梭，开金杯面包车的司机大叔，对着被撞死的狗撒尿的背影，坐在巴比伦空中花园上眺望泰姬陵的田小麦，还有田跃进……

白雪叫嚷，不要用手电照我们啦！我和俞超转身看着舱门外。我把手电交给白雪，又把田小麦包里的创可贴给了她们。我听到两个女孩说了些悄悄话，窸窸窣窣的声音。小犹太靠在阿健的肩上掉眼泪。虎口流着血的阿健，嫌恶地推开小犹太，用脚踹向门框，好像凶手就被绑在那里。

我从俞超手里抢过手电，重新对准这间舱室。除了田小麦，我还期望看到第二个囚徒。

她不在这里。聂倩。我们的班主任兼语文老师。今天是 7 月 13 日，她已失踪了十三天，死期将近。

白雪叫我走开。但我不能走开。我蹲下看着田小麦。我凑近她的耳朵，问她能不能说话？

她说能。

我问她，这里还有没有其他人？

她摇头说不，这里只有她一个人。

我说我们得快点离开这里。第一，凶手随时可能回来；第二，聂老师尚未得救，她肯定被关在其他船舱。

田小麦同意了。白雪和小犹太保护着她，离开这座钢铁棺材般的监狱。阿健和俞超在前头开道。我闯入每一个舱房，呼喊聂老师或者聂倩。阿健和俞超也喊起来了。田小麦找到了，聂老师还会远吗？田小麦捂着肚子说，她没事，她要跟我们一起寻找聂老师。我们六个人必须统一行动，缺一不可。

俞超重新确定了我们的位置，不漏过每个舱室每个空间。等到这层全部扫过，我们再爬到上面一层。六个人连续搜索了三层楼面，只找到一堆垃圾，消耗了两个小时。时针已走到深夜十点。

我们没找到聂老师，并不等于她不存在。这艘船太大了。任何一个角落，都可能隐藏人或尸体。我们也没有发现凶手的踪迹。运气好的话，他可能不在这艘船里，而躲避在农场里的某处。

船壳外轰隆隆巨响，脚下每寸钢板都在震动，仿佛美军对巴格达的地毯式轰炸。子夜将至，超强台风正在崇明岛东海岸登陆。整个滩涂被狂怒的潮水淹没。七叔为之自豪的围垦大堤能不能守住？谁都没见过台风的模样。我们却躲在台风的肚子里，躲在死神的五脏庙中。俞超说轮船是上层建筑，相当于十几层高楼，自然晃动最厉害。我问俞超，大船会不会飘起来？他说，如果船壳是完整的，有可能，但你忘了吗？这艘船的前半段都拆了，你见过半艘船还能开吗？这可是几万吨的钢铁啊。俞超又说，就算我们找到聂老师，现在也不能逃出去，海水与赤潮已经淹没了货油舱。除非游泳。但在超强台风登陆时游泳，绝对是自杀。

最危险的一种可能，就是大船残骸在台风撞击下解体或倾覆。我们必须寻找船上最坚固的空间，以防万一。首先排除底层，下面全是水。我们所处的这一层，看起来腐蚀不算严重，基本保持原样。我说船长室呢？俞超说不一定，因为船长室通常在驾驶台下方，靠近右舷，但居住条件最好。

我们跟着俞超爬上两层，费力地分辨每扇舱门。船长室到了。手电照出一个干净的世界，仿佛从孟买或里约热内卢的贫民窟直接跨入瑞士或卢森堡。墙壁糊满了旧报纸，有写字台，两把椅子，钢丝床。网兜里放着茶杯、香烟，还有最近的报纸。

还有一盏节能管的台灯，按下开关就亮了，难道船上还有电？原来台灯是用干电池的。抽屉里有许多三号和五号电池，还有台小收音机。地上有个打碎的热水瓶，水是温的，台风摇晃造成的。阿健看到个编织袋，打开全是盗版 VCD。

平常凶手就住在这里？他把船长室改造成自己的卧室？肯定用了空气清新剂，稀释臭气和污染。在这种环境里，任何人都不可能长期生存，要么中毒身亡，要么罹患癌症，要么干脆发疯。但不可能天天住在这里，他还得在外面开车运货。偶尔在船长室住上一晚，对身体强壮的老金来说，并非不能承受的煎熬。

小犹太哆嗦着说，我们终于到了凶手的老巢呢！

既然有台灯，我们就关了手电筒，还把电池都收起来，这是宝贵的能源。我开始检查船长室的每个细节，有张黑白相框——六个少男少女的合影，背景是围垦大堤，横幅上写着“堤在人在，堤破人亡”。我凝视这张散发着青春与腐烂气味的照片，摄于 1977 年夏天，超强台风登陆前。我认出了当年的七叔，那时他还叫“小七子”。最年轻的面孔，便是二十年后的凶手。他叫小金，也叫老金，他是杀人的金。

船壳又一次摇晃。天翻地覆。我们都摔倒了，白雪仍然抱着田小麦，俞超抓着我的腰，而我抓着小犹太，小犹太只能抓紧阿健的大腿。这是风的力量，看不见，摸不着，却又势不可挡。风与泥沙，是一对敌人，他们在这座大岛上互相交战了 1300 年。风塑造海，风也塑造陆地，同时也扼杀与腐蚀陆地。泥沙则压迫着海，孕育诞生陆地和岛屿，诞生不断前进的海岸线。人类不过是陆地征服海洋的马前卒、吹鼓手、斥候兵。

面对超强台风“白鲸”的狂轰滥炸，这艘破烂的大船居然顶住了，既没有支离破碎，也没有翻倒倾覆，反而回归了原位，也许龙骨在滩涂上扎得更深更稳了。但船长室的柜子全被晃开，柜门露出鲜红的衣服，分明是女人的裙摆。白雪爬到柜子前。我还趴在地上，问是不是聂老师的衣服？白雪说，你们男人哪能记得住这些？虽然都是红色连衣裙，但款式不同，聂老师穿的V领裙，这条裙子却是圆领。我直起上半身，抓住小犹太说，灯泡厂女工婉仪的红裙子！还记得阿毛叔叔皮夹子里的照片吗？转念一想，聂倩并非在路上被绑架，而是回家以后，她不可能穿着连衣裙睡觉，被绑时多半穿着睡衣。白雪还发现了女人的牛仔裤，蕾丝花边的衬衫，粉红色贴身T恤，一套中学生的运动服，几件小内衣……这些衣服分属于三个女孩，有的已然成年，有的还在读书。这些衣服要么挂在衣架上，要么叠得整整齐齐。最底下一格有三双鞋子，分别是高跟鞋、运动鞋、平跟鞋——以上都不是聂倩的。

凶手把这些衣服剥下来，肯定送进洗衣机或亲手洗过，否则经过滩涂和肮脏的大船遗骸，不可能那么干净。她们死去的肉身，仿佛脱水晾干挂在衣架上。她们的幽灵，正飘浮在“巴比伦号”残骸中任何一个角落。或者就在我们背后。

这是岛上尽人皆知的秘密：三个女孩子赤身裸体被冲上海岸。

这场景太过凄惨，充满某种色情的猎奇，报上绝对不会写出来。我回头看一眼田小麦，她的水手服已污迹斑斑，却符合这艘大船的画风。老金把船长室据为己有，穿着水手服的小女生，绝对比红裙更合他的胃口。假如我们没能发现“巴比伦号”，再过半个月，这身水手服也会被重新洗干净挂在衣柜里。田小麦将被潮汐送到滩涂上，十五岁女孩赤条条暴露在渔民们眼前，正如每个人赤条条来到世界。

我翻开凶手的抽屉。堆着许多杂物，手电筒、透明胶、封箱带，还有尼龙绳——适合用来捆绑。有个粉色的皮夹子，打开有几十块零钱，成人大专的学生证，还有一张身份证——号码开头是 310115……她叫婉仪，实际年龄不到二十岁，身份证照片总把人拍得丑陋不堪，但这张黑白证件照很漂亮。只可惜，她永远变不回三维立体的血肉，而是一张轻如鹅毛的薄纸片，从阿毛叔叔钱包里的二维照片，变成凶手抽屉里的二维身份证。

铁证如山，老金就是杀人凶手。但我没发现第二张身份证。聂倩失踪后，她的钱包和身份证也不见了。报纸散落到地上。其中一张打开，有块社会新闻被红笔圈出——恰是崇明岛上发现女性被害人的报道。凶手跟我一样关注报纸，这就是他的目的，是他炫耀的资本，向整座城市炫耀他的杀戮，让每个人都能看到他的战利品，而不仅是岛上的渔民和警察。当报纸不再出现关于他的任何消息，他或许陷入了极大的焦虑。

小犹太找到一块粗壮的牛角状的东西，比成年男人手掌更大，发出象牙般的洁白光泽，根部略微发黄，中间却是空的。小犹太的气场与众不同，总能自动吸引奇奇怪怪的东西。

鲸鱼的牙齿——俞超认了出来，几年前，他爸从斐济航行归来，给他带了一根抹香鲸的牙齿，当地人祖传的古物。鲸牙比象牙更珍贵，常被太平洋岛民雕刻成装饰品。

我捧起这根沉重的鲸牙，牙尖被人为打磨过，刀尖般锋利。我嗅到大海的气味，还有某种尸体的恶臭。二十年前的夏天，搁浅在崇明岛围垦滩涂上的大白鲸。

十三

十六岁，我从我妈单位图书馆借了一本罗马尼亚长篇小说《爱情的最后一夜，战争的最初一夜》。这本书我没看懂。1997年的夏天，香港回归祖国的那个月，恰是上个世纪的黄昏，下个世纪的黎明。紧挨着赤潮来袭，超强台风“白鲸”登陆之夜，我被困在崇明岛东海岸的滩涂，一艘曾经隶属于萨达姆·侯赛因总统的巴拿马型油轮残骸之中。利维坦般的怪兽，从3400公里外的赤道长途奔袭而来。这是我青春期的最后一夜，成人礼的最初一夜。我的爱情还没有来，我的战争却近在眼前。

二十小时前，7月13日黎明。我、俞超、阿健、小犹太、白雪和田小麦，正在十公里外的瓜田中熟睡。超强台风尚未登陆，狂风暴雨降落前，田小麦醒了。她从白雪身边爬起。宝蓝色天空布满浓黑的云。细密的雨点飘落，像女孩子的发梢。风很大。芦苇丛沙沙作响。她没看到扁担戏艺人。吃了太多西瓜，田小麦被膀胱里的尿憋醒了。她不想吵醒其他人。她悄悄钻进芦苇丛，褪下内裤撒了泡尿。子宫又疼了，感觉很糟糕，为何偏偏在这时候？一只手蒙住了她的嘴。她想要尖叫。但那只手很大很热很粗糙，布满纵横交错的茧子，像块坚硬的仙人掌，扎得嘴唇发烫。她的双腿蹬着泥土，压断一根芦苇。那只手上有气味，化学课上的某种气味，仿佛十万只蚂蚁，冲向鼻孔和气管。田小麦想要憋气。但她失败了。十万只蚂蚁，衔枚疾进，起先是钻入肺，接着钻入神经和毛细血管，最后钻入大脑，吞噬脑壳里的一切。黑暗覆盖她的眼睛，接着覆盖她的心，最后覆盖她的魂。一小时后，当她醒来，发觉自己被绑在面包车的后部，一堆盗版 VCD 散落在脸上。晨曦照亮《低俗小说》《这个杀手不太冷》《大话西游》外壳，弹着香烟的乌玛·瑟曼，抱着盆栽的让·雷诺，扛着金箍棒的至尊宝分别亲吻她。金杯面包车的后车门打开。司机大叔的体重在她两倍以上，轻而易举地将她扛在肩头。田小麦无法反抗，像一只待宰的羔羊。她看到拆船厂废墟，围垦大堤，灰色大海，鲜红赤潮。司机扛着她爬下大堤，踩在滩涂上跋涉。只剩下一半的大船残骸，像屠宰场、毒气室、坟墓与黑洞。她很恐惧。她的手正好挂在自己胸前，她扯断了水手服的红领结，让它坠在退潮的滩涂上。司机没有察觉。冰冷的雨水浸透全身，渗入皮肤和子宫深处。田小麦哭了。不但眼睛里溢出泪水，下半身也溢出了血。这是她的初潮，比她的女同学们略晚两年，但也不算迟到。大海的赤潮汹涌澎湃，她的赤潮却如涓涓细流，有几滴落到司机身上。当他艰难地走到大船残骸前，像尸体送到火化炉前。他将田小麦放下来，看着女孩双腿流淌的鲜血。他狠狠吐了口唾沫，再次将女孩扛在肩上。穿过充满臭味的货油舱，登上漫长无边的楼梯。她放声大哭，但没有一句求饶。她很坚定。她想到了死。她想最好马上就死。自始至终，凶手没说过一句话。田小麦被关进一间舱门。她转不开门把手。亘古黑夜。她摸到角落里，蜷缩着，抱着双膝。脑子里闪过某种光，她的初潮源源不断，从溪流汇聚成河川，又像开闸泄洪的三峡大坝，轻舟已过万重山。赤色的长江，奔腾两万里，滚滚东逝水，变成血红色大海，包围风雨飘摇的大岛。超强台风姗姗来迟，卷起惊涛骇浪，卷起无数女孩们的初潮血，卷起几亿条卫生巾与棉条。天下大势，浩浩汤汤，顺我者昌，逆我者亡。数以亿万吨计的初潮，将这艘大船打得粉碎，撞破坚固的围垦大堤，席卷整座大岛的良田与荒野。她是哪吒闹海，她是女普罗米修斯，她是初潮版的红色罗莎。她看到，从台风与初潮的废墟之中，一座崭新的岛屿冉冉升起，脱胎换骨，凤凰涅槃。田小麦坐在自己的初潮鲜血之中，醒过无数次，昏睡过无数次。她觉得自己是躺在清东陵棺材里的慈禧太后，就等着军阀孙殿英的士兵来解救她。她又觉得自己是被慈禧太后投井而死的珍妃，就等着光绪皇帝的鬼魂来抚摸她。时间已经消失。尽管她被禁闭了十二个小时，但仿佛过去了十二天、十二个月。她不确定自己还是一个活人，可能已经变成千年女尸。直到听见我的笛声。听到《追梦人》。她在心里哼出歌词。她知道，我来了……

田小麦一天一夜没吃过东西了。既然这里是凶手暂住之处，还有热水瓶和保温杯，或许能找到食物。小犹太像只嗅觉灵敏的仓鼠，从抽屉深处找到一盒巧克力，装着几十颗酒心巧克力。原来凶手爱吃巧克力，估计还是个酒鬼。也可能是给被禁闭的女孩们吃的，让她们不被饿死。我们把一半的巧克力分给田小麦，帮她剥开每一颗包装纸。其余二十颗，我和俞超、白雪、阿健、小犹太分而食之。等到每人拿走三五颗，分到小犹太手里只剩最后一颗。虽说他的个头和饭量都很小，但毕竟饿极了，便从阿健手里抢走一颗巧克力。阿健可不客气，当场骂了句："拉三养的！"

上海话"拉三"就是婊子。我预感到要发生什么。阿健自顾自地吃着酒心巧克力，表情醉了似的。小犹太慢慢移动到阿健背后，突然举起拳头，猛砸他的后脑勺，像点着了二百响炮仗。白雪和田小麦都在尖叫。决斗双方的体形差距，一如狒狒之于北极熊。狒狒爬到白熊的肩膀上猛击，毫无防备的白熊如泰山崩塌倒地。小犹太宜将剩勇追穷寇，拳头虽小，砸下去的频率却快，不是冰雹也是疾风骤雨。

被按在地上揍的阿健，发扬了打不还手的文明作风。小犹太涨红着脸，骑在阿健的脖子上怒吼，你妈才是拉三！你全家都是拉三！我没见过小犹太这么愤怒。我想是因为他的妈妈，许多人都说她被日本医生和病人睡过。我和俞超费了老大力气，才把他们分开，就像分开两条交尾的蛇。我第一次见到阿健服软，趴在地上闷哼，对不起，小犹太，我嘴贱，我该死。

小犹太的拳头停歇了，手指关节在流血。他的肾上腺素分泌完了，虚脱倒地。阿健却是啥事没有，摸摸头皮就像搔痒。我扶着小犹太坐在凶手的床上，弄脏了原本干净挺括的床单。俞超捡起小犹太的眼镜，帮他重新架上鼻梁。田小麦用创可贴包住他流血的拳头。我们每个人匀出一颗酒心巧克力，给了可怜兮兮的小犹太。他慢慢吃掉五颗巧克力，镜片上两团刺眼的反光，就像脸上顶着两支洋蜡烛。

“聂老师会不会已经死了？我们也会死吗？还来得及说遗言吗？”小犹太嘴里含着酒精气味，摘下厚厚的眼镜，似乎大变活人的戏法，整张面孔都不同了。

“遗言？呸呸呸！”白雪吐了几口唾沫，“又来乌鸦嘴了！”

“我叔叔有一次从西雅图飞到纽约，快到机场上空，机长发现起落架放不下来，只能在大西洋上放油盘旋。空姐们都哭了，给每个乘客发一张白纸，一支铅笔，让大家抓紧时间写遗书，再回收到铁盒子里，万一飞机失事，或许还能留给家人。”俞超原本炭火般的嗓音，经过饥饿与干渴，变得越发粗糙而滋滋作响。

田小麦喝过水，吃了二十颗酒心巧克力，胃里填满热量和酒精，脸颊飞起两团红晕。她看着小犹太的眼睛，不再有镜片阻隔，仿佛直接面对他的心脏：“你说吧，小犹太。”

“我喜欢你。田小麦，再过三年，我会考进最好的大学。再过七年，我会到外资企业上班，每个月赚三千块钱，每年一万块年终奖。再过十年，2007 年，我会为你买一套两室一厅的商品房，为你买一辆桑塔纳小汽车。然后，我们结婚，生孩子，永远在一起。”

小犹太微醺了，大概也是凶手在这里的常态。船长室短暂安静了几秒。仿佛超强台风“白鲸”也把耳朵贴在锈蚀的船壳上，猥琐地偷听少年郎的表白。

“这就是你的遗言？”田小麦问他。小犹太点头，眼眶中有泪花。今早田小麦不见时，他已哭过一场。他是真的喜欢田小麦啊。而我觉得不可理喻，就像我精心计划带着大家登上这座大岛来拯救聂老师一样疯狂。

“对不起，我不喜欢你。”这是田小麦给小犹太的回答。

船壳外的超强台风又开始咆哮，小犹太坐在凶手的床上左摇右摆，仿佛撞上冰山的泰坦尼克号。他的眼神就像刚点着上天的烟花，几秒钟灿烂绽开后，便化作硝烟与黑夜。他的泪水扑簌扑簌掉下来。白雪摸摸他的脑袋，不知如何安慰。田小麦却直白地重复第二遍：“对不起，我不喜欢你。”

我都有些看不下去了，如此直截了当，是不是太伤人了？这是表白，但也是遗言。小犹太会不会想去死？长大后，我才明白，田小麦的拒绝方式才是最好的，不给对方留一丁点幻想，彻底地冷酷无情地击碎他心中那座高塔，那是依靠痴心妄想和自欺欺人搭建起来的巴比伦通天塔，只有在那座塔的荒芜废墟之上，才能搭建起一座真正属于自己的城池。

白雪抓着船长室的门框，勉强站稳脚跟："小犹太说完了，现在轮到我说遗言了！"

或许，这样可以减轻小犹太的难受，还给他一条最后的遮羞布。

"我想去香港。"白雪同时靠在我和俞超的身上，"这就是我的遗言。"

我问她："你不是一直想要回东北吗？"

"那是我死要面子瞎说的。我骗了你，对不起，你真好骗！"白雪对我笑笑，手搅着头发丝摩擦过我的嘴唇，"除了暑假寒假回去找我妈我爸，我才不想回东北呢。没错啊，我是喜欢黑龙江的冰雪，可那个能当饭吃吗？想当年，我爸从上海到黑龙江插队落户，刚过第一个冬天他就后悔了。但他回不去了。有个女知青，故意让自己的一条腿被火车轧没了，才得到回上海的机会。后来啊，我爸娶了我妈，我又出生了，他就更回不去了。但他想尽办法把我送回上海。可我不喜欢上海，不喜欢姑姑姑父和我们家所有的亲戚，他们也不喜欢我。"

"你也不喜欢我们吗？"俞超问了她一句。

"我太喜欢你们了！但我们五个人——不，是六个人，能永远在一起吗？"白雪的鼻翼一抽一抽的，田小麦塞了几张纸巾给她，"我要去香港看看中环，看看铜锣湾，看看尖沙咀，看看半岛酒店，看看狮子山到底长啥样。"

我却给白雪泼了盆凉水："五十年不变，你去不了香港。"

"轮到我说遗言了吧。"俞超干脆坐在地板上，这样也不会被台风晃得摔倒了，"我要去美国跟艾娃见面。"

"艾娃？"我想起俞超电脑里的Eva。

"你那个什么网？"白雪拼命擤着鼻涕，用鼻腔共鸣着说。

"互联网！"俞超说艾娃是东德人，家住易北河畔德累斯顿，九岁以前戴过红领巾。艾娃的爷爷是个老共产党员，忠诚的马克思主义者，二战时蹲过纳粹集中营，柏林墙倒塌那天自杀了。艾娃的爸爸呢，老早就逃过柏林墙，投奔万恶的资本主义世界了。艾娃跟俞超一样，都爱看科幻小说和电影，喜欢观测星星。他和艾娃在ICQ聊天时说好了——等他通过托福考试，去美国西雅图读高中，1998年暑期，艾娃就跨越大西洋，从德国飞到美国，相约在西雅图见面。他们将在美国的星空下观测流星雨。

"你喜欢这个德国妞？"白雪的声音慢慢恢复正常。

"我和艾娃只能用英文交流。但我叔叔告诉我，在互联网的世界，也有人从没见过面，却也谈恋爱结婚了，这叫cyber love，就是网恋。"

"你把你电脑里的秘密都说出来了。"白雪啧啧叹息，"你那个什么Q里面可以传照片吗？"

"ICQ，还有E-mail，都可以传送图片文件的。但我没问艾娃要过照片。我觉得这很不礼貌，而且没必要。我跟她在网上用文字交流就够了，不需要知道她长什么样。"

“那她万一很丑呢？”白雪看了一眼田小麦，“也可能非常漂亮，就像美国电影里的金发小妞儿。”

“我不在乎。”俞超浅浅地笑起来。摇晃的船长室里，唯一的台灯光源，照出他迷人的眼睛。那个瞬间，是俞超一生中颜值的最高峰。就像李奥纳多·迪卡普里奥颜值的最高峰是《泰坦尼克号》或《罗密欧与朱丽叶》。

阿健也坐到地板上说：“现在该我说遗言了。”

“你不是要做大自鸣钟的老大吗？”白雪也坐下来，勾着他宽阔的肩膀说。

“没有，我才不要做流氓呢！你看看人家阿豪、小马哥、阿健，还有陈浩南，哪一个有好下场的？我要做警察。”

“你也能做警察？”白雪咯咯笑起来。阿健是派出所的常客，他爸还蹲在白茅岭劳改农场服刑，恐怕小犹太都比阿健有资格做警察吧。而我以为阿健的遗言会提到足球或者蟋蟀。

“我家隔壁邻居是联防队员，他说等到我年满十八岁，可以先加入街道联防队，给街道办领导送点礼物就可以了。再过几年，联防队员就能穿上警服。虽说是没有编制的合同制警察，但好歹也是警察啊，也可以抓坏蛋。”阿健指着自己的篮球背心，正面印着“崇明”，背面印着“公安”。这两天，他把这件派出所的背心穿在身上，自然觉得拉风。

“阿健，原来你心里不是贼，而是个兵啊？”

“我小时候，我爸就希望我长大做警察。后来他被抓进监狱，我再没敢跟人说起过。”阿健点了一支烟，把藏在心里的秘密，变成一团蓝色烟雾，从肺里喷出来，“我的遗言说完了！下一个是谁？”

“我说吧。”田小麦坐到白雪身边，“我想要嫁给我喜欢的男生。”

“小麦，这就是你的遗言？”白雪问她。

“嗯，就这么简单啊——假如今晚过后，我还能活着回去的话。”田小麦说罢，拉了拉我的衣角，“喂，我们每个人都说过了，现在轮到你了。”

“我……”我茫然地看着田小麦，看着他们五个人的眼睛。十六岁那年，我做过的梦实在太多，从画家到考古学家乃至政治家，唯独没有作家这个选项。绝大多数人在童年或少年时的梦想，注定不可能实现，这是生活的铁律，“我要找到聂老师，我要抓到凶手！”

话音未落，超强台风“白鲸”再次猛烈撞击“巴比伦号”。这次是近乎45度角的摇晃，小犹太从凶手的床上飞起来，脑袋撞到天花板。地板上的俞超和阿健都倒了，而我和田小麦压到他俩身上。白雪则被甩出门外，幸好阿健抓住她的胳膊。正当我们六个人在船长室里翻滚，某种声音从钢板底下传来。我抱着唯一的台灯说，你们听到了吗？俞超和小犹太都在点头，田小麦的眼睛像一对爆炸的炮仗，她说那是凶手的声音。

凶手出现了。

台灯只照出下半身，两条粗壮的腿，裤脚管上全是油污，一双反绒皮的工装鞋。我知道，就是他。凶手的气味。金杯面包车上的气味，盗版 VCD 的气味，酒心巧克力的气味，被他杀死的女孩们的气味。田小麦开始尖叫，白雪跟着尖叫。阿健想起他的铁片，早被台风晃得不知所终。没有板砖，还有拳头，但他刚站起来，就被船壳外的大浪掀翻了。凶手闯进船长室。阿健爬不起来，只能抱住对方的双腿，让他失去重心摔倒。他们更像奥运会摔跤比赛，两个男人在地板上扭曲纠缠。他俩个头差不多高，但凶手比阿健粗壮了一圈，重量级与中量级的不对称决斗。阿健拼命嘶吼，像一头被宰杀的小公牛，但被凶手整个压倒。台灯照出他的半张面孔，狰狞地贴着地板。我怀疑阿健的眼珠子快掉下来了。

我们走了那么长的路，从西宫走到崇明岛东海岸，走到超强台风“白鲸”的心脏，只为抓住这个凶手，但当我看到他的脸，我却蔫了。他把阿健死死压在地板上，他发出粗重的喘息声，像一台冒烟的发动机。他腾不出手来。他直勾勾地看我。他的目光像两把刀子，钻开我的眼球与太阳穴。我感到恶心。我被他吓到了。我依然是个胆小鬼。我想要呕吐，双脚抽筋，头皮发麻，鼻涕乱流，膀胱即将爆炸……

突然，老金脸上多出一个“炸弹”，又多了一个“地雷”，最后多了一个“司令”。原来小犹太把包里的四国大战棋子当作武器，一股脑砸到凶手脸上，虽然这也是他的心肝宝贝。老金放手了。他对着阿健的后脑勺重重砸了一拳，转身冲向走廊深处。

因为俞超掏出了瑞士军刀，掰出最长的那把刀刃。凶手看到我们六个人，而他的双手只够制伏一个阿健，剩下我们五个，其中三个男生，一把瑞士军刀，他没把握同时消灭我们。他选择了逃跑。我的判断没错，只要不落单，六个人守在一起，凶手拿我们没办法。

阿健没被打晕，但他彻底失控了，甩开我们，向凶手逃窜的方向追去。不能让他一个人去，我抱着台灯追在后面。我不停地摔倒，又不停地爬起来，为跟上阿健的背影。满耳都是台风与船壳撞击的回响，还有六个孩子乱哄哄的脚步声，再也分辨不出凶手的声音。不晓得阿健是否跟着凶手？还是无头苍蝇那样乱转？我们跟着他爬上两层楼梯，又转过几道弯，凶手已把我们引出坚固的船长室，陷入危险而陌生的环境。他有一万种方法可以搞死我们。

前方传来阿健的惨叫声。他在手电光束中消失。地板露出一块大洞，阿健摔到了下面一层。这是凶手故意设置的陷阱？还是地板腐朽的天灾？旁边有一道楼梯，小犹太自告奋勇爬下去。他的体重最轻，不容易把台阶踩断。虽然他们刚打过一架，但小犹太嘴里叼着手电筒，第一个发现了阿健。

阿健折了。他是我们六个人中战斗力最强的，绝对是一个噩耗。他的右腿摔断了，奇怪的扭转角度，像一根折断的树枝。大部分人可能当场昏迷，但阿健是条硬汉子，咬着牙关说没事。白雪的眼泪唰唰地往下掉，刚要把阿健扶起来，就被小犹太阻止了。

他说碰到骨折的伤员，千万不要随意搬动，会造成更严重的伤害。小犹太的妈妈是护士，自然教过他这些常识。小犹太让我负责照明，他检查了阿健的腿，谢天谢地没流血，属于闭合式骨折，不用担心细菌感染。小犹太成了他妈的化身，指挥我们寻找伤腿的固定物，硬板纸和旧杂志也行。我冲进旁边的舱室，从墙上扯下两小块胶合板。白雪从钢丝床的缝隙里，找到一摞美国《花花公子》杂志，露出几页光屁股金发美女的铜版纸。这是远洋船员们的最爱，伊拉克船员也不能独善其身，这玩意儿能在送进拆船厂后幸存至今绝对是奇迹。小犹太说这是好东西，多翻了杂志几眼，悄悄撕掉一页塞到自己屁股兜里。他让白雪一起帮忙，用胶合板和《花花公子》杂志固定住阿健的右腿。我和俞超贡献出包里的毛巾，垫在受伤处和固定物之间，再用绳子捆扎起来。

阿健勾着小犹太的脖子，低声说谢谢。小犹太说你不要乱动。这里不是久留之地，不断有钢板往下掉。凶手不敢跟我们六个人正面交手，但他很可能已知道阿健受伤，他又熟悉这艘大船残骸，我们现在很危险了。前面有道舱门，可以进去避一避。但阿健不能走路，我说我来背他吧。我把旅行包交给俞超。白雪、小犹太和田小麦一起将阿健抬到我的背上。阿健双手环抱我的胸口，说不好意思，麻烦你了。我说我们六个人一起登上这座岛，还得一起离开这座岛。阿健比我重二十多斤，我得注意不要碰到他的右腿，单手撑着墙壁保持平衡，避免在台风摇晃中摔倒。我的腰快被压断，每走一步都很吃力，仿佛身上背着一辆坦克。小犹太和白雪在后面托着阿健的屁股，帮我分担他的一部分体重。

走进一道舱门。迎面呼啸来狂暴的海风，密集的雨点打在脸上。我闻到大海的气味，再也不是大船里的重金属和油污味道。我好像自由了。我看到了光。不是台灯与手电的光，而是苍穹上的光。俞超兴奋得快哭出来了。这是整艘船的驾驶室，窗玻璃早就打碎了，狂风暴雨毫无遮拦地来去。但我们不用再被憋在船壳的钢铁棺材里了。我们尽情呼吸黑夜的大海。凌晨五点，黎明之前，天空仍然一团漆黑，但只要苍穹没有盖子，总有一星半点的自然光。我和俞超跌跌撞撞冲到驾驶台前，像船长那样掌着舵，隔着并不存在的玻璃，眺望半艘七万吨级油轮的甲板，眺望整片被海水淹没的滩涂，眺望崇明岛海岸线上微弱的光点，仿佛在茫茫无边的东海上劈波斩浪。我听到超强台风“白鲸”的尖叫，像海洋哺乳动物的超声波。“白鲸”在猛烈撞击这艘大船，它要让整个岛屿、陆地、大海以及天空都瑟瑟发抖，所有活着的人与死去的鬼魂，拜倒在它的石榴裙与屠宰钩前。我们被晃得七荤八素，必须牢牢抓住把手，否则可能被甩出舰桥，相当于从十几层楼顶跳楼自杀。俞超掏出索尼 Discman，他把耳机的两个头子，一个插在自己的右耳，一个插在我的左耳——我听到一阵飞快的电声前奏，《圣斗士星矢》主题曲《天马座的幻想》。俞超在摇头晃脑。我的左耳仿佛开了一场演唱会，我的右耳依然是“白鲸”的咆哮。我看到黑色海面上电闪雷鸣，依次升起星矢、紫龙、冰河、阿瞬和一辉，他们分别弹着电吉他、电贝斯、电子琴、合成器与架子鼓，使出天马流星拳、庐山升龙霸、钻石星尘拳、星云锁链以及凤翅天翔，声嘶力竭地吼叫抵抗狂风巨浪。

有人在扯我的裤脚管。我摔倒在地，才发现是田小麦，她是贴着地面爬过来的。俞超跟我一起摔倒，耳机线也断了。田小麦大声说话，但我一个字都听不到，耳边全被台风的呼啸声覆盖了。我顺着她的手指往上看，驾驶室的天花板剧烈晃动，四面边缘已经开裂，被台风不断撬开掀起，露出黑紫色的夜空。俞超拽着我往走廊奔去。经过一整夜的拉锯战，“巴比伦号”的上层建筑终于顶不住了，即将从舰桥开始被层层撕裂。但我不会扔下断腿的阿健，我重新将他背在肩上，白雪和小犹太照旧帮我托住他的屁股。当我们六个跑回过道，驾驶室传来一声巨响。如果晚走半分钟，我们都会被台风送上天。

我们沿着楼梯往下跑，头顶传来一节节撕裂声，像气球爆炸，又像房屋倒塌。冲下三层楼梯，阿健在我背上扭转头，他说他看到了凶手。俞超和小犹太用手电往上照，他们都看到了那个黑影。凶手也在跟我们一样逃命吧。超强台风的威力超出了他的预计，没想到这艘钢铁大船的尸骨，即将要被“白鲸”彻底拆迁。但我们是六个人，还要背着骨折的阿健，就像背着乌龟壳的王八，面对一条猎犬的追赶。俞超闯入一间舱门，等我们鱼贯而入，立即将舱门关紧，捡起一根铁棍，插在旋转把手上，等于把舱门反锁了。小犹太问凶手被锁死在上面了吗？俞超说那家伙在这里住了那么久，肯定还知道其他的路。我们只能往下走，现在是退潮时间，看看水位有没有下去。

其实，俞超也是两眼一抹黑。他没出过海，所有船舶与航海的知识，都是从他爸嘴里听来的。六个人互相搀扶，一步步向前走。俞超说，我们已经处于甲板以下了。油污的臭味愈加浓烈，混合海水的咸味，加上船壳里的重金属残留，仿佛空气中飘满铀235与钚239，只差一枚火星就能引爆成原子弹。顺着楼梯下到货油舱，船舱内部响起汹涌的海浪声，与船壳外部的台风与海浪声互相碰撞。小犹太用手电往下照，反射出漂满金属油污的水面，偌大的船舱内部成了《地心游记》的亚特兰蒂斯大陆和地心海。俞超捡起一块铁条往水下扔，果然深不见底。

我走不动了，阿健的体重耗尽了我的能量块，累得就地趴下。阿健笑笑说，老子要是死了，你就把我扔下喂鲨鱼吧。你要是背不动，也把我扔下吧。我们六个人里，能逃出去一个也好，总比在船壳里全军覆没强。我们绝望了。要么淹死在海水中，要么被毒气熏死，要么被凶手撵上。阿健断了腿，俞超和小犹太还能指望吗？而我是个没用的胆小鬼，剩下两个女生，便是肉包子打狗。

田小麦叫了我的名字。她的目光在藏污纳垢的黑色世界里闪烁，像波斯湾油田里升起一团火焰，据说有的已经燃烧了几万年，又像传递圣火的波斯小昭。她咬着我的耳朵问：“我一直有个《太空堡垒》的问题，瑞克到底喜欢明美还是丽萨？”

我想了想，闭上眼说：“他还是喜欢明美吧。”

“真的吗？”

田小麦又问一遍，幽幽的声音就像唱歌，让我动摇了对原本答案的信心。或者说，原本就不存在什么答案："嗯，也许他喜欢丽萨，就像动画片的结局。"

她扭了我一把："你回家再看一遍《太空堡垒》吧。"

我简直要蠢哭了，心里头还在问自己：瑞克到底是喜欢明美还是丽萨？

我和田小麦在讨论《太空堡垒》之时，所有人都在看俞超。手电筒照着他的脸，苍白的面孔沾了许多油污。我们浑身都脏透了，像从煤矿底下爬上来的矿工，彼此彼此。

"俞超，你相信有外星人吗？"小犹太一本正经地问。十六岁，我们中的大部分男生都相信外星人的存在，或已降临地球的某个角落，"会有外星人来救我们吗？"

"我不知道……"俞超闭上眼。他到底在想什么？我们六个人的命，都捏在他的手里。

台风的狂暴声之余，我又听到某种奇怪的杂音。好像有人在吹口哨？大家面面相觑。口哨声竟是《上海滩》的旋律。昨天老金开金杯面包车撞死一条狗，他将死狗埋在路边撒了泡尿，又一边抽烟一边吹口哨，就是这个浪奔浪流的《上海滩》。凶手来了。像屁股后头的影子，像钻进皮肉的吸血水蛭。他不急于动手，他要用这口哨声，慢慢瓦解我们的斗志，不战自乱而崩溃，四面楚歌般的绝望。

突然，俞超将双眼眯成一道缝，就像藏在狙击步枪的瞄准镜后：“我看到了爸爸！”

“你爸不是死在印度洋了吗？”疲倦、缺氧以及有毒气体，让我的大脑不经思考地说话。

“不，他就在这艘油轮里。他告诉我，这是一艘双壳双底巴拿马型油船。过去单壳体油船如果触礁，原油就会泄漏污染大海。双层船壳是双重保护，一旦外壳破损，海水仅仅流入两层船壳之间，原油不会泄漏，油船也不会轻易沉没。”俞超的双目像清晨的罂粟花，我从没见他如此兴奋过，乃至有几分幸福。“我觉得爸爸没死，他隐藏在地球上某个角落，甚至藏在海底，就像‘来自大西洋底的人’。现在他来救我了。”

他沿着一条狭窄的走廊冲去。在白雪和小犹太的帮助下，我重新背上阿健，穿过“巴比伦号”腐烂的骨盆内腔。所有管道滴着水或油，像钻入一条错综复杂的动物大肠。凶手如同大肠杆菌无所不在，每根管道都响彻《上海滩》的口哨声。阿健要我把他放下来，他就算断了一条腿，也要跟那狗娘养的决一死战。但我绝不会放下他，除非我的腿也断了。白雪说她看到头顶悬挂着几十条狗，全被金杯车司机上吊处死，腐烂生蛆。小犹太说脚下爬过无数只老鼠，像川流不息的江河，多到可以载起舢板，沿着长江顺流而下直到这座大岛。只有俞超胸有成竹，清清楚楚知道迷宫的每条线路，脑中自动生成一张油轮设计图纸，如有这艘大船的前主人萨达姆·侯赛因总统之神助，带着我们狼奔豕突，穿过大肠、死狗与老鼠们组成的地狱。

“我爸又告诉我，两层船壳之间，就是压载舱。你们玩过游戏《大航海时代》吗？所有船舶都有压舱物。巴拿马型油轮的压载舱，会被隔成不同的舱室，存储淡水、燃油与货物。”俞超站在一道舱门前，他跟小犹太、白雪一齐用力，扭开被污垢锈死的旋转把手。

从轮船内壳进入压载舱，我们避开了货油舱的积水。相比空旷的船舱内部，双层船壳之间逼仄狭长，手电照出牢房般的锈迹与油污，整个大海的肮脏货色都在此隐居。我猛烈呼吸这酸爽的气味，出乎意料地增添了力量。原本如同泰山般压在肩头的阿健，不能说轻于鸿毛，但也轻松了不少。

忽然，俞超问我一句：“今天是几号？”

“7 月 14 日。”我看了一眼手腕上的斯沃琪，“快到清晨六点了。”

“1789 年 7 月 14 日，法国大革命爆发，攻占巴士底狱。”俞超背出历史书上的日期。

“今天是法国的国庆日。”我想起床头柜上的石膏像，“我们该不该哼一遍《马赛曲》？”

“妈呀，求求你们了，这种要命的关头，不要再矫情了！”白雪在我背后帮忙托着阿健的屁股。

阿健也扒在我肩膀上说：“我同意！咱们还是节省点体力吧。”

我和俞超恢复了沉默。六个人穿过幽暗的压载舱，犹如六个努力要破壳而出的胎儿，正在穿过母亲分娩的产道，充满温热的羊水、血污，还有胎儿时不时探出的脑袋，随着阵痛而摇晃颤抖，我们都被挤压得七荤八素，肚皮上连着脐带。我们是六胞胎，四龙二凤。我们在闯过自己的鬼门关，也是妈妈的鬼门关。

光。

我看到了光。刹那的刺眼过后，变为柔软的宝蓝色的光，就像我的日记本封面，像海底二十米深的黎明，像盛夏夜飞满火流星的苍穹。光照到冲在第一个的俞超头上。接着是小犹太的小小身躯，然后是白雪的长头发，再是田小麦的水手服。最后是我自己，还有背在肩上的阿健。六胞胎沾满波斯湾原油的羊水，惊心动魄地娩出产道口。我们的妈妈是这艘死去的伊拉克原油大船，曾服务于巴比伦大城的主人。超强台风“白鲸”是产科医生，汹涌赤潮的大海是助产士，大半个中国泥沙堆积的滩涂是产房。我听到白雪和田小麦的哭声。今天是我们的生日。我们要尽情号哭。我不但看到了光，还看到了天。

清晨六点，台风覆盖的天空，雨点如密集的箭雨，将我们六个人插成刺猬。“巴比伦号”残骸被切开的边缘，像被腰斩者的骨盆横剖面。昏暗的晨曦，大海近在眼前，前方是被汪洋包裹的绿色海岛。我们站在两层船壳之间的裂缝，脚下数米便是赤色海水。我第一次相信，俞超真的有超能力。

俞超正要爬下去，我的背后却遭到重重一击。我和阿健一同倒地。白雪和田小麦再度尖叫。凶手追上来了。二十年前誓死守卫围垦大堤的知青少年小金，二十年后开着金杯车夜巡猎杀女孩的老金。他是死神，他是病毒，他是计生器具。他要杀死六胞胎，不能让这些多余的生命进入拥挤不堪的人类世界。

老金没有任何武器，但只要一双孔武有力的胳膊，就足以扼杀六个鲜血淋漓的新生儿。我被阿健压得动弹不得，断了腿的阿健只能靠双手爬行。这次他再也抓不到凶手的双腿了。老金放过了我们，他知道一个断腿的小流氓，还有一个只会恶心呕吐的胆小鬼，无须浪费他的力气。他也不在乎两个女孩，她俩需要好好保护着，就像猎人要保护猎物皮毛的完整。他先要干掉俞超，这个漂亮的少年，才是六胞胎的大脑与眼睛。

俞超掏出瑞士军刀，虚张声势地狂吼，炭火般的嗓音紧张到变形。但他还没挥出第一击，便扑空摔倒在钢板上。凶手一脚踩住他的手腕，瑞士军刀不知飞到何处。俞超在惨叫，他在挣扎，但他无能为力。白雪冲了上来，她抱着凶手的胳膊，狠狠咬了一口。老金也惨叫了。除了口哨，我在这艘船上第一次听到他的叫声。老金用力一挥，白雪便飞了出去。接着是田小麦，她闭上眼睛要去拼命。但我拦住了她。我说，小麦，让我来吧。我没什么招数，只剩下同归于尽的决心，撒开双腿冲刺，一头顶向凶手的肚子。如果我的体力充足，加上肾上腺素的力量，说不定还能出奇制胜。只可惜啊，我把阿健从十几层楼的上层建筑，一路背到大船残骸出口，早已耗尽体力。我是强弩之末，顶到凶手的肚皮上，犹如挠痒痒，就被他的大手轻轻推开。我们的反抗都失败了。老金用膝盖顶住俞超的后脖子，右手抓着他的头发，他要把俞超的脖子扭断，还是将额头撞向钢板，直到颅骨破碎脑浆四溢?

倏忽间，老金的眼神一怔。除了眼珠子滴溜溜转，他不能动弹了。脖子梗在那儿，一边通红硬涨，就像洗干净褪了毛的鸡；另一边血流如注，像打开阀门的油井。一根螺纹钢筋，仿佛扭曲的蛇，钻进他的右边脖颈。张飞的丈八蛇矛，堂吉诃德的骑士长枪。我被吓住了。凶手也被吓住了。他的表情是不可思议。我看到钢筋的另一端，握在小犹太的手里，那双老鼠般的手，布满油污与海水。小犹太无所畏惧地看着凶手。他的遗言是喜欢田小麦。他要为田小麦复仇。他还要为聂老师复仇。他要杀死凶手。他发过誓。他是小犹太，他是大卫王。

小犹太杀死大魔王。

此后漫长的一生当中，他再也无法像今天这样拉风和老卵。几秒钟后，小犹太感到了害怕，凶手的血顺着钢筋，流到他的手指头上。他松开了手，钢筋变成一根支柱，将凶手固定在原地。老金的脖子无法转动，也不能拔出钢筋，更不能说话，也许扎破了声带，任由鲜血和生命汩汩流淌。小犹太跟田小麦和白雪拥抱，成了女生们的白马王子。俞超从老金的脚下挣脱。我和白雪重新拽起阿健，将他放在我的后背。谁也不敢再给凶手补一刀，但他已成了钢筋的囚徒，将会慢慢失血而死。

六胞胎自己剪断了脐带。

俞超第一个爬下残骸，压载舱边缘有许多螺纹钢筋的铁条隔断，权作楼梯使用。小犹太的钢筋就是这样得来的。我们先把阿健放下去，俞超和小犹太在下面接着。阿健的双臂还有力气，他能依靠两只手与一只脚爬下去。

六个人告别“巴比伦号”，来到被暴风雨淹没的滩涂上。赤色海水几乎没到胸口，对小犹太来说就是脖子，他必须仰头小心行走，否则就要吃苦水了。我仍然背着阿健前进，他的断腿不可避免地浸入水中。田小麦搀扶着小犹太，他一定如沐春风。俞超和白雪都会游泳，一个蛙泳，一个狗刨。暴雨倾泻在头顶，恰逢退潮，碰到涨潮必然是淹死了。

刚出去数十米远，身后传来吱吱呀呀的巨响。我惊恐地回头，将近七万吨的巴拿马型油轮即将颠覆。顽强抵抗了十二小时后，它像被斩断双腿的侏罗纪公园恐龙，像被射中脚踵的不死战士阿喀琉斯，像被奥特曼击倒的外星怪兽，山呼海啸地砸下来……

我看到白雪纵声尖叫，露出眼角灿烂的细纹；小犹太闭上双眼，仿佛即将被党卫队枪毙。我相信自己再也不会见到这样的奇观。大船残骸掀起铺天盖地的巨浪、泥沙与钢铁残渣。幸好它是向着侧面倒塌，而我们从大船正面往前跑，因而躲过一劫。

我和阿健在水中憋气几秒钟，仿佛水面上发生过一场大爆炸。滩涂上的“巴比伦号”残骸依然巍峨，只是从仰卧变成侧卧。一侧是平直的甲板，另一侧是巨大而锋利的龙骨。双层船壳之间的压载舱，再也看不清了。

老金肯定是死了，我想。

被赤潮污染的大海，仿佛变成摩西的红海。这边是埃及沙漠，那边是西奈半岛，赤色海水从中间分开，露出布满沉船、尸骨、珊瑚与沙砾的海底。小犹太带着他的子民，我带着我的兄弟阿健，俞超带着他爸爸的灵魂，白雪带着她的东北、上海和香港，田小麦带着我，一齐穿过这条海水中的道路。我们无所不能。荷尔蒙在燃烧在尖叫在飞。海水从胸口下降到腰部，赤潮渐渐消退。肉眼可辨一层红色的微生物尸体。俞超说台风会消灭赤潮。塞翁失马，福祸相倚。

经过摩西般的漫长跋涉，我们爬上围垦大堤。六个人躺在大石头上，任由冰冷雨点刺入眼睛与皮肤。阿健紧紧抓着我的右手。天上是滚滚浓云，不可捉摸的狂风，还有"巴比伦号"倾覆后的油污与金属气味，好像燃烧的科威特油田。可我仍然没能看到超强台风的脸，没有看到"白鲸"的真容。

田小麦向我伸出手。我抓住她站起来。我和她肩并肩，眺望围垦大堤内的崇明岛。拆船厂废墟已然消失，风暴潮摧毁了一切，芦苇、荒野和稻田全都呜呼哀哉。金杯面包车竟被吹翻了个，四个轮子和底盘朝天。俞超、小犹太也站起来了。阿健在白雪的搀扶下金鸡独立。当我们再回头眺望大海，有个黑色人影越来越近。

无须再掏出望远镜，一张面孔已近在眼前。他是凶手。他是老金。他是杀不死的怪兽。白雪和田小麦再次尖叫。小犹太不知所措，是他亲手用螺纹钢筋刺穿了凶手的脖子。凶手还活着。他的脖子上并没有钢筋，只有个深深的血洞子，想必是自己拔下来的。永远不要低估一个成年男人的生命力。老金躲过了"巴比伦号”的倾覆，没有跟残骸一起粉身碎骨。他跟着我们跳下滩涂。他依然是屁股后头的影子，钻进皮肉的吸血水蛭。他来向我们复仇。精确地说，他要向小犹太复仇。

清晨的大雨瓢泼，我们跳下大堤，向着岛上内陆而逃。阿健背在我的肩上。但我没有力气奔跑了，每走一步都那么艰难，何况在齐腰深的积水中。凶手的脖子还在飙血，踉跄地爬上大堤。他不会让我们逃走的。田小麦回到我身边，帮着我托住阿健沉重的身体。我叫她快点走，不要留下同归于尽。老金慢慢翻过大堤，抓起一块棱角分明的石头，想把我们六个人的脑壳依次砸开。

这时候，大雨中传来某种杂音。像几百头大象被猎杀时嚎叫，几万匹战马冲锋前喷鼻子。这是柴油发动机的轰鸣。它来了。他也来了。一辆鲜红的集卡车头，车后挂着个标准集装箱，印着五个字母“COSCO”。白雪和小犹太跳起来，向这辆红色集卡挥舞双手，因为酷似擎天柱啊。这是我爸的集装箱卡车，仿佛从赛博坦星球而来。我已看到驾驶室挡风玻璃背后的那个男人。集卡的十多个轮胎飞速旋转，溅起喷泉般的水花。若是一辆小轿车，发动机进水必然熄火。但这辆集卡底盘极高，竟像冲锋艇横冲直撞，碾轧过洪水肆虐的田野。

集卡车头鸣响刺耳的喇叭，冲到面前的刹那，我推开田小麦，跟阿健一起没入旁边的洪水，混合着赤潮、雨水以及海岸原本的沼泽。我吃了两口脏水。集卡轮胎从身边碾过的震动，仿佛一双大手将我们推开。我听到刹车的尖叫，就像撞向地球的小行星。

集装箱卡车自然撞不到地球，但足以撞飞一个凶手。

当我把头探出水面呼吸，鲜红的集卡停在围垦大堤前。石头堆积的大堤顶上，躺着一个四肢扭曲污血横流的男人。他的双眼依然睁大，仰望铅灰色的浓云苍穹，至死都无法理解，在超强台风登陆的东海岸荒野，为何突然出现一辆红色集装箱卡车？难道是博派首领擎天柱下凡来与狂派首领威震天决战？

凶手死了。杀害了多名女孩的凶手，金杯面包车司机老金，带着这个莫大的疑问，离开了他所仇恨的人世间，变成一抹晃晃悠悠的离魂，飘上大雨如注的天空。他在俯瞰我们六个孩子，俯瞰从集卡驾驶室里跳出的两个男人和一个女人——开车的男人是我的爸爸，短袖警服的男人是田小麦的爸爸，白裙子的女人是小犹太的妈妈。

我爸看到了我，也看到了我胸口的古巴国旗和切·格瓦拉。他吼了一嗓子，确认我还活着，身体各部分尚属完整。他并未向我奔来，而是冲上围垦大堤，查看刚被他撞死的男人。我爸摸了摸老金的颈动脉，还想实施人工呼吸，徒劳无功。田跃进紧紧抱住女儿，田小麦拼命挣脱逃跑，涉水抓住我的胳膊，又帮着我拽起阿健。这家伙居然没事，还在水里金鸡独立，双臂搭在我和田小麦肩上。小犹太冲到他妈怀里。他又哭了。妈妈摸着儿子的后脑勺，雨水沾湿了她的白色衣裙，更显迷人。田跃进爬上围垦大堤，判断老金已经死亡，劝慰我爸不必悲伤。他说这纯粹是个意外，也是超强台风自然灾害的一部分，不能算是车祸。

一分钟前，我爸在集卡上看到了我们。他不知道老金就是凶手。但他不能打方向盘，一旦突然变向，轮胎可能碾到他的儿子，还有田跃进的女儿。我爸只能保持方向盘纹丝不动，同时猛踩刹车。凶猛的惯性使然，车头正面撞飞了凶手——在空中划出一个彩虹般的完美弧线，后脑勺撞到石头上，颅骨粉碎而亡。

我爸悲伤地跪在死者面前。他几乎要哭出来了。这一年，我爸命中注定流年不利，春天在南京长江大桥下撞死一个无名氏，夏天面临下岗和买断工龄，儿子多半是中考考砸了。超强台风来临的同时，他驾车来到崇明岛东海岸救儿子，竟又撞死另一个无名氏。我爸觉得自己是遭到命运诅咒的卡车司机……

两天前，田跃进接到崇明岛上派出所的电话。他要求我们留在派出所别动，他立即到崇明岛来接我们回家。但他只是派出所民警，无权调动警车，也不可能骑自行车上岛。田跃进想到了我爸，便打了个电话。我爸还以为我在太湖的学校夏令营。我爸还认识小犹太的妈妈，过去在街道医院被她打过针。我爸、小犹太妈妈和田跃进三个人碰头，叫了一辆出租车，赶到我爸的单位。我爸从调度室拿出他的车钥匙和驾驶证、行驶证，三个月没开过车，但一上驾驶座，发动机点火震动的刹那，驾着擎天柱气吞万里如虎的气势便又来了。出发时，这辆集卡背后还连着半挂车和集装箱。我爸给调度室塞了两根烟，说是接到紧急任务，要去常州送一个集装箱。如果集卡后面没有挂着箱子，根本不让开出大门。还好他拉的是个空箱子，并不占用多少油耗。我爸给车加满了油，掌着方向盘开上马路。驾驶室有三个座位，背后有一层卧铺，可供司机跑长途时休息。田跃进在副驾驶座，小犹太妈妈身材娇小，自然在中间的小座位上。田跃进问我爸，那个东西就在你的驾驶座下边？“那个东西”就是被我爸撞死的无名氏的骨灰。我爸点头但不敢直说，怕吓到小犹太的妈妈。集卡带着一小罐不明身份者的骨灰，开到吴淞码头。没想到码头封锁了，超强台风将在明晚登陆，长江风浪超过警戒线，所有渡轮停航。对岸已是孤岛。田跃进打电话给岛上派出所，才知我们六个人溜走了，不知所终。岛上警力全部投入预防台风，分不出人力来寻找六个孩子。田跃进与小犹太妈妈并不担心我们会碰到凶手，而是害怕横扫一切的超强台风。我爸却是出奇地冷静。他也打了个电话，却是打给海门老家的亲戚。我家祖籍江苏海门，跟崇明岛隔江相望，说话方言都相同。崇明与海门之间江面极为狭窄，据说吼一嗓子对岸就能听到。老家亲戚回电，跨越长江的轮渡也停了，唯独海门与崇明之间轮渡正常，因为距离太近。我爸、田跃进和小犹太妈妈决定连夜驱车到海门。红色集卡驶上沪宁高速，出了上海，经过昆山、苏州、无锡、常州、丹阳、镇江到南京，天早已黑了。江阴长江大桥尚未通车，苏通大桥、润扬大桥更是遥远，从上海到江北各地，若不能坐轮渡，便只能绕道南京长江大桥。经过几个月前撞死人的那条小路，突起一阵凄风苦雨。无名氏有感应了。擎天柱开上我爸走过一百多遍的南京长江大桥。他们穿过长江北岸的黑夜，在国道上走走停停，从江北浦口到二十四桥明月夜的扬州，跨过泰州与南通的大平原，直达海门青龙港码头，已是后半夜了。他们找了家小旅馆，开了两间房，小犹太妈妈一间，我爸和田跃进一间。与此同时，我们六个孩子，正露宿在崇明岛东海岸荒野中的瓜田。7 月 13 日上午九点，红色集卡开上青龙港的滚装船，渡过台风前颠簸的长江。前脚刚登上崇明岛，后脚青龙港的轮渡也停航了。我爸驾车走遍了中国，却从未跑过近在咫尺又远在天边的中国第三大岛。他从大岛最西端出发，横穿全岛公路。庞大的集卡在坑坑洼洼的公路上走得颇为艰难，下午才开到我们六个人待过的镇上派出所。民警老王和小张惊讶地接待了他们，没想到在轮渡停航之时，田跃进依然来到岛上。小张判断我们六人，最有可能前往东海岸的知青农场。但那里是超强台风“白鲸”的登陆点，已经下达了疏散令。我爸最后一次加油，不顾民警劝阻，连夜赶往知青农场。他们在公路上遇到警方路障，我爸踩油门撞飞隔离栏，咆哮着冲向大海，冲向正在登陆的“白鲸”，就像诺曼底登陆的最漫长的一天，守卫奥马哈滩头的德军将士。暴风雨和赤潮淹没了东海岸，我爸下车试探水深，纵然擎天柱也会被淹没。他被迫将车停在高处，开着远光灯，不停地按喇叭，度过与台风面对面的一夜。幸好这集卡高大结实，他们三个人躲在驾驶室里，就像躲在虎式坦克的炮塔内。黎明时分，超强台风冲向崇明岛内陆，恰好长江口退潮，知青农场的积水下降。我爸果断前往海边滩涂。他们穿过最后一片荒野，天亮时看到了围垦大堤，也看到了我们六个孩子，看到了杀人凶手。

我爸不知道，他救了我们六个孩子的命。我已没有力气解释这一切。俞超、白雪、小犹太搀扶着我和阿健。白雪欣喜若狂地说我们赢了。她将我们六个人搂在一起，依次亲吻四个男生的脸颊，最后亲吻了田小麦的嘴唇。

我爸放下老金的尸体，眺望滩涂上倒塌的“巴比伦号”残骸，犹如美索不达米亚平原上倒塌的巴比伦通天塔。他爬下围垦大堤，先将我抱进驾驶室，又将阿健抱上卧铺。小犹太妈妈检查了阿健右腿的夹板，她夸儿子处理得不错。小犹太的话又多了，但是嗓音突变，不再是小孩般的田鸡嗓子，变成更难听的公鸭嗓。小犹太颇为尴尬，倒是他妈妈又惊又喜。

现在我们要去崇明县城，从地图上鲸鱼的嘴巴前往卵蛋，把阿健送到医院去打石膏。我倒在副驾驶座上。田小麦抓着我的胳膊，坐在正副驾驶之间。阿健躺在后边的卧铺，他已累得睡着了。驾驶室坐不下其他人，我爸去后边打开集装箱。

突然，田跃进拉开我这边的车门。我看着他布满血丝的双眼。我说你揍我吧。田跃进伸出又大又热的手，使劲揉了揉我的脑袋说：“谢谢你！小子！”

他已大致知道了怎么回事，知道死去的凶手正躺在大堤上。必是小犹太这个话痨，他看到警察就给自己表功呢，顺便也为我们六个人见义勇为力斗歹徒宣扬一番。

田跃进摸了摸女儿的头发，帮她拨开两绺垂到眼前的发丝。田小麦在他耳边说，爸爸，我长大了。这个男人却根本没听懂女儿话里的意思。

我爸翻开驾驶座，掏出一个铁皮的茶叶罐头，里面装着一小捧骨灰。我爸将茶叶罐头捧在怀中，再次爬上围垦大堤。他打开罐头的铁皮盖，将全部灰色粉末撒入退潮中的大海，仿佛一把洋洋洒洒的头皮屑，被白色泡沫与赤色微生物尸体的潮水吞没。他吁出一口气，吁出一个无处安放的死灵魂。

田跃进和小犹太妈妈，还有俞超、白雪和小犹太都钻进后面的集装箱。这个空箱子是透气的。我们在一起。我爸回到驾驶座，关照我和田小麦绑上安全带。

7 月 14 日，清晨七点，擎天柱般的红色集卡在围垦大堤前掉头，开过被台风蹂躏过的海岸荒野，车轮两边溅起高高的水花，仿佛乘风破浪的钢铁之舟。雨刷如摇头风扇模糊了全世界。超强台风跑到前面去了，现在我们追着“白鲸”的屁股撵呢。

经过知青农场，建筑都还坚固，只有一栋房子倒塌，并被洪水浸泡，好像是七叔的家啊，他还活着吗？我们没法再救他了。我爸加大挡位和油门，驶过这片危险的水乡泽国。他打开电台，还是超级台风“白鲸”的消息，大体是全市干部群众严防死守，有效维持了人民生命财产安全与社会秩序。

我才想起一个人——聂倩呢？

扑簌扑簌落下眼泪，我的任务还是失败了。田小麦问，怎么了？我无法回答。1997 年夏天，我注定只能拯救一个人。救了田小麦，便救不了聂倩，很抱歉。一宿未眠，我的眼皮犹如灌满赤色微生物的海水。我靠在田小麦的肩上，耳朵贴着她的发丝，仿佛不是置身于集装箱卡车的驾驶室，而是七万吨级油轮“巴比伦号”的驾驶台，穿过印度洋赤道的黑夜，深海粼光拖曳着无穷尾迹，在真正的无尽之夏……

当我沉入梦乡之前，电台音乐节目的女主播说，有位上海市民为坚守在崇明岛海岸线上的人们点歌，约翰·列侬版本的*STAND BY ME*——

When the night has come
And the land is dark
And the moon is the only light we'll see
No I won't be afraid, oh I won't be afraid
Just as long as you stand, stand by me
So darlin', darlin', stand by me, oh stand by me
Oh stand, stand by me, stand by me
If the sky that we look upon
Should tumble and fall
Or the mountains should crumble to the sea
I won't cry, I won't cry, no I won't shed a tear
Just as long as you stand, stand by me
And darlin', darlin', stand by me, oh stand by me
Oh stand now, stand by me, stand by me

Darlin', darlin', stand by me, oh stand by me

Oh stand now, stand by me, stand by me

Whenever you're in trouble won't you stand by me, oh stand by me

Oh stand now, oh stand, stand by me

尾声

1997年，地球上发生过许多大事。我总结为亚洲人的斯大林格勒与滑铁卢，中国人的伊利亚特与奥德修斯，上海人的吉尔伽美什与罗摩衍那，我们六个人的萨迦与尼伯龙根之歌。

7月的超强台风“白鲸”，因为防灾得力，大堤坚固，并未造成太大损失。唯一的死者是拒绝撤退的残疾人七叔。台风过后，中考成绩公布，我的分数差强人意。“巴比伦号”油船依然倒在滩涂上。田跃进跟着专案组搜查了大船残骸的每个角落，找到大量证据，足以证明被我爸撞死的老金，就是连续绑架杀害了三名女孩的凶手。我爸非但没有受罚，反而得到公安局的表彰和奖励。但他依然买断工龄，告别了他的擎天柱。聂倩不知所终，大船残骸里没发现她的任何遗物。也许她已死于水下，被废弃的渔网勾住，又被来自三峡的淤泥掩盖，长眠于她最爱的春江花月夜下。但我觉得，她从未远离过我们，如影随形。

暑期的最后一日，戴安娜王妃在巴黎香消玉殒。我的初中母校被拆成平地，多年后造起一座超级豪华的夜总会。我升入新的学校，每天路上来回两个钟头。我的宝蓝色丝绸封面的日记本浸泡过海水，再也不能写字了。我换了个小本子，开始写新诗和散文。秋天，张雨生在台北出车祸走了。田跃进从派出所调回刑侦支队，重新成为专破杀人案的刑警。田小麦再没给我打过电话。圣诞节，天寒地冻，白雪约我在黄浦江边见面，但我没去。隔了几天，飘起雪籽，我才想起白雪，但再也找不到她了。12 月 31 日，我接到俞超电话，他刚通过托福考试，过完春节就要去美国。他的爷爷在冬至夜里死了，睡梦中坐在躺椅上走的。我的 1997 结束了。这一年，许多国家破产，烟消云散，血流成河。我想余下的一辈子里，再不会有这样的一年，这样的一个夏天。

后来，我走过了很多路，从长江头走到长江尾，从极地走到赤道。一不留神，我成了作家，并为这称呼而汗颜。七年前，我接到田小麦的电话。她说她爸牺牲了，为解救一个小男孩人质，淹死在冰冷的吴淞口，黄浦江与长江交界的三夹水。田跃进到底还是死于水中。我去参加了追悼会，代表我和我爸送上两个花圈。时隔十三年，我才见到田小麦。她穿着黑色套装，没有妆容，跟我浅浅地握手。她在一家外企做 HR 经理，尚未结婚。田小麦看了她爸生前留下的工作笔记，有一页写到 1997 年 7 月 1 日，我到派出所报案，田跃进跟我去看了聂老师的宿舍。他以刑警的经验判断现场是伪造的，所谓绑架案并未发生。他觉得伪造现场的人，要么是聂倩，要么是我。尽管如此，他还是把出租车司机夏海送到专案组排除了嫌疑。田跃进故意回避我，不给我回电，烧掉我给“凶手”画的素描肖像，都是在保护我，让我不要一错再错。告别时，我问了田小麦一个问题：瑞克到底喜欢明美还是丽萨？这些年，我看了无数遍《太空堡垒》，从三部曲的第 1 集看到第 85 集，始终困惑不解，就像宇宙万物如何起源，资本主义经济危机周期究竟是几年，希特勒隐居在南美洲的哪个城市。田小麦回答，她并不在乎瑞克到底喜欢谁。当年在“巴比伦号”油船中，她在乎的是我们六个人的生命，她让我回家再看一遍《太空堡垒》，就是命令我一定要逃出去。可我十六岁时的脑壳，就像双层船壳一样坚硬愚蠢。

参加完田跃进葬礼的第二年，我参加了小犹太的婚礼。我很少出去吃喜酒。新郎穿着一身阿玛尼西装，啤酒瓶底般的镜片下藏着大眼睛。新娘子跟小犹太差不多高，也跟他一样聒噪。小犹太喝了很多酒，喉咙里发出抽水马桶般的声响。他说老房子拆迁，拿到几百万补偿款，买了结婚的新房。我问他家的仓鼠还在吗？小犹太眉飞色舞地说，努尔哈赤和叶赫那拉是他家的第一代仓鼠，1998 年就老死了。但它们有很多儿子和女儿啊。第二代是皇太极，第三代是顺治，第四代是康熙，第五代是雍正……现在养到第十二代，就是宣统皇帝。我说都到末代皇帝溥仪了，你可知大清在他手里亡了？连个子嗣都没留下。他说仓鼠不会断子绝孙的，他家的溥仪有八十多个儿子，几千个孙子，重孙子都有几窝了。小犹太抱怨经常看公司财务报表，眼睛不行了，再也没法给仓鼠造房子，只能从网上买现成的，比自己做的差远了呢。小犹太妈妈还记得我，拉着我的手敬了一杯酒，但我只喝饮料。我还认出了小犹太的小舅舅，依然是个老光棍。轮到新人来敬酒，新娘子一定要我喝一杯，否则就是我不给面子。我难得愠怒，小犹太说算了吧，却被新娘子推开。场面有些尴尬，新郎的妈妈过来代替我喝下那杯酒，新娘子的面色极为难看。我听说，小犹太家的婆媳关系，后来变得越发糟糕。

2012年，玛雅人的世界末日。夏天，波兰乌克兰欧洲杯决赛的凌晨，我接到公安局电话，有个赌球庄家被捕，那家伙报了我的名字。公安的朋友说还是打电话通知我比较好。我去了趟局里，隔着铁窗，阿健已长成一米八五的彪形大汉，一条大花臂文着樱木花道与流川枫，另一条文着《共产党宣言》英文版的开篇“A spectre is haunting Europe—the spectre of Communism”，我打赌他看不懂自己胳膊上的字。我劈头盖脸骂他一顿。他说对不起，给你添麻烦了，以后不会再提你的名字。阿健被法院判了五年。2017年，他刚从山上下来，发誓洗手不干。当年跟他混的小兄弟做小额贷款发财了，给了他一百万本金做生意。他开了个网店，经营蟋蟀用品，从蟋蟀罐头到小笼子甚至蟋蟀草。阿健组织了一场同学聚会，硬把我拖出来了。餐厅飘满浓烈的麻辣鱼头气味，仿佛几十尾身首异处的大鱼在身边游荡。相隔二十年，有人大风起兮云飞扬，威加海内兮归故乡；也有人狂风落尽深红色，绿叶成荫子满枝。女同学们从妈妈经谈起，打开手机互相晒娃，聊到在三亚或巴厘岛度假，忙着用美图秀秀合影发朋友圈；男同学们从房价聊起，哀叹股票又折了多少，谈及美元汇率石油走势叙利亚内战，免不了绕回川普与普京。说来惭愧，我的变化竟最小。有人说在书店里买过我的书，看过我的小说改编的电影。我本想说那都是狗屎，包括我自己。很可惜，俞超和白雪都不知踪影。小犹太倒是来了。他说女儿刚读托班，他爸刚做手术拿掉半个胃，今晚自己还要陪夜。他妈挺好的，跳广场舞，跟邮轮团去日本玩。有人提起聂老师，她已失踪了二十年，至今没有任何消息。阿健说，最近聂老师给他托梦，她死了。

2015 年冬天，我去哈尔滨签售。当我走过中央大街的雪夜，嘴里叼着马迭尔冰棍，突然想起白雪。我听说她回了东北，就在中俄边境上的小城。我坐了五个钟头的大巴，来到冰封的黑龙江边。一片白雪之中，我见到了白雪。她还带上了女儿，大概是为掐断我的念想。我觉得她自作多情。出乎意料，她的女儿那么大了，仿佛白雪十六岁时的复制品。零下三十度，白雪陪我在黑龙江的冰面上行走。我穿得像头熊，而她裹着一层貂，脸上搽了太多粉，掩盖了天然的白皙肤色。她抽了一支烟，姿态像个老娘们，不可名状的风尘气。1997 年的冬天，上海冷得异常，白雪刚从商业职校退学，逃出寄居的姑姑家。圣诞节，她约我在黄浦江边碰头。但我没来，她在轮渡上认识了一个长得颇像陈浩南的男人。他带她吃涮羊肉，请她喝白酒，又带她过夜。他们一起去了南方，在广州、深圳。她在海南岛发现自己怀孕，男人消失了。十八岁，白雪大着肚子过了长江，又过了黄河，出了山海关，回到故乡。她怕被爸爸打死，孤身在哈尔滨生下女儿。娘俩渡过黑龙江，有个叫哈巴罗夫斯克的城市。白雪操持起皮肉生意，这才养大了女儿，三年前金盆洗手。她咬着我的耳朵问，那年圣诞节，你为什么不来找我？我转身离去，却在冰面上滑了一跤。我的额头磕在坚硬的冰上，听到冰面下湍急的流水声。

曾经有人告诉我，俞超在美国自杀了。他消失了，不仅肉体，还有名字，就像一枚被吸入电蚊拍的萤火虫。偶尔，我还会想他。去年夏天，我有本书在美国翻译出版，有个活动在旧金山。我在酒店接到俞超的电话。他就住在旧金山。我们相约在金门大桥见面。这座大桥有八十年了，橘色油漆让它看起来更像一座现代建筑，过去经常出现在我家的挂历上。风吹乱了我的头发，也吹出我的几滴眼泪水。但我没有和俞超拥抱，连握手都没有。两个人并排扒在栏杆上，眺望夕阳下金色的旧金山湾。俞超谢顶了，一脸胡须，挺出啤酒肚，更像四十岁的李奥纳多·迪卡普里奥。但我听出了他炭火般的嗓音，犹如一颗青涩的果子成熟再被人吃成果核，我依然认得它。我问俞超，你和艾娃见过面了吗？我还记得 1997 年夏天，在“巴比伦号”的船长室里每个人的遗言。俞超笑笑说，见过了，就在 1998 年暑期，西雅图的华盛顿湖畔。但他的“艾娃”不是女高中生，而是个体重两百斤的男人，三十来岁，满脸胡须，大腹便便。“艾娃”是个程序员，确实是东德人，在德累斯顿读的大学。柏林墙倒塌后，他到美国读计算机硕士，毕业后留在硅谷上班。“艾娃”从圣何塞开了七小时的车来到西雅图，他不介意跟男性交朋友，他是同性恋。但俞超不是，他拒绝了“艾娃”。俞超在西雅图读完高中，又去纽约读大学，“9·11”那天在曼哈顿岛。毕业后，他去了硅谷。“艾娃”不知何故自杀，半个脑袋被双管猎枪削掉。俞超在加州结婚，妻子是中国留学生，一起受洗入了基督教。俞超有了儿子，起名俞小超。2008 年，他们离婚，孩子跟了前妻。俞超改行做投资，接触过各种各样的人。2011 年，俞超和史蒂夫·乔布斯共进过一次午餐。那时乔布斯已瘦骨嶙峋，说了半个钟头禅宗，以及从未见过的来自叙利亚的生父。半年后，乔布斯死于胰腺癌。忽然，大桥上响起许多人的尖叫，我还以为发生恐怖袭击或来了枪手。金门大桥另一侧，有个西装革履的中年白人攀越栏杆，纵身跃向六十米下的地狱。那人就像一枚炮弹，又像薄薄的二维纸片，消失在夕阳滚滚的海湾波涛中。俞超说，金门大桥是全美的自杀圣地，平均每两个星期就有一人跳桥自杀，绝无生还可能。说罢，他给自己点了一支烟，烟雾腾腾地如同灵魂，被风卷上橘色的金门大桥上空。

以上，是我这辈子最亲爱的朋友们的故事。以下，是我这辈子最亲爱的老师的故事。

2017 年 7 月 14 日，我们的故事在二十年前的今天达到高潮，却远远没有结束。记忆像摇摇欲坠的摩天轮，迟早会被自己推倒，轰然崩塌，化作尘埃上天。今早六点，我就醒了。我起床打开电脑，有一搭没一搭地修改小说。日暮时分，我驾车出门，驶上晚高峰的高架，此起彼伏的刹车灯，宛如等待升空的孔明灯。深夜，我开到西宫门口。一年前，沪西工人文化宫被拆除，将被改造为一个新世界。我停在废墟前，敞开全景天窗，仰望旋转的深蓝星空。近乡情怯，我和引擎盖一同忐忑振动。

手机响了。陌生来电。我选择接听。一个年轻女声。口音极其古怪，像来自很南很南的南方。

她说她是聂倩的女儿。

我顿了顿，也许是恶作剧，但我回答，你好。

她说 so sorry，那么晚打电话，她刚下飞机到酒店。她住在国际饭店，问我哪天有空见面？有些事情想要告诉我。

我说现在可以吗？从十六岁到三十六岁，我都在等这个电话。

她说可以，她刚在飞机上睡了五个钟头。

我如坐针毡地打开转向灯，没心没肺地变道超车。二十分钟后，我来到南京路。国际饭店的大堂吧。她是穿着牛仔裤的少女。她叫宁青青，比聂倩的倩少了一个人，又多了一个青。灯光有些昏暗，她的鼻子和眼睛跟聂倩颇为相像。她的普通话带着广东与闽南口音，夹杂的英文极不标准，仿佛从嘴巴里喷出无数根马来沙爹烤串与一大盆海南鸡饭。她是新加坡人，从小在那座赤道城市长大。

她说，两周前，7 月 1 日，聂倩死了，死于乳腺癌，在新加坡的医院。宁青青整理了妈妈的遗物，看到一份压在抽屉最底下的日记本。她快要去英国读大学了，决定先来上海寻找妈妈的痕迹。而这个痕迹就是我。

我问她，1997 年 7 月 1 日，香港回归的那天，你妈妈为什么离开上海？

宁青青说，秘密都在妈妈的日记里——那一年，聂倩跟男朋友订婚，订好了酒席，准备在暑假领证。六月，她临时改变了主意，不想就这样嫁作人妇，也不想再做中学语文老师。但她不知怎样告诉未婚夫和亲戚朋友。她对上海的最后一点点眷恋，就是五个学生，尤其是我。聂倩决定逃离上海，在中考之后，带完我们这届毕业班。她提前一周买好了 7 月 1 日的火车票，目的地深圳。香港回归当晚，她请我们五个人在南京路吃了美式牛排，这是最后的晚餐。她跟男朋友在大光明看了《侏罗纪公园 2》，又像往常一样去国际饭店开房，但聂倩拒绝了。她没想到，我突然出现了。我带着她上了一辆红色出租车。那个司机有些古怪，开到苏州河边，我又带她逃离出租车，护送她回宿舍。等我走后，她收拾行装，准备出门远行。趁着还有时间，她打开 VCD，重看了一遍《沉默的羔羊》。聂倩想起当晚我说过的话，她从外边打碎窗玻璃，把房间弄得一团糟，砸破热水瓶，伪造了犯罪现场。凌晨五点，聂倩独自出门。她没带多少行李，只拎了随身的包，带上身份证和存折。去火车站的路上，她看到警察和联防队员在巡逻。清晨六点，她坐上火车。那时没有实名制，也不检查身份证，没人知道她去了哪里。聂倩在深圳更换了身份，找了做外贸的工作。就像在DOC系统里对自己输入一条format格式化指令，她删除和切断了自己全部过去，唯一幸存的是记忆。1998年圣诞节，她去了新加坡。她很幸运，在赤道的霏霏细雨中，遇上了喜欢的男人。她闪电般结婚，闪电般生了女儿。她在新加坡度过十九年的无尽之夏，直到死于乳腺癌，跟她早逝的妈妈一样。

聂倩并不知道，二十年前的那一夜，她并非毫无危险。我拖着她逃下红色出租车，实际上救了她的命。金杯面包车出现在我们身后，绝非偶然，她已经被凶手盯上了。她的红色连衣裙，她的容颜和气质，就像灯泡厂女工婉仪，完全符合老金猎杀的口味。他的作案手段，就是在苏州河附近开着不起眼的面包车，跟踪载着年轻女性的出租车。待到女孩下车独行，从背后袭击让她昏迷，塞进后车厢前往崇明岛东海岸，“巴比伦号”的地狱。当我护送聂老师回到宿舍，凶手被迫放弃了当晚的计划。如果不是我，聂倩将会在二十年前的夏天，死在长江入海口的崇明岛。她多活了二十年，最终死在另一座岛上——赤道边缘的新加坡岛，马六甲海峡的出口，太平洋与印度洋的十字路口。

从崇明岛到新加坡岛，从北纬三十一度到赤道零度，这是聂倩的命运。

如果不是我，眼前的十八岁新加坡少女，也将不复存在。宁青青并不知道，从某种程度上来说，她的生命，是我在二十年前的莽撞所赐予的。

七年前，我去过一次新加坡，参加华文图书展。那次赤道之行，也许在车水马龙的乌节路，喧嚣燥热的芽笼小巷，静谧的苏丹清真寺外，我曾经与聂倩擦肩而过。她会回头多看我一眼吗？

“我妈妈见过你，我也见过你。”

宁青青说，2010 年 12 月，新加坡书展现场，聂倩来听了我的讲座。我没能注意到混在人群中的聂倩。彼时她已三十八岁，带着十一岁的女儿。我记得那次主题演讲，有个白发苍苍的老华人，问我什么时候开始写作？我回答是十六岁，在我的日记本上。我又抱怨现在的新加坡小孩子，彼此用新加坡式英语交流，不再以优美的华语作为母语。我说如果我的初中语文老师还在的话，肯定会为之而难过的。

凌晨一点，国际饭店大堂吧，我的眼眶又发红了。宁青青代替妈妈对我说声很抱歉。我说不必了，我不介意。她说最后一件事，妈妈临终前留下遗嘱，要把一部分骨灰撒入长江口。我问她知道张若虚的《春江花月夜》吗？宁青青茫然摇头。我说谢谢你，今晚就这样吧。

我很累，不能再开车了。我把车扔在停车场，走出国际饭店的旋转门。我准备打车回家，一辆红色的桑塔纳 3000 出租车停在面前。我上了车，闻到淡淡的栀子花腐烂的气味。司机是个中年男人，操着崇明口音，问我去哪里。

我想了想说，去崇明，我给三百块，不比打表少。

司机说别开玩笑了，大半夜去崇明？我说不开玩笑，去东海岸的滩涂，我要看日出。

我们出发。司机很健谈，他说开了二十五年的出租车，几乎每天深夜到凌晨，都会跑到国际饭店门口揽生意，经常会拉到奇奇怪怪的客人。我一声不吭，司机便也自觉无趣。红色的桑塔纳3000，从南北高架转到中环线，经过翔殷路隧道到浦东。后半夜，道路空旷无阻，我们在外高桥钻入长江隧道，穿过布满造船厂与港机厂的长兴岛，开入上海长江大桥。司机打开车载音响，听张国荣的专辑。仪表盘转到时速八十公里。我放下车窗，一轮很大的月亮，倒映在缓缓涨潮的江海之间。

回到崇明岛。出租车经过寂静的公路开往东海岸。凌晨三点，北纬三十一度，中国海岸线中间点。我登上乱石穿空的大堤，不知是不是1997年的夏天，我们六个孩子所到之处？银色月光下，一望无际的滩涂，依然向大海奋力奔跑。这是江河、大陆与海洋的自然规律，浩浩汤汤，势不可当。我站在一条不再落落寡欢的大岛上。这是一个燥热的夜。我的夏天远未结束。我在等待日出。